本书获得"陕西省社会科学基金项目"（2021H002）
和西安交通大学"中央高校基本科研业务费"（SK2021025）资助

唐圭璋的词学理论与批评研究

孙启洲 著

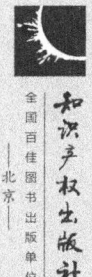

知识产权出版社
全国百佳图书出版单位
——北京——

图书在版编目（CIP）数据

唐圭璋的词学理论与批评研究 /孙启洲著. —北京：知识产权出版社，2021.12
ISBN 978-7-5130-8025-5

Ⅰ.①唐…　Ⅱ.①孙…　Ⅲ.①词（文学）—文学评论—中国—古代　Ⅳ.①I207.23

中国版本图书馆CIP数据核字（2021）第275634号

内容提要

作为《全宋词》《词话丛编》和《全金元词》等重要词学文献的编纂者，唐圭璋先生以词学文献学家名垂后世，学界也更为关注其在文献学领域的贡献，对于其词学理论与批评则鲜有全面且深入的观照和论述。本书旨在重点探讨唐圭璋先生在辑佚与考证文章之外的有关词学理论的著述，包括其词体观、创作论、词史和词学史研究，以及批评与鉴赏论四个主要方面，系统地分析其词学主张与批评观念，梳理其词学思想的发展脉络，并将其置于现代词学流衍的学术背景之下，阐明其词论对于词学现代转型之意义及其在现代词学发展史中之价值。

本书适合对词与词学感兴趣的读者阅读使用。

责任编辑：李海波　　　**责任印制：孙婷婷**

唐圭璋的词学理论与批评研究
TANGGUIZHANG DE CIXUE LILUN YU PIPING YANJIU

孙启洲　著

出版发行：	知识产权出版社有限责任公司	网　　址：	http:// www.ipph.cn
电　　话：	010—82004826		http:// www.laichushu.com
社　　址：	北京市海淀区气象路50号院	邮　　编：	100081
责编电话：	010—82000860转8582	责编邮箱：	lihaibo@cnipr.com
发行电话：	010—82000860转8101	发行传真：	010—82000893
印　　刷：	北京中献拓方科技发展有限公司	经　　销：	新华书店、各大网上书店及相关专业书店
开　　本：	720mm×1000mm　1/16	印　　张：	12
版　　次：	2021年12月第1版	印　　次：	2021年12月第1次印刷
字　　数：	165千字	定　　价：	68.00元

ISBN 978-7-5130-8025-5

出版权专有　侵权必究
如有印装质量问题，本社负责调换。

前言
Preface

　　唐圭璋是 20 世纪最为重要的词学家之一，其在词学考证与辑佚、词学理论与批评，以及词的创作等诸多方面均有相当高的建树。作为《全宋词》《词话丛编》和《全金元词》等重要词学文献的编纂者，唐圭璋向来以词学文献学家名垂后世，学界也更为关注其在文献学领域的贡献，而对于其词学理论与批评则鲜有全面的观照与论述。因此，本书旨在重点探讨唐圭璋在辑佚与考证文章之外的有关词学理论的著述，包括其词体观、创作论、词史和词学史研究，以及批评与鉴赏论四个主要方面，系统地分析其词学主张与批评观念，梳理其词学思想的发展脉络，并将其置于现代词学转型的学术背景之下，阐明其词论对于词学现代转型之意义及其在现代词学发展史中之价值。

　　第一章阐明致力于此课题研究的时代学术背景。一方面，现代词学渐成当前词学界关注的重点方向之一；另一方面，现代旧体诗词研究成为新兴的学术热点。除此之外，本章还对此前有关唐圭璋词学研究的理论文献进行综述分析，突出前人已取得的研究成果，同时也考察既有研究之不足，进一步厘清此课题的研究方向和路径。

　　第二章重点论述唐圭璋的词体观，涉及其对词乐、词律、词韵、词调等与词的文体特征相关的具体问题的考论。他将词体"上不类诗，下不似曲"

的审美特质归结为"雅、婉、厚、亮"四字,此亦为其词体美学观念的集中表述。与此同时,通过详细辨析其与缪钺"轻、小、狭、隐"说的外在差异和内在贯通,展现现代词学家由于承续不同的词学传统所形成的词学立场及其审美旨趣的异与同。

第三章侧重从文体创作的角度,阐述唐圭璋在填词技巧方面细致入微的理论概括和总结。唐圭璋关于词体创作的理论,亦是其词学理论体系中的重要组成部分,其中《论词之作法》《略论词的起结》和《略论词的上下片作法》等著述,是其专论词之创作方法的最具代表性的文章,结合其填词的具体实践文本《梦桐词》及其鉴赏词作的读本《唐宋词简释》中的相关内容,阐述其词的创作理念。

第四章主要论及唐圭璋有关词史与词学史研究的方法和路径,包括其对词的起源问题的认识,如何在空间和时间双重向度中把握词史发展的脉络,以及这种研究视野对于当下词学研究的启示与价值。此外,由他编纂的《宋词纪事》和笺注的《词苑丛谈》都对后世学人梳理词史演变轨迹、撰述词史专著具有重要的参考价值。唐圭璋在《历代词学研究述略》中按照词学诸多范畴,对于整个古典词学发展史进行简明扼要的点评与辨析,综述此前词学研究的缺陷,指明未来词学研究应努力之方向。他还在多篇文章中讨论了晚清民国词学家的学术成就与贡献,并有意识地厘清近现代词学发展的谱系。这些都彰显出唐圭璋在相关词学问题方面所具备的扎实的理论分析和阐释能力。

第五章旨在述论唐圭璋对于作家、作品的个案研究,主要是对其发表的数十篇词人专论文章的分析,包括词人的比较研究和词人评传等内容,从中可以窥见他从事词人批评的视角和方法。本章的第二节通过对《唐宋词简释》的解读,总结出唐圭璋有关词的鉴赏理论,不仅考察唐圭璋的词选观,更可探究其对于单首词进行鉴赏的原则、体例及分析模式。

第六章首先从词的起源问题的探讨、词体革新问题的立场与晚清民国词学史研究三个维度，将唐圭璋词论定位在整个现代词学乃至现代文学的场域中，总结概括其词学理论与批评之于现代词学发展史之价值，揭示其词学文献学家的另面。其次，本章还意在勾勒唐圭璋词学研究与学术品格的突出特点，从更为宏观的现代学术研究的视角，阐明对于现代词学家的"学案式"研究之意义。

对于唐圭璋词学理论与批评的全面研究，一是进一步拓展了唐圭璋学术思想研究的深度，展现其在文献辑佚与考证之外的理论阐释和批评能力；二是将唐圭璋的词论主张置于现代词学发展史中予以衡估，既可凸显其在现代词学史中之地位与价值，亦可推动现代词学研究走向深入；三是唐圭璋关于晚清民国以来词学家师承谱系的述论，本就启示了一种研究词学史的"学案体"路径，同时本书对于唐圭璋词学理论与批评的研究，也可被视为此种研究路径的一次学术实践。

目录

第一章 绪 论 / 001

第一节 选题背景 / 001
第二节 相关研究的学术史述评 / 006
第三节 唐圭璋词学思想研究可开拓的空间及其学术史意义 / 016

第二章 音乐形式与美感特质：唐圭璋词体观论略 / 021

第一节 词乐、词律与词韵：词体的形式特征 / 022
第二节 "雅、婉、厚、亮"：词体的美感特质 / 037
第三节 用笔与本质：唐圭璋、缪钺关于词体审美特征之辩 / 045

第三章 诗体解放时代的执守：唐圭璋论填词之法 / 049

第一节 填词要则：读词、作词与改词 / 050
第二节 词的结构之法：字法、句法与章法 / 058
第三节 反思词的创作：从古典之词到新体乐歌 / 073

第四章　词史的时空与词学史的谱系 / 079

第一节　词史时空向度的双重书写 / 080
第二节　从个案研究到谱系分析：唐圭璋的词学史研究 / 106

第五章　考据家的本色与批评家的眼光
　　　　——唐圭璋的词学批评观 / 129

第一节　词人批评之立场：对象的分类与方法的选择 / 130
第二节　词作鉴赏之法则：立足文本与剖情析采 / 158

第六章　唐圭璋词论之学术价值及"学案式"研究之意义 / 169

第一节　文献学家的另面：唐圭璋词论之于现代词学 / 169
第二节　"学案"：作为现代词学研究之方法 / 178

后　记 / 183

第一章 绪 论

第一节 选题背景

一、词学理论与批评的现代转型

自有词的创作,就有词学理论和词学批评的发生。五代时期欧阳炯所写的《花间集序》被后世学者视为词学批评的滥觞,随后陆续涌现出诸多词论文章和词话专著,积淀了丰富的词学理论和词学批评方面的文献资料。从最初视词为"诗余""小道"的"卑体"论,到浙、常两派的"尊体"论成为普遍共识,其间经历了缓慢的演进过程。众多的词学家如张炎、沈义父、朱尊彝、张惠言、况周颐等均为古典词学发展史上重要节点的代表人物,为传统词论建构提供了复杂多样的话语资源。进入 20 世纪,受西方现代美学和文学观念的影响,词学理论和词学批评开启了"现代化"的进程,传统的词学研究与西方现代学术思想相遇合，现代词学家开创了词学研究新的范畴和理论话语。无论在学科意识，还是在批评观念和方法等方面，词学研究都已浸染西方现代文论的色彩。王国维是中国词学史上一位具有划时代意义的学者，他的《人间词话》融合西方哲学美学思想来评介中国的词家词作，触发了词学批评现代转型的机栝。此后的胡适更加激进，推动着词学朝着"现代化"的方向加速转型。胡适的词论和词学批评派生于他所提倡的平民文学和白话文学的新文学理论，导源于他从西方理论中所接受的民权观念和进化论。与此同时，晚清民国间，众多的词学家如夏承焘、唐圭璋、龙榆生，以及胡云翼、詹安泰等学者均对词学的"现代化"进程起到了重要的推动作用。改革开放之后，当代的词学理论和词学批评更是完成并延续着由传统思维模式到现代批评范式的转变过程，主要体现在以下几个方面。[1]

首先，词学学科体系的建立与完善。龙榆生1934年发表《词学研究之商榷》[2]开始明确词学研究的具体范畴，提出了词韵之学、图谱之学、声调之学、词乐之学、校勘之学、目录之学、词史之学和批评之学八个层面。此后不断有学者提出关于词学研究范畴的分类标准，诸如唐圭璋的十分法[3]、吴熊和的七分法[4]等，但都尚属平面性质的罗列，未曾注意到其内在诸方面的逻辑层次关系[5]，还不是对词学研究体系完整的科学建构。而刘扬忠在《宋词研究之路》[6]中对宋词研究所作的科学的体系划分，为学界同仁所称道，推动了词学学科体系的完善。与此同时，自民国以来，词学课程设置的不断丰富及其

---

[1] 曹辛华：《20世纪词学批评的"现代化"特色》，载《郑州大学学报（社会科学版）》。
[2] 龙榆生：《词学研究之商榷》，《龙榆生词学论文集》，上海古籍出版社1997年版。
[3] 唐圭璋：《历代词学研究述略》，《词学论丛》，上海古籍出版社1986年版。
[4] 吴熊和：《唐宋词通论》，浙江古籍出版社1985年版。
[5] 王兆鹏：《词学史料学》，中华书局2004年版，第6页。
[6] 刘扬忠：《宋词研究之路》，天津教育出版社1989年版。

学术制度的建立，使词学知识生产和再生产得到制度性的保障。

其次，词学理论逐渐走出传统经学话语的控制，实现其批评方法的多元化。随着西方现代学术著述的译介，词学家主动借鉴西方现代文论新的研究方法和批评模式，对中国古典词学文本予以阐释，理论视域更加开阔和灵活多元，打破了传统研究方法的禁锢。杨海明的专著《唐宋词美学》❶，就是借用美学批评的方法探讨唐宋词的美感内蕴。还有学者从文化研究的视角，讨论宋词与宋代的歌妓制度、宋代商业文化的关系。再如刘扬忠从心理分析的角度对辛词进行研究；王兆鹏运用计量学的方法，对唐宋词的接受、传播状况进行定量与定性相结合的分析，等等。这些新的视角和方法给词学研究带来了新的活力。

除此之外，词学研究的组织化和专业期刊的创立，也促成词学研究的现代转型。从民国时期成立的如社、潜社到现在的中华诗词学会、中国词学研究会，这些组织比以前松散的群体组织更富于学术性，学会成员从事创作的同时，还以词学批评见长，而学会也由此成为词学界学者交流词学研究成果的文学公共领域。现代学术期刊，如《词学》《中国韵文学刊》《古典文学知识》和《文学遗产》等都曾大量刊发词学研究成果，为词学学术研究提供媒介载体，促进学术的自由交流与发展。

词学是当代中国文学与文论研究的重要组成部分，而且新一代的青年学者陆续加入词学研究的行列中，使词学研究不断地拓展新的视野，更新研究的方法。思考与探索未来词学发展的方向和路径，是当前词学界关注的核心要点之一，这要求词学家一方面熟知国外文论发展的动态，借他山之石攻玉；另一方面则是回望中国词学现代转型的演进历程，考察现代词学家们如何促使词学由古典形态向现代批评模式转型，如此方可知当代词学研究格局形成

---

❶ 杨海明：《唐宋词美学》，江苏教育出版社1998年版。

的内在动因,亦为探索未来词学发展之路提供可资借鉴的历史经验。因此,研究以唐圭璋为代表的现代词学家,分析和评价其词学理论的学术史价值,便成为推进现代词学研究的题中应有之义。

二、民国词与民国词学研究的兴起

民国词与唐宋词、金元词、明清词一样,是中国千年词史的重要组成部分,代表了一个历史阶段的词体创作风貌和创作成就。但习惯上以"五四"为界将中国文学史划分为近代和现代两部分,一方面,词学界通常以王国维为古典词学的终结点,而对此后的词学发展关注较少;另一方面,现代文学界又往往将旧体词创作归入传统文学的范畴而不加关注。因此,长期以来,民国词与民国词学事实上成了近现代文学都不管的盲点,大量留存的民国词及词学文献也在一定程度上成了无人关注,更无人整理和研究的边缘文学史料。这种状况直到20世纪90年代才开始有所改变,至20世纪末,词学界学者开始纷纷反思过去一个世纪的词学发展史,民国词与民国词学研究开始逐渐兴盛起来。

一是民国词与词学的基础性研究,即近现代词的资料整理及词人年谱的考订。影响较大的学者有马兴荣和严迪昌。马兴荣近几年倾注大量精力搜集、考订王鹏运、朱祖谋、郑文焯、况周颐和唐圭璋的生平资料(收录在《马兴荣词学论稿》❶中),在此基础上撰写了四大家的年谱。除王鹏运外,其他三家都由清入民国,而且对民国词坛影响很大,因此对他们生平资料的整理已经涉及民国词学的研究。严迪昌的《近代词钞》❷和《近现代词纪事会评》❸等涉

---

❶ 马兴荣:《马兴荣词学论稿》,上海古籍出版社2013年版。
❷ 严迪昌:《近代词钞》,江苏古籍出版社1997年版。
❸ 严迪昌:《近现代词纪事会评》,黄山书社1995年版。

及民国词和民国词学研究资料的汇编，对后世学者继续从事此类研究有重要的参考意义和价值。

二是民国词论的研究。民国词学理论是清代词论的延续和发展，一方面承继了古典词论的深厚传统；另一方面受西学的影响开启了现代转型的进程，是中国现代学术发展史中的重要组成部分，受到越来越多学者的重视。如朱惠国的《中国近世词学思想研究》❶是第一次系统研究中国传统词学思想现代转型的一本学术专著，也是近年来涉及民国词学较多的一本学术专著。除此之外，杨伯岭的《晚清民初词学思想建构》❷和彭玉平的《民国时期的词体观念》❸等，均已涉及对民国词学的研究。此后，曹辛华的《民国词史考论》则是一部以民国词学文献辑佚与考证为侧重的力作。陈水云的《中国词学的现代转型》则从现代词学家学术理念的更新、文化家族内部的思想变迁、现代高等学府的词学师承等诸多视角，探讨和呈现词学现代转型的过程。

三是民国词人和词学家的个案研究。学术界对此关注得比较多，如曾大兴的《词学的星空——20世纪词学名家传》和《20世纪词学名家研究》❹，是对现代词学大家学术成就的一次集中梳理和阐述。除此之外，曹济平、王兆鹏等对唐圭璋词学研究价值的表彰，彭玉平为詹安泰所编之文集及对于其词学思想的阐发，张晖所编之龙榆生年谱及其对于龙氏词学理论的评介，陈水云对于叶恭绰、刘永济、俞平伯等学者的研究，均属此类研究的代表性著述。

由是而言，民国词与词学研究，俨然成为当前学术研究新的增长点。一方面，研究民国时期的词与词学是对千年词学发展史的补充，也是延续词学

---

❶ 朱惠国：《中国近世词学思想研究》，上海古籍出版社2005年版。
❷ 杨伯岭：《晚清民初词学思想建构》，安徽大学出版社2004年版。
❸ 彭玉平：《民国时期的词体观念》，载《文学遗产》2007年第5期。
❹ 曾大兴：《词学的星空——20世纪词学名家传》，河北人民出版社2009年版；《20世纪词学名家研究》，中华书局2011年版。

发展史的必要环节；另一方面，作为中国现代学术的重要组成部分，民国词学研究也是观照中国学术现代转型的关键切口。所以，对于唐圭璋词学理论与批评的阐释，正符合当前词学研究的发展趋势。

第二节　相关研究的学术史述评

就已有的研究唐圭璋词学思想的学术成果来看，按照理论阐释视角的不同，可大致将其归为四个主要方面，现分述如下，以鸟瞰当前学界对于唐圭璋词学研究的基本状况。

一、对于唐圭璋词学成就的整体性观照

对于唐圭璋词学成就的整体性观照，即从唐圭璋词学思想的整体入手，对其作全面的论述和评价。曹济平的《唐圭璋先生对词学的贡献》[1]当数最早的一篇总体阐发唐圭璋词学贡献的论文。曹文首先简略回忆唐圭璋的一生，后从"词籍校勘""词学评论""歌词创作"三个方面展现唐圭璋在词学领域的卓越贡献。他认为唐圭璋在汇编、辑佚和校勘词籍方面的突出成果，首推以其一人之力，历数年之久编纂而成的《全宋词》，此集之精审程度在诸前贤刻本之上，代表当代词籍校勘的最高成就。而唐圭璋集数年之功汇编而成的《词话丛编》是其又一力作，填补了我国词话批评史的空白。其次，曹文系统总结了唐圭璋词学批评的三个主要特点，即强调词的"重、拙、大"之旨，论述词

---

[1] 曹济平：《唐圭璋先生对词学的贡献》，载《文学遗产》1992年第2期，后修改为《唐圭璋对词学的卓越贡献》发表在《南京师大学报（社会科学版）》1992年第3期。

风的"雅、婉、厚、亮"和注重"实证"的批评风格,断言其词论主张是继承端木埰、仇埰和吴梅之学而自成一家。最后,曹文又对唐圭璋词作进行简略的评价,从家国之悲、情感深厚和音韵清雅三个方面,强调其词之内蕴特征。其后学者如朱惠国的《近世词学思想研究》❶和曹辛华、张幼良的《中国词学研究》❷二书,对唐圭璋词学成就的梳理与定位也主要借鉴曹文的观点。谢桃坊在《中国词学史》❸中将唐圭璋和夏承焘、龙榆生并称为现代词学三大家,肯定唐圭璋在现代词学文献编辑、整理和考证上的突出成就,并对其词学史观和词的创作理念作详细的论述,将唐圭璋的学术个性定位为一种"全"的宏观意识。

此后,王兆鹏也撰文对其师唐圭璋的词学思想进行更为细致的划分和阐发,展现了唐圭璋词论的体系性建构。在《唐圭璋词学研究的体系与方法》❹一文中,他将唐圭璋的词论体系按照研究对象划分为词体、词作、词人、词史、词论和词学史六大层次。在词体方面,主要涉及唐圭璋对于词源、词乐、词律和词韵四个部分的论述;唐圭璋在词作方面的成就主要包括词籍的整理考订和鉴赏批评;在词人研究方面,主要论述唐圭璋对于词人的人生经历和内在的情感态度的分析;在词史研究方面,王兆鹏将唐圭璋有关词史的考论分成一代词、一地词风、一派词风、一门词风和词人的年寿与时限研究等诸多内容;在述及词论研究时,主要包括唐圭璋对于词话的汇编和词论体系的建构;文末王兆鹏指出唐圭璋在词学史层面上对于朱祖谋词学的讨论,以及对于彼时词学师承传统的勾勒,启示了一种"学案体"的研究方式。王兆鹏全文力求从

---

❶ 朱惠国:《近世词学思想研究》,上海古籍出版社2005年版,第352—370页。
❷ 曹辛华、张幼良:《中国词学研究》,福建人民出版社2006年版,第192—212页。
❸ 谢桃坊:《中国词学史》,巴蜀书社2002年版,第552—568页。
❹ 王兆鹏:《唐圭璋词学研究的体系与方法》,陈平原:《中国文学研究现代化进程二编》,北京大学出版社2005年版,第221—247页。

整体观照唐圭璋的词学体系，论述广泛，分类完备周密，但限于篇幅原因，论证仅浅尝辄止，尚不够深入，但为后来学者介入唐圭璋词学的研究开拓了思路。

除此之外，曾大兴将唐圭璋的词学与朱祖谋和况周颐的词学相较而论，既探讨了唐圭璋对于朱、况词学思想的继承，又重点论及唐圭璋对于前贤的超越之功。在《唐圭璋对朱、况词学的继承与超越》❶（后收录在其书《20世纪词学名家研究》❷中）一文中，他将《彊村丛书》与《全宋词》进行比较，认为唐圭璋在辑佚宋词方面更加完备，校勘则更加精审，在目录学和词学史上，其对于词籍目录和版本的考订之功也令后辈难以企及。通过对《宋词三百首》和《唐宋词简释》的比较，曾文认为无论在词的选择上还是对于词所作的艺术评价都较前人更加成熟、理性。在曾大兴看来，唐圭璋从事词籍整理和批评时，总是体现着"尽全意识"和"文献意识"，这是朱、况所不具备的，同时也是当今词学研究所应借鉴的。另外，曾大兴《词学的星空》一书更侧重于词学家生平和交游的介绍，也部分地涉及唐圭璋的词学研究及其创作经历，使更多的读者得以了解这位成就卓著的词学大家。

施议对的系列文章《中国古典文献学的奠基人——民国四大词人之二：唐圭璋》❸则分成上下两篇，采用一问一答的形式，对唐圭璋的词学成就进行阐论。在上篇中，施文从唐圭璋的身世、学词经历和词作评价三个方面，探讨唐圭璋词学的理论渊源和师承关系及其词作的艺术特色。下篇则主要论及唐圭璋的《全宋词》考订、辑佚与校勘，从《宋词三百首笺注》与《唐宋词简释》的比较中看其"辨泾渭，示门户"之功，此点与前文所述及的曾大兴

---

❶ 曾大兴：《唐圭璋对朱、况词学的继承与超越》，载《中国韵文学刊》2007年第4期。

❷ 曾大兴：《20世纪词学名家研究》，中华书局2011年版，第278-295页。

❸ 施议对：《中国古典文献学的奠基人——民国四大词人之二：唐圭璋》，载《文史知识》2009年第10、11、12期，2010年第1、3、4期。

的研究视角相近。最后,综合以上各篇,评价了唐圭璋作为词人和词学家对于词学的突出贡献,尊其为词学文献学的奠基人。再有就是马兴荣为唐圭璋做的年谱❶,展现了其从出生到去世的生平事迹,囊括有关唐圭璋的交游、学习、创作、研究和教学等方方面面的内容。所涉史料多取自唐圭璋的《自传及著作简述》《我的学词经历》及其为诸多著作所作的序跋,唐棣棣的《梦桐情》《记爸爸的一生》及其友人的日记、信札和纪念回顾性的文章,可谓事无巨细。年表中同时还录有当年社会和文艺界的大事件,更便于后世学者了解唐圭璋的生活背景,理解影响其词学观念发展脉络的社会文化因素。与此同时,后世学人也可以从中了解中国现代词学升沉变迁的大要,于研究现代词学发展史而言具有一定参考价值。

另外,彭玉平沿着唐圭璋所指出的晚清民国词学的源与流来探讨其与晚清诸词学家之关系。❷彭文将唐圭璋放在端木埰、陈廷焯、朱祖谋及王国维等词学家之中,围绕着唐圭璋对于晚清民国词学谱系的建构和词学家的评价及其对于晚清民国词人的散点透视,来全面展现唐圭璋对于晚清民国词学所作的精要而又极具涵括力的梳理。他认为,唐圭璋评骘晚清民国词学之时,在臧否之间表露出兼取两宋,平衡小令和长调,以及兼顾"重、拙、大"的审美取向,并认为唐圭璋的词学观念带着晚清民国词学的总结意味。

由吴智龙和钟振振主编的《词坛耆硕——唐圭璋》❸一书,是关于唐圭璋的第一本传记性的著作。此书主要是在现有研究资料的基础上,对唐圭璋的辉煌一生作历时性的梳理和展示。此书分为"少年情味""叩雪萍踪""梦桐情缘""词学际遇"和"桃李天涯"五个部分,既展示其学术上的孜孜追求,

---

❶ 马兴荣:《唐圭璋年谱》,《马兴荣词学论稿》,上海古籍出版社 2013 年版。
❷ 彭玉平:《唐圭璋与晚清民国词学的源流和谱系》,载《南京师大学报(社会科学版)》2012 年第 1 期。
❸ 吴智龙,钟振振:《词坛耆硕——唐圭璋》,南京师范大学出版社 2012 年版。

也描画其情感生活的坎坷经历，从其早年的不幸、求学的艰辛、与夫人誓死不渝的爱情，再到其在词学研究和词学教育上的成就等诸方面，向读者全面呈现了有血有肉的现代词学家的一生。书末尚附有《唐圭璋先生年谱》和《唐圭璋主要著述》以供后来者作进一步研究。此后，曹辛华又在此书基础之上，撰著《唐圭璋先生传略》一书，同样为学界认识和评价唐圭璋其人其学提供可资参照的文献资料。

以上均是在整体上对唐圭璋的学术成果所作出的较为全面的阐发，整体概括多于具体研究，而且突出重点略其次要。例如，学者们大都把词学文献学的成就和贡献作为阐发唐圭璋词学的首要研究对象来讨论，而对于其他方面，或在词学理论的建构或在词的创作上，各家又有所侧重。所有这些探索，为我们进一步深入分析唐圭璋的词学开拓了研究的方法和路径。从另一个角度来说，限于论文篇幅的原因，论述越全面越难能保证其理论的深度，上述几篇论文基本上只是全面展示唐圭璋在词学各个领域的成就，但都未能作更为详尽的论证与诠释，这是本书及后来学者继续进行研究的动力和方向。

二、对唐圭璋词学文献学成就的梳理与评价

关于唐圭璋词学文献学的学术史价值的衡估，主要包含对其词学考订、校勘及辑佚等层面的研究。王兆鹏和刘尊明是较早对唐圭璋词学文献学的研究方法进行全面总结和评价的学者。[1]他们将唐圭璋对词籍和词话著作的整理考订分成五个方面来讨论，分别为目录、版本、校勘、辑佚和笺注，认为将历代流传的宋人词籍版本目录予以汇辑，实始于唐圭璋。两位学者还总结了

---

[1] 王兆鹏，刘尊明：《集诸家之大成，创亘古之伟业——唐圭璋先生整理研究词学文献的方法和贡献》，载《文献》1997年第2期。

《全宋词》校勘的体例并与王鹏运、朱祖谋的词籍校勘进行比较，凸显唐圭璋校勘之功。文章中详细论述了唐圭璋对于词作辨伪的七条方法原则，以供词学界学者参考借鉴。他们认为无论是在词学文献的搜集还是在词籍的校勘辨证方面，唐圭璋都表现出其一贯坚持的疑非而求是的治学精神。

上述研究是对唐圭璋的词学文献学成就所作出的总体性评价和概括，尚有学者从唐圭璋的各类专著入手述论其文献考证之学。如李扬的《以宋证宋 补苴存真》❶一文对唐圭璋《宋词纪事》之前的几种"纪事"文本进行简要的分析并点出前人的不足，在与前人的比较研究中，认为《宋词纪事》超越前贤之功主要体现在两个方面的学术典范性：一是立足"以宋证宋"，搜罗丰富，去取严格；二是力求补苴存真，明辨深思，按语精当，对于纠正学界某些著述疏于文献考据的弊病有振聋发聩的作用，是唐圭璋治词业绩的突出表现。其后，芳村宏道和萩原正树两位日本学者在《从唐圭璋先生的两封信看〈全宋词〉的编纂》❷一文中展示了唐圭璋1935年向中田勇次郎问学的两封信，了解到唐圭璋在编纂《全宋词》时曾在国外力求合作者，广查文献，反映出唐圭璋编纂用力之勤、校勘之精谨及与中田勇次郎的真诚合作，是近代中日学术交流的珍贵史料。除此之外，潘明福和王兆鹏合作撰文，从《全宋词审稿笔记》着手，结合他们所了解到的史实，来探讨唐圭璋修订《全宋词》的艰辛和为之付出的巨大努力。❸ 该文从《全宋词审稿笔记》中王仲闻的审稿意见和唐圭璋的批注来展示在文献资料匮乏的情况下，唐圭璋的多方求索和

---

❶ 李扬：《以宋证宋 补苴存真》，钟振振：《词学的辉煌——文学文献学家唐圭璋》，南京大学出版社2001年版，第242-245页。

❷ 芳村宏道，萩原正树：《从唐圭璋先生的两封信看〈全宋词〉的编纂》，载《南京师范大学文学院学报》2002年第4期。

❸ 潘明福，王兆鹏：《从〈全宋词审稿笔记〉看唐圭璋对〈全宋词〉的修纂及其人格风范》，载《南京师大学报（社会科学版）》2012年第1期。

精细的考订辨伪。文章高度评价了唐圭璋求真求是的治学精神、对朋友的坦诚信任和大度宽容的高尚人格风范，值得后辈学人继承发扬。

三、对唐圭璋词学理论的阐发

唐圭璋并没有专门的词论专著，其词论思想散落于单篇论文之中，大多已收录在《词学论丛》一书中。再有就是唐圭璋所编的词选《唐宋词简释》，亦可视为其词选观和鉴赏理论的集中表达。朱惠国的《论唐圭璋对常州词派理论的继承和超越》[1]专就唐圭璋的词论主张而言，并不包括其词学文献学的部分。文章对唐圭璋的词论进行具体的述评，并从中探求其与常州词派的渊源、区别及创新和贡献。朱惠国先从唐圭璋的词学师承与常州词派的关系入手，梳理唐圭璋词论的理论渊源，并结合有关著述展示唐圭璋与端木埰、吴梅等人词学主张的区别。然后他又着重阐述唐圭璋所受周济与况周颐词学思想的影响和他对于"重、拙、大"的理解与阐释。该文还以唐圭璋词论中求"真"即真情性为切入口，观照唐圭璋词学观不同于常州词派的个性化特征。文末总体评价唐圭璋对于常州词派的突破及其学术史价值，并简要分析形成这种独特词论的时代因素。朱惠国对常州词派词论和唐圭璋词论的比较分析非常细致，既看到两者间的承继关系，亦看到二者的不同之处，并详细地考察唐圭璋对前贤理论的超越与开拓。

另外，还有一些学者通过对唐圭璋所编之词选《唐宋词简释》的分析，来观照唐圭璋词学理论及其词学贡献。许总、许结的《苦心抽绎 蕴义宣

---

[1] 朱惠国：《论唐圭璋对常州词派理论的继承和超越》，载《南京师大学报（社会科学版）》2012年第1期。

第一章 绪 论

扬——评〈唐宋词简释〉》❶是较早的一篇对于唐圭璋词选的书评，文中对唐圭璋的词选观予以条分缕析，认为《唐宋词简释》体现了唐圭璋以"重、拙、大"为准尺，从而打破以婉约与豪放划分词风的选词方式。他们对唐圭璋解析词的体例进行了剖析，认为唐圭璋创作实践经验使他对于词的艺术性和思想性的分析更加深入、精当。巨传友则更为直接地对《唐宋词简释》中所表达的词论思想进行解读，讨论唐圭璋对于"重、拙、大"理论的接受及其在鉴赏评析词时的具体应用和诠释，突出其"雅、婉、厚、亮"的词风观。❷ 文章最后还讨论了唐圭璋对于"重、拙、大"理论接受的学缘关系及时代因素。刘兴晖将《唐宋词简释》与《宋词三百首》进行比较研究❸，分析唐圭璋对于朱祖谋词选的继承与开拓的一面，同时也对唐圭璋《宋词三百首笺注》的笺注体例和注释方式作了比较详细的说明。

还有学者在前人研究的基础之上，对《唐宋词简释》的词学成就予以概括和总结。如李宜蓬的《唐圭璋〈唐宋词简释〉的词学成就》❹，文章中的三个部分——《唐宋词简释》与《宋词三百首》比较研究，《唐宋词简释》的分析体例与语言艺术的评价，以及对唐圭璋选释唐宋词的指导思想"重、拙、大"的阐发，都是依学者已有研究成果而论，并未另辟蹊径。另外，许菊芳的《论唐圭璋的词选观》❺一文，是在综合唐圭璋参与选注的各类选本基础上对其词选观作的专论。文中总结了唐圭璋词选观的三个特点，即宏观视野和整体意识；注重艺术与审美相结合；贯彻从"重、拙、大"到"雅、婉、厚、

---

❶ 许总，许结：《苦心抽绎 蕴义宣扬——评〈唐宋词简释〉》，钟振振：《词学的辉煌——文学文献学家唐圭璋》，南京大学出版社2001年版，第231-241页。
❷ 巨传友：《论唐圭璋对"重拙大"理论的接受——以〈唐宋词简释〉为中心》，载《江西师范大学学报（哲学社会科学版）》2008年第2期。
❸ 刘兴晖：《从〈宋词三百首笺〉到〈唐宋词简释〉》，载《兰州学刊》2009年第9期。
❹ 李宜蓬：《唐圭璋〈唐宋词简释〉的词学成就》，载《文艺评论》2012年第6期。
❺ 许菊芳：《论唐圭璋的词选观》，载《南京师范大学文学院学报》2012年第1期。

亮"的词学观念。许菊芳还对唐圭璋词选观的历史意义进行凝练的总结，指出唐圭璋词选和笺注一方面对于后辈学者编录词选有参照意义；另一方面唐圭璋对选本文献价值、理论价值和传播功能的充分挖掘，丰富了词选的价值内涵。

四、对唐圭璋词集《梦桐词》的批评鉴赏与理论分析

《梦桐词》是唐圭璋的唯一一本词集，收录了唐圭璋所填之词一百三十三首，能够反映其整体的创作情况。近年来学者们开始逐渐关注这本词集，并结合唐圭璋的词学理论及其人生经历与时代背景，从中解读其词的艺术特征和思想意旨。许总、许结对于词集的分析是在与唐圭璋的反复交流中完成的，理应得到词人的认可，因此二人对于唐圭璋之词的评价是理解其创作论的重要文章之一。❶ 他们从唐圭璋所经历的时代环境和生活经历出发，结合词集中的具体词作，对《梦桐词》中所表现的国破家亡之感与爱国忧民之情进行了细致的阐释。除此之外，该文还着重分析了唐圭璋词作中"直抒性灵""赋体白描"和"情景交融"的艺术手法，最后结合唐圭璋词论中所强调的"重、拙、大"观念，对其词作的内涵和主旨作理论溯源，凸显其词论与创作的相得益彰。钟陵也从"家国情深"的角度对唐圭璋词集的内蕴进行阐论，与许总、许结一文相比，钟陵更加重视对《梦桐词》艺术表现手法的具体分析。❷ 文中结合唐圭璋的《论词之作法》，从炼字和句法入手，依唐圭璋所持的"雅、婉、厚、亮"词风观鉴赏其词集正是该文的出彩之处。此后评析唐圭璋词集

---

❶ 许总，许结：《时代脉搏与心灵悲歌——试论唐圭璋先生的〈梦桐词〉》，载《南京师大学报（社会科学版）》1985 年第 4 期，后修改为《唐圭璋〈梦桐词〉解读》刊在《词学》2011 年第 1 期。

❷ 钟陵：《家国情深〈梦桐词〉》，钟振振：《词学的辉煌——文学文献学家唐圭璋》，南京大学出版社 2001 年版，第 224–230 页。

的论文大都沿袭这两篇文章的思路进行,难出其右。黄阿莎《〈梦桐词〉里的往事与深情》❶侧重对唐圭璋在抗日战争时期创作的词进行情感和艺术上的赏析,与上述论文多有相似之处。文中对于"梦"和"梧桐"两个意象的着意解读颇为用心。胡善兵在解读《梦桐词》之时,着重强调词集中的艺术表达对于唐圭璋词论中所主张的"真"的内涵的体现。❷另外,胡海义、徐玉玲以唐圭璋作为满族词人的身份为切入口,将他与纳兰性德进行比较研究。❸文中从两人的身世与性情和艺术创作两个主要方面入手,分析两人在民族认同、情感认同、创作思想和艺术技巧等诸多方面的相同之处,并断言两部词集《饮水集》和《梦桐词》是满族词史上的"双璧"。该文运用比较研究的方法,开拓新的阐发视角,但所论内容尚显粗略,后来学者仍可作进一步深入的研究。最近一篇评论唐圭璋词集的文章是刘勇刚的《论唐圭璋的〈梦桐词〉》❹。刘文在已有的研究成果基础之上,对唐圭璋词集作了全面的梳理和评价,包括对"梦桐"含义的解析,重点从"悼亡入情,沉哀入骨"和"漂泊西南,乡关之思"两个主题对唐圭璋抗日战争时期所填之词进行论析,并对其抗日战争前和抗日战争后的词风进行简略的概括总结,凸显唐圭璋在填词上细腻的情感与高超的才力。

除了上述四个研究视域之外,还有学者从词体传习和词人个案研究的角度对唐圭璋的词学成就进行分析评价。刘学、叶烨的《唐圭璋词体传习思想刍论》❺通过对唐圭璋词学著述、词的创作及教学方式等方面的综合研究,从

---

❶ 黄阿莎:《〈梦桐词〉里的往事与深情》,载《古典文学知识》2012年第5期。
❷ 胡善兵:《论〈梦桐词〉的"高境"表现》,载《南京师范大学文学院学报》2012年第3期。
❸ 胡海义,徐玉玲:《论满族词家唐圭璋的〈梦桐词〉》,载《满族研究》2013年第2期。
❹ 刘勇刚:《论唐圭璋的〈梦桐词〉》,载《辽宁师范大学学报(社会科学版)》2013年第4期。
❺ 刘学,叶烨:《唐圭璋词体传习思想刍论》,载《南京师范大学文学院学报》2012年第1期。

传习指导思想和传习方法论两个层面解读唐圭璋词学对于传统词学的传承与发展。文中详细分析了唐圭璋词体传习思想所具有的桥梁作用,上承古典词学传统,下启新式传习方式,认为唐圭璋的词体传习方式既保留了群从、结社的传习方式,又开启了纳入现代教学体系的课业传习方式,为进一步检讨近现代词体传承形态铺路开道。该论文研究焦点独特而新颖,极具启发性。另外,张再林和王金伟的《唐圭璋对李清照研究的贡献及方法论意义》一文专门从词人个案研究的视角探讨唐圭璋的词学成就。❶文中着重分析了唐圭璋在李清照研究方面对学界作出的贡献,主要涉及其对于李清照相关文献的搜集整理,即对其词集的编纂校订和佚文的辨正,对李清照生平事迹的考证,为李清照辩污,还包括对李清照词在思想性和艺术性上的文学价值所作的客观评价。同时文中也认为唐圭璋这一治词路径为学界提供了词人个案研究的范例。

第三节　唐圭璋词学思想研究可开拓的空间及其学术史意义

一、唐圭璋词学思想研究的不足与可开拓的空间

首先,对唐圭璋词学有待更为系统和深入的整体性研究。虽然曹济平、王兆鹏和曾大兴等学者已经发表多篇文章对唐圭璋的词学理论作了初步总结,但限于篇幅的缘故,难以详尽细致地申述。而与唐圭璋同时代的词学大家如

---

❶ 张再林,王金伟:《唐圭璋对李清照研究的贡献及方法论意义》,载《南京师范大学文学院学报》2012年第1期。

夏承焘、龙榆生等，都已有数篇博硕论文❶对其词学思想进行总体的评价和研究，却尚未见到有相当分量的博硕论文或者专著对唐圭璋的词学进行全面而深入的观照，殊为遗憾。后辈有志于此的学者可借鉴已有的研究成果，勾勒出唐圭璋完备的词学理论体系，继续向纵深处挖掘。

其次，就唐圭璋词学的具体内容而言，关于其词史观方面，王兆鹏、李宜蓬和彭玉平等学者文章中均有所论及，但到目前为止，尚未有学者对散落在唐圭璋各篇词论文章中的有关词史的论述进行系统性的梳理和分析，未有一篇专论唐圭璋词史或词学史研究的论文。此外，唐圭璋撰有学术文章评论诸多词界名家，后辈学人可以继续探讨其关于词人批评的文献，并作综合性观察与分析，研习其词学批评的方法与路径，对其词人个案研究作通观考察，此亦不失为一种研究唐圭璋词学的新视角。

最后，通过与同时代词学大家的横向比较，拓展研究唐圭璋词学的学术视野，聚焦现代词学发展史中的核心问题。在诸多研究唐圭璋词学思想的文献中，纵向比较研究最为常见，主要是探究其对常州词派、端木埰等前贤的继承与超越，却忽略了将唐圭璋的词学理论与其同时代的词学家如夏承焘、龙榆生或詹安泰等学者进行横向深入的比较研究。这种比较研究，一方面可以使后学更加清晰地看到唐圭璋词学主张的独特之处；另一方面，此亦为以点带面式地观照现代词学发展史的一种有效途径。

---

❶ 戴立：《论夏承焘的词学批评思想》，浙江工业大学2009年硕士学位论文；王红英：《夏承焘词作综论》，温州大学2011年硕士学位论文；胡永启：《夏承焘词学研究》，河南大学2011年博士学位论文；萧莎：《夏承焘交游词研究》，浙江工业大学2016年硕士学位论文；熊烨：《龙榆生先生词学研究》，南开大学2010年硕士学位论文；龙婷：《龙榆生论唐五代词》，福建师范大学2016年硕士学位论文；周翔：《龙榆生诗词创作研究》，南京师范大学2017年硕士学位论文；丁妍：《詹安泰的词学思想》，中山大学2010年硕士学位论文；姜超林：《詹安泰词学理论批评及创作研究》，南昌大学2016年硕士学位论文。

二、研究唐圭璋词学理论与批评的学术史意义

唐圭璋与夏承焘、龙榆生并称为现代词学三大家❶，是中国20世纪词学成就最为突出的学者之一，也是现代词学的开拓者和奠基人之一。唐圭璋以毕生精力潜心治词，在词学领域进行了多方位的开拓，构筑起较为完整的词学体系，取得了多方面的研究成果。其成就主要表现在词籍、词话的考订和编纂，词学理论与词学批评的建构，以及词的创作等诸多方面，可谓考据、义理、辞章样样精通。唐圭璋著作等身，对于词学学科的发展居功至伟，由此被施蛰存尊为"词坛耆硕"，程千帆更是以词学文献学的大师称誉之，匡亚明用立德、立功、立言的三不朽来概括唐圭璋一生的成就，以"勇者不惧，智者不惑，仁者不忧"来评价其精神境界。唐圭璋终其一生致力的词学事业为学界同仁所称道，因此对其词学理论与批评作全面的梳理和阐发具有重要的学术史意义。

但是，唐圭璋在词籍和词话的编纂方面成就更为突出，其几乎以一人之力完成了《全宋词》《全金元词》和《词话丛编》的辑佚与考订工作。除此之外，他还完成了《宋词三百首笺注》《词苑丛谈（校注）》和《宋词纪事》等著作的校勘与编订。因此，学者们在讨论唐圭璋的词学贡献时，自然而然地更倾向于关注其词学文献学的成就，而对其词学理论与批评的研究不够重视和深入。现有的研究成果或是从整体上对唐圭璋词学作综论性的探讨，或仅是对其词学成就的某一部分作细致的分析。因为单篇论文的篇幅限制，综论其词学思想的研究尚不够深入，而仅局限于微观分析的研究又不够全面，因此，需要对唐圭璋的词学理论体系进行更为细致的分析和更为深入的阐述，探究其词学理论背后的思想渊源及其从事词学批评的路径和方法，将其置于

---

❶ 谢桃坊：《中国词学史》，巴蜀书社2001年版，第521页。

现代词学发展史的链条上进行观照，对其学术史意义作出客观的评价。

一方面，此类研究将有益于学界对于唐圭璋词学理论与批评有更为全面和深入的认识，彰显其在词学史中的地位和影响，弥补当前学界关于唐圭璋词学的研究尚且不够充分的地方。唐圭璋的词学理论是对古典词学的承继与突破，解决了古典词论中遗留的许多重要问题，足可将其视为词学现代转型时期的重要节点。如其对于词体中慢词产生问题的讨论、对于词史中南北宋之争的分析，以及其关于词人的个案研究，如对于李煜、李清照和柳永等词人生平的考证，并笺注词人词集，他还从艺术技巧、风格和思想性等方面对词人词作进行详细的理论分析。所以，厘清唐圭璋的词学理论与批评，是从整体上理解唐圭璋词学观的题中应有之义。

另一方面，唐圭璋关于词的鉴赏与创作理论同样为后辈学人示学词入门之径。唐圭璋所编词选《唐宋词简释》开启一时代的鉴赏之风，提高了学词者鉴赏词的水平，也为后来者编录词选提供极佳的范本。除此之外，其论著中有关词的创作方法的讨论，如《论词之作法》《略论词的上下片作法》和《略论词的起结》等具体谈论词体创作的文章，从填词的艺术技巧、词的音律平仄运用到词体所应达到的美感效果都予以详细的解释和说明，对于学习填词者而言，不失为一剂良方。

与此同时，以"学案体"作为研究方法也是当前学界所流行的一种撰述学术史的方式。唐圭璋关于晚清民国以来词学家师承谱系的述论，本就启示一种研究词学史的"学案体"路径，而本书对于唐圭璋词学理论与批评的研究，也可被视为此种研究路径的一次学术实践，以此展示词学研究方法的多元化探索。

最后，将唐圭璋置于现代词学发展史中予以衡估，也是对晚清民国词学理论演变历史的一次考察，采取横向比较研究的方法，观照唐圭璋词学与其同辈学人词学之内在关系与差异，探讨他们关于词学核心问题的论争与分析，是深入了解现代词学发展史的一种有效方式。而对于现代词学的熟知，也使后辈学人能更好地理解当前词学发展的现状，以及思考未来词学发展的趋势和未来词学研究视域变革与拓展的方向。

第二章
音乐形式与美感特质：唐圭璋词体观论略

　　词体，即词的体式特征，包括词的形式特征和美感特质两个方面。词的形式特征，主要包括词乐、词律和词韵等诸多方面，是词区别于其他文体最显而易见的特征。因此，对词的形式研究，也是讨论词之为词最基本的层面，词的意蕴之美要通过词的形式之美表现出来，唐圭璋在其多篇论文中涉及这一问题。对于词的美感特质的研究，则是指在词的句调格律的研究之外，还需要在审美层面上探究其内在的情味意境，因为"只有抓住了词的内在情味意境，才能把握住词（当然是宋词）的审美特征与艺术个性"❶。在长期的词学研究和创作实践中，唐圭璋总结出词之作风的"雅、婉、厚、亮"说，以此作为词区别于其他文体（尤其是诗和曲）的独特风格特征。

---

❶ 刘扬忠：《宋词研究之路》，天津教育出版社1989年版，第78页。

第一节　词乐、词律与词韵：词体的形式特征

本节关于词体的形式特征研究，主要集中于词乐、词律和词韵三个部分的探讨。唐圭璋在《论词的起源》一文中，对词的合音乐性作了详细的论述，着重分析词与音乐的关系。在《历代词学研究述略》《论词之作法》和《〈云谣集〉杂曲子校释》等文中，唐圭璋也对词的形式特征包括词律和词韵有具体的分析。他通过古今词的对比，阐释词体在演进的过程中形式层面的变化，从而达到对词这种文体更为深入的认识，解决了词学史上许多有争议性的问题。

一、词乐：倚声填词，依调作歌

诗和词的一个显著区别在于词是依调而生的，即由乐以定词，因此词又名"倚声"，充分体现了词的音乐属性。两宋之交的王灼，在其《碧鸡漫志》中较早阐发词与音乐的关系，"今人于古乐府，特指为诗之流，而以词就音，始名乐府，非古也"❶，他认为乐府最大的特点是先定音律，再根据音律填词。其又云："盖隋以来，今之所谓曲子者渐兴，至唐稍盛。今则繁声淫奏，殆不可数。古歌变为古乐府，古乐府变为今曲子，其本一也。"❷王灼将词导源于古乐府，因为词与乐府都具有"因声以度词，审调以节唱"的创作特点，填词来配合音律，而且句读的长短和声韵变化均由词乐限定。由于词的合乐性，它也被称为"曲子""曲子词"或"歌曲"，如王安石的词集名为《临川先生歌曲》，而词人亦将作词称为依曲"填词"。将音乐性看成词作为一种文学体式的首要特征，已经是词学界的共识。夏承焘在为"词"下定义时就谈到，

---

❶ 王灼：《碧鸡漫志》，唐圭璋：《词话丛编（第2版）》，中华书局2005年版，第73页。
❷ 王灼：《碧鸡漫志》，唐圭璋：《词话丛编（第2版）》，中华书局2005年版，第74页。

第二章　音乐形式与美感特质：唐圭璋词体观论略

"词是一种抒情诗体，是配合音乐可以歌唱的乐府诗，是唐宋时期主要的文学形式之一"❶，将词可以歌唱看作其突出的特征。龙榆生在《谈谈词的艺术特征》中，也将词定义为"依附唐宋以来新兴曲调的新体抒情诗，是音乐语言与文学语言紧密结合的特种艺术形式"❷。既然词的音乐性是其最主要的文体特征，那么对于词乐的研究也自然成为词学家们首要关注的焦点问题。

关于词乐的研究，首先应当明确的是其性质与来源。唐圭璋认为："词起于隋、唐的燕乐，词乐为燕乐的重要组成部分。对于词乐的研究，对象是词的音律，涉及的问题如宫调、旁谱等。"❸由此即可看出，唐圭璋将词乐限定在燕乐的范畴。根据沈括《梦溪笔谈》中记载："自唐天宝十三载始诏法曲与胡部合奏，自此乐奏全失古法，以先王之乐为雅乐，前世新声为清乐，合胡部者为宴乐。"❹这就表明至少在唐天宝年间，就已经出现雅乐、清乐和宴乐三种不同的音乐体系。词乐属于燕乐的一部分，早在宋代鮦阳居士《复雅歌词序》中已有相关论述："五胡之乱，北方分裂，元魏、高齐、宇文氏之国，咸以戎狄强种，雄踞中夏，故其讴谣，淆杂华夷，焦杀急促，鄙俚俗下，无复节奏，而古乐府之声律不传。周武帝时，龟兹琵琶工苏祇婆者，始为七均，牛洪、郑译因而演之，八十四调始见萌芽。唐张文收、祖孝孙讨论郊庙之歌，其数于是乎大备。迄于开元、天宝间，君臣相与为淫乐，而明宗尤溺于夷音，天下薰然成俗。于是才士始依乐工拍弹之声，被之以辞，句之长短，各随曲度，而愈失古之'声依咏'之理也。"❺这段记载表明，在南北朝时期，南北

---

❶ 夏承焘，吴熊和：《读词常识》，中华书局2000年版，第1页。
❷ 龙榆生：《谈谈词的艺术特征》，《龙榆生词学论文集》，上海古籍出版社1997年版，第47页。
❸ 唐圭璋：《历代词学研究述略》，《词学论丛》，上海古籍出版社1986年版，第813页。
❹ 沈括：《梦溪笔谈（卷5）》，上海书店出版社2003年版，第38页。
❺ 鮦阳居士：《复雅歌词序》，施蛰存：《词籍序跋萃编》，中国社会科学出版社1994年版，第658页。

文化实现交融，北方的民歌已经杂糅华夷之音，隋及唐初，宫廷创制的音调也受到西域胡乐的影响，到了开元、天宝年间，君王和臣子都已经习惯这种杂糅音乐，而燕乐也渐渐取代宫廷雅乐逐渐流行开来，词正是由这种音乐体系孕育而生。在唐圭璋看来，刘熙载所言"词即曲之词，曲即词之曲"中的"曲"就是"胡夷里巷之曲"，也就是南北朝统一之后，融合华夏音乐和胡部音乐而出现的燕乐系统。

在前人研究的基础上，唐圭璋对燕乐作了具体的解释。他认为，从字面上看"燕乐"与"宴乐"相通，指的是经常在宴会上演奏助兴之曲。燕乐本身与雅乐、清乐不同，雅乐是先王之乐，原指先秦周代文、武诸王流传下来的古乐，但到秦代便大多沦散消亡了。而到了汉唐时代，君王制定用于庙堂祭祀的音乐被称为雅乐，这与后来词所配合的民间俗乐并没有太大关系。清乐，则是指流行于两汉魏晋南北朝的民间音乐，包括汉朝以来中原和南方地区广泛流行的相和歌、清商之调及吴歌西曲等各种民间俗乐。燕乐则是指当时流行的胡夷里巷之曲，其中主要是里巷之曲，也就是中原一带流行于民间的新曲和流传久远而又经过翻新的旧曲。至于胡夷之曲，则主要包括少数民族和其他国家传入的音乐。唐圭璋进一步阐发说："在当时，'燕乐'是属于'教坊'中'俗乐'的范围。《通鉴·开元二年正月》：'旧制，雅俗之乐皆隶太常。上精晓音律，以太常礼乐之司，不应典杂伎，乃更置左右教坊，以教俗乐，命右骁骑将军范及为之使。'郭茂倩称这些隋唐以来的教坊乐曲为'杂曲'，又总其名为'燕乐'，'近代曲者，亦杂曲也，以其出于隋唐之世，故曰近代曲也……而总谓之"燕乐"。'（《乐府诗集》卷七十九）实际上，唐因隋旧制，'燕乐'也就是俗乐中最主要的部分。"❶在当时原本只有单调和舒缓节奏旋律的音乐，不能满足六朝以来商业都市发展后扩大的市民阶层的需要，

---

❶ 唐圭璋，潘君昭：《唐宋词学论集》，齐鲁书社1985年版，第4页。

第二章 音乐形式与美感特质:唐圭璋词体观论略

所以当燕乐初兴后,渐渐地获得了上层君臣和下层市民的青睐,通过融合外来文化丰富自己的生活。

其次,关于词乐的具体内容的探讨。这主要是指词的音律研究,涉及宫调和旁谱的考论。唐圭璋认为:"大致说来,词乐依照音律的次序,宫调有八十四调,即宫、商、角、徵、羽、变宫、变徵七音,乘以十二律。宫乘十二律为宫,其余七十二调皆为调。总名为宫调。"❶宫调是用以限制乐器声调的高下,由七音十二律构成。夏承焘在其《唐宋词论丛》中有过详细的论述,七音主要是指发音的高低,相当于西方音乐谱中的1、2、3、4、5、6、7七个音位。十二律则是指音阶的高下,包括黄钟、大吕、太簇、夹钟、姑洗、仲吕、蕤宾、林钟、夷则、南吕、无射和应钟,相当于C、♭D、D、♭E、E、F、♭G、G、♭A、A、♭B、B十二级音阶。❷隋唐燕乐是用琵琶来定制音律,而琵琶只有四根弦,无徵弦,没有徵、变徵和变宫三音,每弦七调,共二十八调,到了南宋时又仅剩下七宫十二调。每首词都有一个带有音乐性的调名,词调必须依据宫调来创制音律,每个词调都属于一定的宫调。在填词之前,必须对宫调音律有相当的了解,才能选择或制作适当的词调,其所具有的节奏频率、音节高低,必须和作者词中要表达的词情相吻合。

唐圭璋对于词的音调研究并不多,而其师吴梅则在《词学通论》一书中专列"论音律"一节,根据音、律配合的规律列出八十四宫调图,并分列每个音调的正名和俗名,以及各宫调的管色和杀声(即宫调之起声和结声),总结出《古今雅俗乐谱字对照表》和《中西律音对照表》以供后世研究者据此推求古人词乐之概貌。❸至于旁谱的研究,成就最为显著的当属夏承焘的姜白

---

❶ 唐圭璋:《历代词学研究述略》,《词学论丛》,上海古籍出版社1986年版,第813页。
❷ 夏承焘:《唐宋词论丛》,《夏承焘集(第2册)》,浙江古籍出版社、浙江教育出版社1997年版,第90页。
❸ 吴梅:《词学通论》,中华书局2010年版,第23—35页。

石词谱研究。其《姜白石词谱与校理》一文，对姜夔词集中旁注宋代工尺谱的十七首词进行了深入的研究和整理，分析姜夔词谱中的工尺字和音律配合规律，制作《白石歌曲旁谱用字表》。❶ 另外，他还撰写《白石十七谱译稿》，将姜夔的词谱译成当下可以辨识的工尺谱，可谓贡献巨大。吴、夏二人对于词调和旁谱的研究，补足了唐圭璋在词乐研究方面的欠缺，也为后学继续探究中国古代词与音乐之间的关系做了基础性的工作。

词乐由隋唐一直流传到宋，虽然南宋的姜夔、吴文英等人依然保持按调填词的传统，但当时词乐已经出现消亡的迹象。一个因素是，随着时代的发展，词乐也需要不断更新，有些旧曲则被新曲所代替，加上词乐主要是靠歌妓的演唱传播，并没有专门的记录（即使周邦彦提举大晟府，其所制音律也亡佚了）。加之南北宋的战乱迁徙，因此词乐也就随着歌妓的减少、战争环境的破坏、自身的逐渐僵化，最终被南北曲取而代之。另一个导致词乐失传的因素，就是词人内部创作观念的变革。北宋苏轼开始了"以诗为词"的革新，词的音乐属性逐渐弱化。到了南宋中后期，战争频仍，词人面对着家国之难，悲愤郁于胸中，无心唱曲，更多的是用词来抒发一己之志向，寄家国之情于其中，豪放纵横，而词乐到宋末也就衰亡了。因此，唐圭璋指出："古乐的节拍已亡，即使有谱，也不能歌唱了。所以在这方面的研究，较为困难。"❷ 因而，现代词学家们对于词律或词谱的研究就变得尤为重要。

二、词律：词的诗化

词律，是指在词乐消亡之后，词学家通过分析每一种词调中前人所创作

---

❶ 夏承焘：《唐宋词论丛》，《夏承焘集（第2册）》，浙江古籍出版社、浙江教育出版社1997年版，第84-103页。

❷ 唐圭璋：《历代词学研究述略》，《词学论丛》，上海古籍出版社1986年版，第813页。

的优秀作品，总结其中的创作规律，将其作为每一词调固定的创作格式，使调有定句、句有定字、字有定声，后来学者尽可依照每一曲调固定的句读长短、字数、平仄及用韵方法等，来创作符合该曲调形式的词。万树《词律·发凡》云："周、柳、万俟等之制腔造谱，皆按宫调，故协于歌喉，播诸管弦；以迄白石、梦窗辈，各有所创，未有不悉音理而可造格律者。今虽音理失传，而词格俱在。学者但宜依仿旧作，字字恪遵，庶不失其中矩镬。"❶

唐圭璋的《历代词学研究述略》之所以要在词学研究的诸多内容中将词律单列为一节，也是看到词律对于当下词的创作的重要性，"清初人万树所编的《词律》，虽名为词律，实际并非词的音律。王奕清等所编的《钦定词谱》，也非词的音谱，他们考究的都只是词的文字格式。不过词的文字格式，原为配合音乐而形成的，所以直到今天，文字格式也可能作为吟诵及习作的依据"❷。唐圭璋认为词律研究大致可以包括分段、词调（非音调）、词体（词之变体）、句法、用韵及平仄四声等几个部分。龙榆生对词律研究范围的界定，也大致如此："今言词谱，要仍不得不采用同调比较之一法，而其所应该注意之点，不外平仄、句读、领字、韵脚诸端。"❸

（一）分段

诗不分段，而词通常需要分段，段也称"片"或"阕"。对于词的分段，唐圭璋曾有过简短的论述："单调的词不分段。双调一般分上、下两段，还有分三段和四段的。三段的词，前两段短而格调相同，后一段较长，名为'双拽头'，例如《瑞龙吟》。词的下段开始处，通称为换头，或称过片。最长的

---

❶ 万树：《词律》，中华书局 1957 年版，第 24 页。
❷ 唐圭璋：《历代词学研究述略》，《词学论丛》，上海古籍出版社 1986 年版，第 815–816 页。
❸ 龙榆生：《论词谱》，《龙榆生词学论文集》，上海古籍出版社 2009 年版，第 166 页。

词分为四段，例如《莺啼序》，长达二百四十字。"❶ 这是他对于词的章法结构所作的总体性概述。词的分段增加了其内涵容量，有利于词人情感的自由抒发。相对于诗体而言，词体分段的方式使其创作体式更显灵活，表达方式更加多样，给予创作者更多发挥的空间。

  对于词的分段的研究，除了常识性的介绍，唐圭璋还在校释《云谣集》的过程中，就双叠（双调）词的起源问题对前人的误解作一一辩驳。他说："《花间》收皇甫松《天仙子》单叠词，不知此集尚有双叠《天仙子》也……敦煌别见之《望江南》《南歌子》词❷，亦皆双叠，可以破除前人之迷惑甚多。《词律》谓《望江南》唐时皆系单调，至宋方加后叠。徐诚庵补注《词律》，亦信其说。今唐词出，乃知万红友说之误也。"❸ 因此，不可妄断双调词一定晚于单调词而产生。对于双调词的分片，亦有两种情况，上下片相同和上下片不同。上下片相同的词调，是指先有单调，在原调的基础上叠加一遍，如《江城子》《何满子》等。上下片不同的词调，有的是上下片字句全异，如《佳人醉》；也有上下片整体的字数相同，但分句的字数相异，如《人月圆》；还有上下片的句法全同而韵脚不同的，如《行香子》等。唐圭璋在其《论词之作法》中，还将双调词的上下片按照不同作法进行了细致的分类，有上景下情、上情下景、上今下昔、上昔下今、上外下内、上去下来、上昼下夜、上问下答、上虚下实、上下相连、上下不连、上下相反，共计十二种。他对词的上下片出现的各种情况均有简要的概括，并举词调作为例证进行说明，后文阐述唐圭璋词的创作论时，会对此有更加详尽的厘析。

---

❶ 唐圭璋：《历代词学研究述略》，《词学论丛》，上海古籍出版社1986年版，第815–816页。
❷ 根据出版规范，将引文中标有书名号或引号的并列成分之间的顿号作删除处理——编辑注。
❸ 唐圭璋：《〈云谣集〉杂曲子校释》，《词学论丛》，上海古籍出版社1986年版，第750页。

（二）词调

词调来源于宫调，与音乐有着密切的关系。施议对曾对此有一段简练的概述："填词所依据的歌谱，即词调，来自燕乐的各种曲调。歌词制作依据歌谱，就是依据每个曲调所具有的乐音结构和乐音运动形式。"❶ 词乐的消亡也使词调成为一种固定的文字格式，渐渐弱化音乐文体的特性，词开始出现诗化的趋向。现在词学家所研究的词调，主要是指词调的文字格式，包括字数、句法、章法结构、平仄和音韵等，而不再是单纯的音律研究。根据词调的来源及其具体的音乐节奏，可将其分为令、引、近、慢、摘遍和犯调等类别。

唐圭璋对于词调的研究，有三个方面的问题值得我们着重探讨。

第一，唐圭璋认为不能以具体字数多少划分词调。清人毛先舒在其《填词名解》一书中对词调进行了粗略的划分："五十八字以内为小令，五十九字至九十字为中调，九十一字以外为长调。"❷ 后世学者多以此为标准划分词调，但是就像前文所言及的各种词调类型，它们都有各自具体的乐调背景，是根据其与不同曲调的关系来确定其体制的，而非仅靠字数的多少。例如，令，又称"小令"或"令曲"，名称来自唐代的酒令，唐代人在宴会上即席填词，利用当时流行的小曲来作酒令。引，即为歌前之意，是截取唐代大曲中前段部分的某遍音调填词。慢词，又称"慢曲子"，是与急曲子相对而言的，二者之间的区别是根据词调曲度的急与慢来判定的。因此，唐圭璋认为毛先舒"这样分法，其实并不恰当，不过已经习以为常，也不妨以此来表示词的形式的长短不同而已"❸。在对《云谣集》杂曲子校释的过程中，唐圭璋也发现同一词调字数不定的现象，如"《竹枝子》第一首五十七字、第二首则六十四字。

---

❶ 施议对：《词与音乐关系研究》，中国社会科学出版社1985年版，第173页。
❷ 毛先舒：《填词名解》，齐鲁书社1997年版，第8页。
❸ 唐圭璋：《历代词学研究述略》，《词学论丛》，上海古籍出版社1986年版，第816页。

《花间》亦有同调不同字数之词，是知唐词往往如此，不似后世不能歌之词，一字不容出入也"❶，从而印证了不能机械地依据字数的多少来划分词调的论断。这是对前人词调研究的反思与辨误，与唐圭璋持有相似观点的还有吴梅和夏承焘两位先生。吴梅直接引用万树之言，认为若以少一字为短，多一字为长，必是无理，这样粗略的分析无当于词学。❷夏承焘也曾言，这种完全以字数划定词调的方式十分机械，令、引、近、慢的区别是由歌拍节奏的不同决定的。❸对这个问题的讨论，从侧面可以反映出，在词的创作初期词调是灵活多变的，词乐消亡后，词人才更加重视词谱的作用，依照固定的文字格式来填词，反而使词的创作更加趋于保守和僵化。

第二，调与题的离合。唐五代词调名称不仅代表着不同的乐律体制，还蕴含着与之相配合的词的内容指向和情感意涵。唐圭璋在《云谣集》杂曲子中发现，古词调就是题目，而非今词所指的词牌名而已。古词的题意与调名相合，如《拜新月》有"万家向月下，祝告深深跪"之语，《天仙子》有"五陵原上有仙娥"之句，《柳青娘》即为咏柳青娘之美，《内家娇》即为咏内家之美等，题意与调名有着密切的关系。但是随着词体的进一步发展，后人填词，开始自拟词题，而与调名无关。如词调《一寸金》初为声歌艳曲，而周邦彦"州夹苍崖"一首则是行役怀归之作；再如《千秋岁》，北宋词人用此调来吊秦少游，而南宋词人以为祝寿之调，只取腔调之名，而不取腔调之情。这些都是唐圭璋对于词调变化的又一重要认识。

第三，唐圭璋认为令词与慢词应是同时产生的见解，破除了学界的许多疑虑。对于词调，词学界传统的看法是词乃由律、绝变化而来，词体兴起之

---

❶ 唐圭璋：《〈云谣集〉杂曲子校释》，《词学论丛》，上海古籍出版社1986年版，第750页。
❷ 吴梅：《词学通论》，中华书局2010年版，第3页。
❸ 夏承焘，吴熊和：《读词常识》，中华书局2000年版，第42—43页。

初仅有令词，加之《花间集》中所收之词多为小令，就使词学家们更加坚信慢词的产生比令词晚。正如胡云翼在其《中国词史略》中所言，晚唐五代完全是小词的时代，即使到了北宋初期，晏、欧仍延续着小令的创作，直至柳永才新天下之变，创造了慢词。❶ 但当沉寂于敦煌的《云谣集》被学者们发现和校释之后，才对这一问题有了新的认识。唐圭璋通过对《云谣集》进行细致的研读，发现这本词集中的《凤归云》《洞仙歌》《内家娇》和《倾盃乐》等词调均为慢曲，在他看来"其实慢词，早与令词并行于世"❷，《花间集》中仅收令词，应该是受晚唐五代的文学环境或时代风尚的影响所致，但并非意味着当时没有慢词。

关于上述三个问题的讨论，是唐圭璋在词调研究中的主要发现，这些观点大都成形于1943年前后，甚至更早，对于纠正当时词学界关于词体的某些错误认知具有重要的意义。其研究成果也逐渐被词学家们广泛接受，已成为学界的共识。对于词调的划分，调与题的离合，令词、慢词的并存共生等问题的澄清，也使我们对词体尤其是词调的演进变化有了更进一步的认识。

（三）句式

词与近体诗的最大区别还体现在其句式结构方面。词，又称长短句，这是其形式上的突出特征之一。除少数词调采用齐言形式之外，大部分的词调根据曲调节拍高低、急缓的复杂变化而变化，因此原来律、绝整齐的格式无法适应曲调的节奏变化。词作为一种以抒情性见长的文体，其句法灵活多变的样式，以及扩大的篇幅，也有利于词人充分地抒发一己之情感，同时也使词在形式上具有了摇曳之美，正所谓"诗之境阔，词之言长"❸。

---

❶ 胡云翼：《中国词史略》，岳麓书社2011年版，第32页。
❷ 唐圭璋：《〈云谣集〉杂曲子校释》，《词学论丛》，上海古籍出版社1986年版，第750页。
❸ 彭玉平：《人间词话疏证》，中华书局2014年版，第172页。

唐圭璋在涉及句式的讨论中，将词句分为单句、对句、叠句及领句四类。首先，唐圭璋根据单句在词中出现的具体情况，又继续将其分为七种情况来讨论，即一字句至七字句，其中七字句又分上四下三和上三下四两种。相比之下，詹安泰对于词之句法的分类则更为精细，《詹安泰词学论稿》中有专文讨论词的句法结构，他虽然将单句分为一字句至九字句，但如其所言，八字句和九字句都是前面一字句至七字句的短句组合而成，因此其分类与唐圭璋并无二致。除此之外，詹安泰还对每种句类的平仄格式作了详细的举例说明，如二字句，平仄情况分平仄、仄平、平平、仄仄四种，其中分类最多的为七字句，其平仄情况可分四十三种，詹安泰举词句中的例子逐一加以说明。他还对每种句类的组织方式作了分类讨论，如七字句可分为"四、三"句、"三、四"句、"二、五"句、"一、六"句四种句式。❶由此可见，在词的句式方面，詹安泰的研究显然比唐圭璋更为深入和详尽。关于对句，唐圭璋和詹安泰两位先生都按照每句的字数，将对句分为三言对句至七言对句。这种深层地探究词句结构的划分，对于我们更进一步分析词调的格律及词调之间结构的细微差异有很大的帮助，也更能体现出词体句法的复杂多样。

其次是对于词中叠句与领句的分析。叠句，是指完全由句中字的重叠所构成的词句。詹安泰将叠句分为五类，一字叠句至五字叠句，他认为"叠句最多不过五字，五字以上句叠者不经见"❷。但唐圭璋却从众多词调和海量的词句中发现了六字叠句，如《摊破丑奴儿》中"真个是可人香。真个是可人香"❸。这样的发现，应和他集一己之力辑录《全宋词》有很大的关系，他对所能搜集到的宋人词句都精心抄录并认真校勘辨伪，这样长年累月的积淀也使他对宋人词句的结构了如指掌。

---

❶ 汤擎民整理：《詹安泰词学论稿》，广东人民出版社1984年版，第77—85页。
❷ 汤擎民整理：《詹安泰词学论稿》，广东人民出版社1984年版，第86页。
❸ 唐圭璋：《论词之作法》，《词学论丛》，上海古籍出版社1986年版，第848页。

领句又分为一字领句和二字领句两种。唐圭璋将一字领句分为一字领三字句、一字领四字句和一字领七字句等不同种类。这些是对单句而言，如果对词句研究更深入些，还可发现一字领句中尚可再分一字领三字对句，如词句"对宿烟收，春禽静"，一个"对"字领起后面的三字对句。除此之外，还有一字领四字对句，直至一句领八字对句。当然，二字领句也可以此类推进行单句和对句的分类，如二字领七字句、二字领四字对句等。在唐圭璋看来，"当以一字、二字领起之句，亦不可混淆不分，致违律法"[1]。之所以对词的句法作如此精细的划分，就是为了使读者阅读时更能够体会到词句结构之美，而学习填词者亦能更好地分清词调之间的差异，认清词体，按照每个词调不同的章法和句式结构去填词。

词的长短句句法灵活多变，具有参差交错、抑扬顿挫之美，这也使词的语言更具表现力和抒情性。刘永济在其《词论》一书中谈到："填词远承乐府杂言之体，故能一调之中长短互节，数句之内奇偶相生，调各有宜，杂而能理，或整若雁阵，或变若游龙，或碎若明珠之走盘，或畅若流泉之赴谷，莫不因情以吐字、准气以位辞，可谓极织综之能事者矣。"[2] 此段是对词体句式特征及其语言表现力最为形象和生动的概括，充分体现了词体的节奏感和形式美。

三、词韵：方言韵的初探和押韵方式的变化

刘勰《文心雕龙·声律》在界定"韵"时言："异音相从谓之和，同声相应谓之韵。"[3] 词韵的选择及其位置的安排，影响着唱词者的演出效果，它

---

[1] 唐圭璋：《论词之作法》，《词学论丛》，上海古籍出版社1986年版，第847页。
[2] 刘永济：《词论》，上海古籍出版社1981年版，第5页。
[3] 周振甫：《文心雕龙今译》，中华书局2011年版，第302页。

规定着词的停顿节奏，是词体音乐属性的一个重要组成部分。尤其是在词乐失传之后，词韵中所体现出的音律节奏就成为词表现其音乐美的主要方式。另外，叶韵则便于调节情感，一个韵脚表明词的一节结束，韵脚的疏密呈现着词人不同的情感状态。词体兴起之初，并无专为填词而使用的韵书，因此词人多采用诗韵。随着词体的不断发展流行，词人及词作数量的不断增加，有学者开始专门总结词韵，以供学词者入门之用。现在通行的词韵专著为清人戈载的《词林正韵》，此部韵书系用《广韵》韵目，将平、上、去三声合并为一，分十四部，另有入声韵五部，总共是十九个韵部。这是现在公认的较为精审的词韵专著，使用也最为广泛。在其之后，吴梅又进一步细化词韵分类，对戈载的《词林正韵》进行了补正："右韵二十二部，不守高安旧例，大抵仍用戈氏分部，而入声则分八部。盖术物二韵，与平上去之鱼、模、语麌相等，未便与质、栉等同列，陌、麦又隶属于皆、来，没、曷、末亦属于歌、罗，故陌、麦不能与昔、栉同叶，没、曷、末不能与黠、屑同叶，戈氏合之，未免过宽。余故重为订核焉。"❶ 他将戈载韵书中的入声韵由五部增加至八部，增加后的词韵总计二十二部。

唐圭璋在其师的基础之上，继续对前人词韵研究进行补充和校正。他曾在其《历代词学研究述略》的"词韵"一节指出："词人有用各地方音叶韵的，戈氏此书并未涉及。这里，我们略举数例，以说明方音在词韵中通叶，更可证明词韵之宽。"❷ 唐圭璋将词人使用方言韵情况大致分为五种：一是"居鱼"与"齐微"通叶。以苏轼的《渔家傲》为例，"似"与"度"叶。二是"萧豪"与"幽侯"通叶。以曾觌的《钗头凤》为例，"照"与"透"叶。三是"歌戈"与"萧豪"通叶。以黄裳的《蝶恋花》为例，"过"与"早"叶。四

---

❶ 吴梅：《词学通论》，中华书局 2010 年版，第 20 页。
❷ 唐圭璋：《历代词学研究述略》，《词学论丛》，上海古籍出版社 1986 年版，第 818 页。

第二章 音乐形式与美感特质：唐圭璋词体观论略

是"庚亭"与"江阳"通叶。以吴文英的《法曲献仙音》为例，"冷"与"向"叶。五是"真文"与"东冬"通叶。如《云谣集》中的《天仙子》，以"问"与"洞"叶。❶唐圭璋在对搜集来的古人词作进行校勘的过程中，特别留心词中词韵的使用与安排，包括词韵的平仄和发音，通过其细心的观察与辨别，对词中出现的方言韵进行简要的归纳、分类和总结，以此来弥补《词林正韵》的疏漏之处。

除了唐圭璋之外，与其同时的夏承焘和詹安泰也关注到了方言韵在词中的运用。夏承焘在其《词韵约例》文后附录词叶方言韵的例子，大都是夏承焘所摘录散见的有悖于韵书分部的词韵，但他并没有对此进行系统的整理和归纳，正如其所言："此类或是方音……或是'韵缓'……故泛滥无归若儿（其间也许有一部分是误字）。详析而括举之，尚有俟于方家。"❷詹安泰则是根据其所处的地域优势，充分利用潮汕方言和广州方言来辨别词中之韵是否属于同一韵部。另外，他还从方言叶韵的角度，对戈载《词林正韵·发凡》中论音的借字说加以修正，并总结方音叶韵和借字叶韵的具体区别。夏、詹两家均只是指出方言叶韵存在的情况，而并没有像唐圭璋那样根据各种叶方言韵的共性，将其进行有效的归纳和分类。当然，唐圭璋对于词押方言韵的研究尚不够深入和全面，也只开风气之先，还需要掌握大量语言材料和方言能力的后辈学者继续作进一步的梳理和研究。

除了补充方言韵之外，唐圭璋还对叶韵的方式作了具体的研究。词体兴起之初，须依曲调而填词，无论平仄，只要字声与曲调相协调，便可用于歌唱。词乐失传之后，为了上追古人填词之法，词学家选每一词调之代表作，

---

❶ 唐圭璋：《历代词学研究述略》，《词学论丛》，上海古籍出版社1986年版，第818-819页。
❷ 夏承焘：《唐宋词论丛》，《夏承焘集（第2册）》，浙江古籍出版社、浙江教育出版社1997年版，第50-51页。

将词韵的平仄和韵脚的位置固定成格，由此词谱渐兴。唐圭璋在其校释《云谣集》杂曲子之后，对词体最初产生之时的押韵方式进行了简要的总结，与之后词家填词时的押韵方式进行对比，以展现词体由最初形成到最终成熟的过程中所发生的幽微变化。

第一，从平仄通叶到严分四声。唐圭璋举苏轼《哨遍》、方回《水调歌头》为例，说明平仄通叶由来已久；之后更进一步推测，《云谣集》中《洞仙歌》的韵脚"辉""帷""夷"与"婿""倚"等字皆为同韵平仄通叶之先例。另外，唐词叶韵，韵脚也不拘平仄，同是一调，或用平韵，或用仄韵。即使一调之内，平仄亦可自由变换。而后世词学家对于填词平仄押韵格式则要求严分四声，声律安排更为固定与严苛。

第二，不限闭口韵。唐圭璋认为唐宋人作词，多不限定闭口韵，《云谣集》中《凤归云》有"心""深"与"缨""臣"等字通叶，也是不限闭口韵之证。而今人的词韵之书，常将闭口韵分开，正如吴梅所言："韵有开口闭口之分……其他第七部与第十四部韵，词中亦有通假者，此皆不明开闭口之道，而复自以为是，避难就易也。"❶吴梅对于混淆开闭口韵的现象责之甚切，可见后世词学家对词韵的要求之严格。

第三，上叶入声。吴梅认为："至于入声，无与平上去统押之理，故入声须另立部目，不得如曲韵之例，分配三声以外，不再专立韵目。"❷而唐圭璋却一反其师之道，从唐宋词中举例论证入声可以叶上、去声韵。《云谣集》中词调《喜秋天》的第二首用入声韵，而词的末韵却为上声韵"土"，是用上声韵叶入声韵的。除此之外，尚有入声叶上、去声韵的，如《渔歌子》中"寞"与"渺""笑"字同叶。

---

❶ 吴梅：《词学通论》，中华书局 2010 年版，第 20—21 页。
❷ 吴梅：《词学通论》，中华书局 2010 年版，第 16 页。

对于词韵的研究,夏承焘的《词韵约例》可谓总结得最为详尽,他将词人创作时最常用的押韵方式和叶韵变例分为十一大类,一一举例阐发,以便于学词者入门之用。此节所讨论的唐圭璋的词韵研究,主要侧重于其通过对《云谣集》的校释和延伸性的阐论,勾勒出从词产生之初到最后成熟,直至发展至今,词韵内容及押韵方式的一个动态变化的过程,也从侧面反映了词的创作观念和方法的变化。

第二节 "雅、婉、厚、亮":词体的美感特质

关于词体的研究不仅是探究词的形式方面的体式特征,此为词体区别于近体诗和曲的外在显现,而且词体内在情味与意境所表现出的美感特质也是其与诗、曲等其他文体重要的差异性特征。词体的形式特征和美感特质是相互影响的,词在组织结构上的安排及词韵的用法,直接影响词体审美风格的呈现,而词所涵括的内在情韵也决定了它所应具有的适合其内容的形式特征,如《论语·雍也》所言:"质胜文则野,文胜质则史。文质彬彬,然后君子。"❶因此,对于词的美感特质的讨论,也是词体研究中的重要组成部分。曾大兴总结前人对于词体的论述,认为李清照的"别是一家"说、张惠言的"意内言外"说和王国维的"要眇宜修"说,是关于词体审美特质最具代表性的三种主张。❷

唐圭璋在前人词体论的基础上,结合自己词学研究和词的创作经验,阐发其对于词体所具有的与其他文体不同的风格特征的认识,既有对前辈学者

---

❶ 杨伯峻:《论语译注》,中华书局1958年版,第65页。
❷ 曾大兴:《20世纪词学名家研究》,中华书局2011年版,第169页。

词学观念的发挥,也融入自己对于词体美感特质的思考。在唐圭璋看来,"夫文章各有体制,而一体又各有一体之作法。不独散文与韵文有异,即韵文中之诗歌词曲,亦各有特殊作风,了不相涉。苟不深明一体中之规矩准绳,气息韵致,而率意为之,鲜有能合辙者"❶。他将词体不同于诗、曲的作风概括为"雅、婉、厚、亮"四点。在他看来,古之名词佳作无不具备此四种作风,而词林之败笔也皆因背离了这四种原则。"雅、婉、厚、亮"正是唐圭璋对词体美感特质的界定,他将此视为填词所应追求之最高审美理想。

一、雅:清新雅正

唐圭璋以为词之作风,当以"雅"为首。"词之所以异于曲者,即在于雅。曲不避俗,词则决不可俗。"❷唐圭璋对词之雅的理解和认识,是对前人词体雅化理论的承继。鲖阳居士的《复雅歌词序》较早地在词学领域提出"崇雅"观念,倡言"骚雅之趣",要求词的主题"复雅",即恢复诗教"止乎礼义"的传统。随后,张炎的《词源·卷下》卷首语开宗明义,即曰:"古之乐章、乐府、乐歌、乐曲,皆出于雅正。"❸他侧重从内容方面界说"雅正",旨在纠正婉约词中的"浮艳"倾向,使情感符合正统诗学的规范。继张炎之后,沈义父的《乐府指迷》也有对于词体之"雅"的专论:"盖音律欲其协,不协则成长短之诗。下字欲其雅,不雅则近乎缠令之体。用字不可太露,露则直突而无深长之味。"❹与张炎相比,沈义父更侧重从词的下字用语的角度,论填词求雅的具体途径。元代陆辅之《词旨》亦云:"对句好可得,起句好难得,

---

❶ 唐圭璋:《论词之作法》,《词学论丛》,上海古籍出版社1986年版,第838页。
❷ 唐圭璋:《论词之作法》,《词学论丛》,上海古籍出版社1986年版,第862页。
❸ 张炎:《词源·卷下》,唐圭璋:《词话丛编(第2版)》,中华书局2005年版,第255页。
❹ 沈义父:《乐府指迷》,唐圭璋:《词话丛编(第2版)》,中华书局2005年版,第277页。

第二章　音乐形式与美感特质：唐圭璋词体观论略

收拾全藉出场。凡观词须先识古今体制雅俗。脱出宿生尘腐气，然后知此语，咀嚼有味。"❶ 清初的朱彝尊是有清一代力推"崇雅"论的学者之一，他认为："词虽小技，昔之通儒钜公，往往为之，盖有诗所难言者，委曲倚之于声。其辞愈微，而其旨益远。善言词者，假闺房儿女子之言，通之于离骚变雅之义，此尤不得志于时者所宜寄情焉耳。"❷ 严迪昌指出朱彝尊所言之词体含有"醇雅"之意❸，既注重词的形式之雅，同时也寄寓家国之志和个人郁愤之情。

唐圭璋所言之"雅"，是相对于"俗"而言的，主要包括清新和雅正两个方面的指向，"所谓'俗'，是反对庸俗，不是反对通俗，庸俗是低级趣味，通俗是明白如话"❹。"清新"即不熟，熟便觉无新意。"熟"就是指词中有蹈袭前人的语意和模仿古人诗、词句之嫌。牛峤《西溪子》（捍拨双盘金凤）一词末句云："弹到昭君怨处。翠蛾愁，不抬头。"唐圭璋在其《唐宋词简释》评此句时言："张子野词'弹到断肠时，春山眉黛低'即袭此。然落牛词之后，亦不见其佳胜也。"❺ 他认为张子野承袭牛峤的词意，便觉得熟而无味。这也正揭示读者阅读时的接受心理，词意创新总会让人记忆深刻，咀嚼回味，而如果多次反复阅读，也会陷入审美疲劳，因此西方学界所提出的"陌生化"理论，一再强调破除一种机械式的语言和感受，而以此强化读者的审美感受。另外，如果过多使用前人的诗、词句也会落入"熟"的境地，如"莲子空房""人面桃花""花自飘零水自流""一样东风两样吹"之类，都须避免反复使用。

除此之外，"雅"还有词旨"雅正"之意。这是针对金应珪"淫词""游

---

❶ 陆辅之：《词旨》，唐圭璋：《词话丛编（第 2 版）》，中华书局 2005 年版，第 302 页。
❷ 朱彝尊：《陈纬云红盐词序》，《曝书亭集（卷四十）》，世界书局 1937 年版，第 487–488 页。
❸ 严迪昌：《清词史》，人民文学出版社 2011 年版，第 261 页。
❹ 唐圭璋：《论词之作法》，《词学论丛》，上海古籍出版社 1986 年版，第 862 页。
❺ 唐圭璋：《唐宋词简释》，上海古籍出版社 1981 年版，第 21 页。

词""鄙词"之论而发的。淫词,即污秽床第之言充盈其中的词;鄙词,则指粗鄙之词,"诙嘲则俳优之末流,叫啸则市侩之盛气"❶;游词,即专写花鸟、酬应之词,哀乐不由情性的虚情假意之词。这些都是唐圭璋所不屑的词作,他认为"怪则不纯,淫则不正,不纯不正,亦非雅词"❷。这正是与前人词论讲求词意、词格之纯正,意境之深远一脉相承。

二、婉：温柔缠绵

"婉"是词最重要的体性特征之一,唐圭璋认为:"词之所以异于诗者,在于婉。诗有婉,有不婉,词则非婉不可。诗过婉嫌弱,词则不婉嫌率。"❸"婉",即温柔缠绵之意,表情达意的含蓄蕴藉。古代词学家早有关于词体之"婉"的论述。张炎《词源》云:"簸弄风月,陶写性情,词婉于诗。"❹ 于其而言,词在抒发性情上比诗更加委婉曲折。明代张綖《诗余图谱》首次明确地提出了婉约与豪放之分:"词体大略有二：一体婉约,一体豪放。婉约者,欲见其词情蕴藉;豪放者,欲其气象恢弘。盖亦存乎其人。如秦少游之作,多是婉约;苏子瞻之作,多是豪放。大抵词体以婉约为正……"❺ 王世贞《艺苑卮言》亦曾道:"即词号称诗余,然而诗人不为也。何者,其婉娈而近情也,足以移情而夺嗜。"❻ 他抓住"诗余"这一词体特性立论,认为词在表情达意上委婉柔美、细腻感人。清人陈廷焯《白雨斋词话》

---

❶ 金应珪：《词选后序》,唐圭璋：《词话丛编（第2版）》,中华书局2005年版,第1619页。
❷ 唐圭璋：《论词之作法》,《词学论丛》,上海古籍出版社1986年版,第862页。
❸ 唐圭璋：《论词之作法》,《词学论丛》,上海古籍出版社1986年版,第863页。
❹ 张炎：《词源》,唐圭璋：《词话丛编（第2版）》,中华书局2005年版,第263页。
❺ 张綖：《诗余图谱》,张璋、职承让等：《历代词话》,大象出版社2002年版,第228页。
❻ 王世贞：《艺苑卮言》,唐圭璋：《词话丛编（第2版）》,中华书局2005年版,第385页。

第二章 音乐形式与美感特质：唐圭璋词体观论略

云，"情以郁而后深，词以婉而善讽"❶，倡导词言情要沉郁深至，意蕴主旨的表达要委婉含蓄，合乎诗教。王国维所言的"要眇宜修"的词体观，亦是强调了词的婉约之态。

唐圭璋也常从词的这一体性特征来评赏词人词作。在他看来，柳永词"衣带渐宽终不悔，为伊消得人憔悴"，欧阳修词"日日花前常病酒，不辞镜里朱颜瘦"，它们的佳处皆在于"婉"。再以秦观为例，唐圭璋认为其词远祖温、韦、冯、李，近承晏、欧，温柔缠绵，一往情深，读之令人荡气回肠，哀乐不能自主，堪称婉约之宗。唐圭璋以"温婉深厚""风神俊朗""寄慨遥深"等语来高度赞赏秦观之词。除此之外，唐圭璋还指出，即使是苏、辛两家，天纵豪放，似不尚婉，但两个人性情深厚，百炼钢往往化成绕指柔，故亦能尚婉。夏承焘在评辛词时，也认为其词"肝肠如火，色笑如花"，彰显出集婉约与豪放于一体的风格特征❷，但他并没有将"婉"上升到词体美感特质的高度。在唐圭璋之后，叶嘉莹受王国维词体观的影响，也认为词体有要眇幽微之美，并进而提出词的"弱德之美"说。在其眼中，无论苏轼词中的"幽咽弦断之音"，还是辛弃疾"沉郁悲凉"之慨，都是在强大的外势压力下，所表现出的不得不采取约束和收敛的隐曲之姿态的一种美。❸这些观点，正与唐圭璋关于词体之"婉"的认识相互印证。一方面，词的表现手法造成词意的含蓄蕴藉；另一方面，词呈现出一种伴随音乐节奏变化而形成的长短错综的形式美，使其声律节奏婉转柔和。当然，词所能传达出的诗难以表达的缠绵悱恻之情，是使词体具有这种美感特质最为重要的因素。

---

❶ 陈廷焯：《白雨斋词话》，唐圭璋：《词话丛编（第2版）》，中华书局2005年版，第3976页。

❷ 夏承焘：《词学论札》，《夏承焘集（第8册）》，浙江古籍出版社、浙江教育出版社1997年版，第95页。

❸ 叶嘉莹：《清词丛论》，北京大学出版社2014年版，第66页。

三、厚：沉郁顿挫

词风之"厚"和前文所述之"雅"与"婉"相因而生。填词能"婉"即"厚"，能"厚"即"雅"。"厚"，与浅薄相对，意指词用情极深，所写之意要符合儒家的温柔敦厚之旨。唐圭璋提倡词风之"厚"是承继常州词派的词论主张而来。张惠言关于词体的"意内言外"说，正强调词所具有的美刺、教化功能，用以表达贤人君子的家国之忧和不遇之感。周济继张惠言之后提出"从有寄托入，以无寄托出"的理论观点，突破了传统词在表现题材和内容方面狭小的范围，提倡在词中寄寓家国之情、表达世代盛衰之感等，达到一种"浑化"的情韵，克服词坛浅滑的积弊。陈廷焯则以"沉郁""忠厚"论词，其《白雨斋词话》云："作词之法，首贵沉郁，沉则不浮，郁则不薄。顾沉郁未易强求，不根柢于风骚，乌能沉郁。十三国变风、二十五篇楚词，忠厚之至，亦沉郁之至，词之源也。"❶其后，况周颐可谓这一脉词论观念的集大成者，明确提出"重、拙、大"的词学思想，这也是其词论的核心要义。其《蕙风词话》中云："作词有三要，曰：重、拙、大。南渡诸贤不可及处在是。重者，沉著之谓。在气格，不在字句。"❷在《词学讲义》中，他再次重申了这一词学主张："古今词学名辈，非必皆绝顶聪明也。其大要曰雅，曰厚，曰重、拙、大。厚与雅，相因而成者也，薄则俗矣。轻者重之反，巧者拙之反，纤者大之反，当知所戒矣。"❸况周颐在前人词论的基础之上进行高度的凝练，倡导词人填词之时应多表现自己的身世之感，蕴蓄时势、政事之义，以扩大词的表现范围。

---

❶ 陈廷焯：《白雨斋词话》，唐圭璋：《词话丛编（第2版）》，中华书局2005年版，第3776页。

❷ 况周颐：《蕙风词话》，唐圭璋：《词话丛编（第2版）》，中华书局2005年版，第4406页。

❸ 况周颐：《词学讲义》，孙克强：《蕙风词话 广蕙风词话》，中州古籍出版社2003年版，第151页。

唐圭璋关于词风之"厚"的认识，是对上述词学家词学观的进一步阐述与发扬，更直接导源于况周颐。但他也指出，最早提出"重、拙、大"一说的应为其金陵前辈端木埰，王鹏运和况周颐等皆承端木埰的词学主张而来。他以为端木埰的《宋词赏心录》中所选十七家词，已具见"重、拙、大"之旨。

唐圭璋在给施议对的信中谈到自己对于"重、拙、大"之说的具体理解："拙重大是主要倾向，风骚以来无不如此。这笔不等于抹杀一切日常见闻、清新俊逸的作品。杜甫有'数行秦树直，万点蜀山突'，多么深刻、形象、重大；但'细雨鱼儿出，微风燕子斜'，又是何等轻灵细致。颜鲁公书力透纸背就是拙重大，出于至诚不假雕饰就是拙重大。因此，真挚就是拙，笔力千钧就是重，气象开阔就是大。'为君憔悴尽，百花时''不如从嫁与，作鸳鸯''除却天边月，没人知''觉来知是梦，不胜悲'都是真情郁勃，都是拙重大。"❶ 简要总结其词论观点，可将"重、拙、大"的含义凝练为情真、意深与境阔三重意涵。唐圭璋认为，"重、拙、大"，并非仅指风骚之意，也并非只有寄寓家国情怀与朝代盛衰的作品才称得上"厚"，那些表达真性情的作品，真切地抒发自己的性灵，哪怕只是描写日常生活中的点滴感动的作品，即使没有寄托与讽刺，也一样笔力沉重，感人至深。

四、亮：名隽高华

词本就属于音乐文学，声律音韵所呈现出的音乐性是其又一重要体性特征。唐圭璋论词风时就着重谈到词体的声韵之"亮"，即高朗揭响之意。他认为沉郁厚重之作，如果有音节响亮的字句振起，就会起到疏宕词气的作用，

---

❶ 秦惠民，施议对：《唐圭璋论词书札》，载《文学遗产》2006年第3期。

更能表现灵动飞舞之美。在他看来，韦庄、周邦彦和姜夔等人的词中佳作多表现了音韵响亮的特点。

关于词体声律音韵的讨论也是由来已久。张炎在其《词源》中曾言："词中一个生硬字用不得。须是深加煅炼，字字敲打得响，歌诵妥溜，方为本色语。"❶他从声律的角度对词的创作提出明确的要求，主张词家填词应该细心炼字，以求字句声韵高朗和谐，达到歌唱顺畅和婉之美。元陆辅之《词旨》中亦云，"命意贵远，用字贵便，造语贵新，炼字贵响"❷，主张在炼字过程中，音节、声律的响亮入耳对词的整体抒情效果非常重要。尤其是在词中的韵脚和转折处，声韵更值得推敲，一字之声都可能有振起全篇之效。周济在评温、韦词时说，"飞卿下语镇纸，端己揭响入云，可谓极两者之能事"❸，在评价词人词作时，读者也须关注词在韵律安排上的独特之处，从而可以更为深入地分析词人的创作风格。

唐圭璋正是引周济此语进一步论述词风之"亮"："亮者，哑之反，字句拖沓，音揭不起，斯为下乘。清音直揭，若鹤唳太空，斯为佳制。"❹唐圭璋视"亮"这一音律特征为其评价词之优劣的重要标准之一。他将"亮"解释为"名隽高华"。名隽，即俊秀出众之意；高华，即典雅华美之意。在评李璟名句"细雨梦回鸡塞远，小楼吹彻玉笙寒"时便用"名隽高华"来褒扬它。在他看来，苏轼的《江城子》（十年生死两茫茫）也写出了"有声当彻天，有泪当彻泉"的境界，他还用"高朗"一词评陈与义《临江仙》（高咏楚词酬午日）中"无人知此意，歌罢满帘风"两句，这些评语都体现其对于词的音节韵律的重视。

---

❶ 张炎：《词源》，唐圭璋：《词话丛编（第2版）》，中华书局2005年版，第259页。

❷ 陆辅之：《词旨》，唐圭璋：《词话丛编（第2版）》，中华书局2005年版，第301页。

❸ 周济：《介存斋论词杂著》，唐圭璋：《词话丛编（第2版）》，中华书局2005年版，第1629页。

❹ 唐圭璋：《论词之作法》，《词学论丛》，上海古籍出版社1986年版，第864页。

和唐圭璋相似，龙榆生也重视声律音韵对于词情表达的重要影响，在其书中就曾专门讨论平仄四声与词作表情之间的关系。声调的刚柔、长短、轻重的不同，都会造成词句的和谐与拗怒的差别，龙榆生就借此来分析词中作者思想情感的起伏变化。❶龙榆生过于凸显词的曲调构成形式作为词体区别于其他文体的重要性，但"还未曾有意识地从文学、文化与历史的多方面去深入探讨这一问题"❷。唐圭璋提出词体审美特质的"雅、婉、厚、亮"说，正弥补了龙榆生词体研究的不足之处。

第三节　用笔与本质：
唐圭璋、缪钺关于词体审美特征之辩

不同的词学家因其学缘关系的差异，表现出不同的理论倾向，进而导致他们对于词体风格的认识存在多种面相，这些面相正体现出现代词体观念建构背后所具有的丰富多元的话语资源。缪钺以"轻、小、狭、隐"概括词体的美感特质，与唐圭璋所持"雅、婉、厚、亮"的词体观大相径庭，但如若详加辨析，二者所论实属从"词的用笔"与"词的本质"两个不同的层面对词体审美特征的界定，表面的差异蕴含着内在的贯通。

缪钺治词深受王国维词学的影响，他在20世纪40年代初提出的词体"轻、小、狭、隐"四大特征，就是以王国维词体观为参照的。他曾在《论词》中说："诗显而词隐，诗直而词婉，诗有时质言而词更多比兴，诗尚能敷畅而

---

❶ 龙榆生：《谈谈词的艺术特征》，《龙榆生词学论文集》，上海古籍出版社2009年版，第54页。

❷ 熊烨：《龙榆生先生词学研究》，南开大学2010年硕士学位论文，第33页。

词尤贵蕴藉。王国维曰：'词之为体，要眇宜修，能言诗之所不能言，而不能尽言诗之所能言，诗之境阔，词之言长。'（《人间词话》）此其大别矣。"❶ 在此基础上，缪钺从文小、质轻、径狭和境隐四个方面，阐发其对于词体美感特质的认识。

其中"文小"是指相较诗而言，词人托物比兴时，所选之"物"多为"轻灵细巧者"。如词中多有微雨、烟渚、流莺、飞絮等细微的意象。依缪钺之意，此类意象用之于诗则嫌纤巧，而用之于词却是当行本色，词的特殊功能正在于"取资微物，造成一种特殊之境，借以表达情思，言近旨远，以小喻大，使读者骤遇之如在耳目之前，久诵之而得隽永之趣也"❷。由文小故而质轻，表达方式的轻盈灵动、摇曳生姿，使词体更具妍美之致。因文体创作规律的限制，即使抒发沉挚的情感，也须以轻灵的手法表现。缪钺所言的词体特征"径狭"，则是就词的表现内容而言的。文人词兴起的最初阶段，词主要用以娱宾遣兴，故多为言情写景之作，逐渐形成稳定的创作传统。缪钺认为词不宜叙述说理，即使苏、辛这样的大家填此类词，亦难称当行之作，因此相较诗文而言，词的表达范围相对狭窄。"境隐"是说词之境界的"隐约凄迷"感。词忌平铺直叙，而尤为回环宕折，正是这种婉约幽曲的表情方法，使词寄托遥深。对此特征的强调，是缪钺词体观与王国维词体观的不同之处。在缪钺看来，"词境如雾中之山，月下之花，其妙处正在迷离隐约，必求明显，反伤浅露，非词体之所宜"，而王国维偏执于写景如在目前之作，批评那些"如雾里看花之感"的词。缪钺的词体观虽明显受王国维的影响，却也补足后者词体审美观的缺陷。

继承"重、拙、大"的词学理念，秉持"雅、婉、厚、亮"词体观的唐

---

❶ 缪钺：《论词》，《缪钺全集第3卷·冰茧庵词说》，河北教育出版社2004年版，第5页。
❷ 缪钺：《论词》，《缪钺全集第3卷·冰茧庵词说》，河北教育出版社2004年版，第7页。

第二章 音乐形式与美感特质：唐圭璋词体观论略

圭璋，对缪钺的"轻、小、狭、隐"之说却不以为然。在他看来，词不是"轻、小、狭、隐"，惟有朴拙才能厚，惟有厚方能重，故大，"若纤巧、轻浮、琐碎，皆词之弊也"❶。夏敬观在《〈蕙风词话〉诠评》中亦曾言道，"盖重者轻之对，拙者巧之对，大者小之对，轻巧小皆词之所忌也，重在气格"❷，和唐圭璋持相同的观点。

在唐圭璋看来，除了秦观一类词风本就曲折深婉的词人之外，即使苏、辛"大声镗鞳"之词，亦是百炼钢化为绕指柔，否则便是失之粗犷。而词体的婉约，足以形成词之内涵的深厚蕴藉，因此他极反对词小、质轻的观点。唐圭璋所言"厚"，其实就是端木埰、况周颐所说的"重、拙、大"，但其所指已不再拘于经学的传统，他认为填词只要有真性情，至诚不假雕饰就是"重、拙、大"，至于是否寄托家国情怀与士大夫之志，并非其衡量词之优劣的决定性标准，即便是"为君憔悴尽，百花时"这样的闺阁之词，亦是真情郁勃，符合"重、拙、大"之旨。

此处尤须辨析的是，唐圭璋对于词之作风"厚"的强调，彰显他与常州词派之间的学缘关系。他从吴梅学词，而吴梅又服膺朱祖谋，加之唐圭璋对其同乡端木埰的称扬，所以推崇沉郁顿挫的词风自是顺理成章。由此联系他对王国维《人间词话》所持的批评立场，可知当缪钺以王国维词体观为基础提出"轻、小、狭、隐"说时，自然会遭到唐圭璋的反驳。但唐圭璋的批评过于急切，未能理解缪钺已经作出的解释，其实二人所论并非在同一层面。唐圭璋说："或谓词之质宜轻者，若少游之词，温婉深厚已极，其质岂果轻哉。若谓少游词小，愈小视少游矣。少游风神俊朗，寄慨遥深，谓其词精深

---

❶ 唐圭璋：《论词之作法》，《词学论丛》，上海古籍出版社1986年版，第864页。
❷ 夏敬观：《〈蕙风词话〉诠评》，唐圭璋：《词话丛编（第2版）》，中华书局2005年版，第4585页。

华妙则可,谓之曰小,亦乌乎可?"❶而缪钺又何尝否定词的言近旨远,只是言明秦观之词所写意象多精美细巧而已,词之质轻,"非谓其意浮浅也,极沉挚之思,表达于词,亦出之以轻灵"❷。

缪钺尽管将词体定位为"轻、小、狭、隐",但并非与晚清常州词派后继者的"重、拙、大"之论相违。他解释道:"吾之所论,就词之本质而言,重、拙、大之说,就词之用笔而言,二者并行而不相悖。"❸前文论及他所受王国维和胡适词学的影响,其实常州词派词学观亦是其论词的重要理论资源。缪钺在《学词小传》中总结自己的词体观时说:"词是长短句,其曲调之低昂,节拍之缓急,足以尽唱叹之致,又因篇幅之局限,要求言简意丰,浑融蕴藉,故词体最适合于'道贤人君子幽约怨悱不能自言之情,低徊要眇,以喻其致'。(张惠言《词选序》)而可以造成'天光云影,摇荡绿波,抚玩无斁,追寻已远'(周济语,见《介存斋论词杂著》)之界,此诗体所不能及者。"❹缪钺关于词体美感特质的阐述,同时吸收词学新说与旧论,不依附伦理政治为词体正名,而更多地从文体的艺术审美性特征出发,探讨词之为词的本质风格所在。所以就此而言,唐、缪二人所论之意并非绝然矛盾,只是言说角度不同而已。

---

❶ 唐圭璋:《论词之作法》,《词学论丛》,上海古籍出版社1986年版,第863页。
❷ 缪钺:《论词》,《缪钺全集第3卷·冰茧庵词说》,河北教育出版社2004年版,第7页。
❸ 缪钺:《论词》,《缪钺全集第3卷·冰茧庵词说》,河北教育出版社2004年版,第9页。
❹ 缪钺:《学词小传》,《缪钺全集第3卷·冰茧庵词说》,河北教育出版社2004年版,第378页。

第三章
诗体解放时代的执守：唐圭璋论填词之法

《论词之作法》是唐圭璋关于词的创作论最重要的一篇文章，他结合前人词论中述及的填词方法，以及自己丰富的创作经验，总结出一条填词的入门路径。从词的作法总论到词的组织结构，再到论词的作风，内容详细，层次清晰，全面介绍词的作法，为初学填词者指示学词的正途。

唐圭璋于1922年考入东南大学，师从吴梅学习词曲。吴梅在大学开设一门"词学通论"课程，讲授词韵、平仄、音律、作法及历代词家概况，使唐圭璋初步了解到有关词的各方面知识。闲暇之余，吴梅常常带领学生游览南京的名胜古迹，每到一处便和学生们一起填词谱曲。有时学生还会到他家习唱，师生之间相互唱和，渐渐地学生们都学会了唱曲，对词曲源流及其关系也都有了更深切的了解与体会。除此之外，吴梅还组织词社，社员每月定期集会，而且还要尝试拈出词调填词，这些都对唐圭璋早期学词产生了重要的影响。正是受到吴梅严格的填词训练，唐圭璋的词才更加沉郁凝练，获得同辈认可。《梦桐词》一集，共收录唐圭璋自1926年以来所填的一百三十三首词，虽然战乱频仍的年代词作多有散佚，但现存之词已可大致反映他一生的创作实践。唐圭璋对于填词之法的论述，一方面，汲取古代词学家如张炎、沈义父等人的词论观点；另一方面，也是对其师吴梅《词学通论》中"作法"一章的延续与发展。在高呼"诗体解放"口号的年代，甚至"词的解放运动"也曾喧嚣一时，唐圭璋这篇《论词之作法》可谓"文学革命"时代的一种精神"执守"。

第一节　填词要则：读词、作词与改词

一、读词

唐圭璋将读词作为学习填词的首要工作，"作词必先读词，犹作文必先读文，作诗必先读诗也"❶。这也是吴梅起初教人学词时，要求学生必须做的功课。唐圭璋曾回忆说："先生教学认真，诲人不倦，要求学生多阅读，多思考，多写作。"❷ 其实前人早有强调读词的重要性，如陈廷焯《白雨斋词话》云："词中本原，初学难于骤得。宜先多读唐宋之词，以植其基。然后上溯风骚，下逮国初，以竟其原委，穷其变态。本原所在，可不言而喻矣。"❸ 学词要先读唐宋词，了解这种文体的发展变化，追溯其本源，知其本而学习填词或可事半功倍。况周颐也认为，"学填词，先学读词。抑扬顿挫，心领神会。

---

❶ 唐圭璋：《论词之作法》，《词学论丛》，上海古籍出版社 1986 年版，第 838 页。
❷ 唐圭璋：《我的学词经历》，钟振振：《词学的辉煌——文学文献学家唐圭璋》，南京大学出版社 2001 年版，第 9 页。
❸ 陈廷焯：《白雨斋词话》，唐圭璋：《词话丛编（第 2 版）》，中华书局 2005 年版，第 3936 页。

第三章　诗体解放时代的执守：唐圭璋论填词之法

日久，胸次郁勃，信手拈来，自然丰神谐邕矣"❶，主张通过读词来体会和把握词的节奏韵律和韵味，熟则能生巧，读多了自然可以写出佳作。蒋兆兰《词说》中言："作词当以读词为权舆。声音之道，本乎天籁，协乎人心。词本名乐府，可被管弦。今虽音律失传，而善读者，辄能锵洋和韵，抑扬高下，极声调之美。其浏亮谐顺之调固然，即拗涩难读者，亦无不然。及至声调熟极，操管自为，即声响随文流出，自然合拍。"❷蒋兆兰是从体味声调之美的角度谈读词，通过熟读词可使自己对于音节的感受内化于心，甚至成为一种永久的"记忆"，在填词时音节配合流美自然。

在唐圭璋看来，读词的作用远非仅限于体味词的音律节奏那么简单，他认为不读词就对词缺乏感性的认识，更谈不上赏析词，不会解词的人何谈作词。熟读深思一首词，才能对词的结构、命意、衬副及承接转折、开合呼应之法，剖析精微，体察分明。同时，熟读一家之词，才能知道一家词的总体风格如何、优劣如何、渊源如何、影响如何，极力推敲，方能逐渐提高自己的鉴赏能力，然后学优去劣，自然而然地提高自己的创作起点。因此，唐圭璋在教学生填词时，也反复强调"今后对古人的作品不但要多读，还要熟读，才能把握、运用更多的词汇"❸。

关于读什么样的词，唐圭璋亦有自己的思考。在他看来，读词还应该从优秀的选本入手。唐圭璋将朱祖谋选编的《宋词三百首》、胡云翼选编的《宋词选》、俞平伯选编的《唐宋词选释》和陈匪石选编的《宋词举》等书，作为学词者首先应该阅读和参考的资料。在熟读、精读上述选本之后，还可以通过阅读周密的《绝妙好词》、张惠言的《词选》、戈载的《宋七家词选》及冯

---

❶ 况周颐：《蕙风词话》，唐圭璋：《词话丛编（第2版）》，中华书局2005年版，第4415页。
❷ 蒋兆兰：《词说》，唐圭璋：《词话丛编（第2版）》，中华书局2005年版，第4629页。
❸ 常国武：《永怀恩师》，钟振振：《词学的辉煌——文学文献学家唐圭璋》，南京大学出版社2001年版，第55页。

煦的《宋六十一家词选》等名家选本来进一步扩大阅读面。阅读选本可以让我们大致了解唐宋词的代表作家及其代表作品，在此基础上，还需要继续阅读重要词人的专集。读专集则随各人性情之所近，喜欢某家则尽读某家之词。当然，也可以依据作家时代的先后，选专集阅读，以便了解词史的发展脉络和规律；还可以根据作家风格流派设定阅读计划，加深了解各种不同流派风格之间的差异、嬗变及其相互之间的影响。读词人专集，初学者要选读较好的笺注本，如龙榆生的《东坡乐府笺》、夏承焘的《姜白石词编年笺注》、邓广铭的《稼轩词编年笺校》等。这一读词方法，也是受到其师吴梅的影响，唐圭璋回忆自己的学词经历时说："吴先生开'词选'课，选录历代名作，阐述详尽，更使我在词学方面打下了坚实的基础。最后，吴先生又开了两年'两宋专家词'课，对专家进一步作了深入的研究，这就使我决心踏上治词的路径。"❶据常国武回忆，唐圭璋为学生开设的词曲课程，其中就有断代词选和专家词选。❷

选好词的读本之后，如果想要通过阅读达到提高鉴赏词和填词水准的目的，有效的阅读方法必不可少。况周颐《蕙风词话》云："读词之法，取前人名句意境绝佳者，将此意境，缔构于吾想望中。然后澄思渺虑，以吾身入乎其中，而涵泳玩索之。吾性灵与相浃而俱化，乃真实为吾有，而外务不能夺。"❸况周颐强调用心去体会词中之意蕴，使其与自己的情感相融合，化为自己性灵中的一部分，待到填词之时，古人之意境佳构自然为我所用，随意驱遣，并在此基础之上创作出新意迭出的作品。在唐圭璋看来，无论阅读

---

❶ 唐圭璋：《我的学词经历》，钟振振：《词学的辉煌——文学文献学家唐圭璋》，南京大学出版社2001年版，第9页。

❷ 常国武：《永怀恩师》，钟振振：《词学的辉煌——文学文献学家唐圭璋》，南京大学出版社2001年版，第53页。

❸ 况周颐：《蕙风词话》，唐圭璋：《词话丛编（第2版）》，中华书局2005年版，第4411页。

第三章　诗体解放时代的执守：唐圭璋论填词之法

"哪一选本，对其中的作品都应该熟读精读，不仅弄懂字、辞、句、章，而且能够作出精当的分析，不能模糊影响，不求甚解"❶。这就要求学词者通过精读作家作品，除了欣赏词的音律美之外，还要分析优秀词人的创作方法和技巧，包括组织结构、命意、运笔等诸多方面，为下一步填词实践打下良好的基础。

二、作词

刘勰《文心雕龙·神思》论作文时言："陶钧文思，贵在虚静，疏瀹五藏，澡雪精神。"❷文学的创作者在酝酿文思、组织文章结构之时，首先需要做到的就是静心冥思。唐圭璋曾引周济《介存斋论词杂著》一语，来告诫学词者需要用心，"学词先以用心为主，遇一事，见一物，即能沉思独往，冥然终日，出手自然不平"❸。唐圭璋据此指出，作词首当以用心为主。除此之外，况周颐亦有"词心"之说，"吾听风雨，吾览江山，常觉风雨江山外有万不得已者在。此万不得已者，即词心也。而能以吾言写吾心，即吾词也"❹。况周颐所谓词心便是指一种创作心理，作者在现实生活中的所见所感，激发其自身的情绪，郁积于胸而不得不发。这样一种创作灵感的生发，由词人的生平才学和人生经历酝酿而成，需要作家殚精竭思，用心感受外界的变化。

当有了创作的心理动机和情绪准备时，还需要有清晰的创作思路和有效

---

❶ 唐圭璋：《怎样读宋词》，载《古典文学知识》1988 年第 2 期。
❷ 周振甫：《文心雕龙今译》，中华书局 2011 年版，第 249 页。
❸ 周济：《介存斋论词杂著》，唐圭璋：《词话丛编（第 2 版）》，中华书局 2005 年版，第 1630 页。
❹ 况周颐：《蕙风词话》，唐圭璋：《词话丛编（第 2 版）》，中华书局 2005年版，第4411页。

的创作方法。首先是选调、选韵，其次是布局铸词。至于布局铸词，在下文述及词的组织结构时会有具体的阐发，于此不再赘述。关于选调和选韵，唐圭璋并没有作更为深入的阐发。前人词论中已多有涉及，杨守斋《作词五要》云："作词之要有五：第一要择腔。腔不韵则勿作。如塞翁吟之衰飒，帝台春之不顺，隔浦莲之寄煞，斗百花之无味是也。"❶他着重指出词人选择腔调要协律顺畅。吴梅则进一步将词调与声情相结合，对词调作粗略的概述："惟境有悲欢，词亦有哀乐，大抵商调、南吕诸词，皆近悲怨；正宫、高宫之词，皆宜雄大；越调冷隽；小石风流，各视题旨之若何，以为择调张本。"❷不同的词调，音律基调不同，或昂扬激情，或低沉呜咽，后来词乐亡佚，词题与曲牌分离，所以经常会出现词情与词调不合的情况。吴梅此言就是要求词人在创作时，根据自己要抒发的情感，选择适合这一情感变化的词调。

孙麟趾在《词径》中指出："作词尤须择韵，如一调应十二个字作韵脚字，须有十三四字方可择用。若仅有十一个字可用，必至一韵牵强，词中一字未妥，通体且为之减色，况押韵不妥乎。是以作词先贵择韵。"❸选调也直接影响到了词韵的择取，不同声调的韵部对作者情感的表达有重要的影响。平声韵所抒之情多平缓低抑，上、去声韵则沉咽悲凉，入声韵则多表达慷慨激越之情。多用平声韵音节易流于凄凉低缓，需要用仄声韵振起，而多用仄声韵则易造成粗豪拗怒之感，需要平声韵来间隔，使词情表达张弛有度。同一首词中，通过不断转换韵的平仄声调，来表现词人情感的起伏变化。如词调《菩萨蛮》，"小令四十四字，前后片各两仄韵，两平韵，

---

❶ 杨守斋：《作词五要》，唐圭璋：《词话丛编（第 2 版）》，中华书局 2005 年版，第 267-268 页。

❷ 吴梅：《词学通论》，中华书局 2010 年版，第 38 页。

❸ 孙麟趾：《词径》，唐圭璋：《词话丛编（第 2 版）》，中华书局 2005 年版，第 2553 页。

第三章 诗体解放时代的执守：唐圭璋论填词之法

平仄递转，情调由紧促转低沉，历来名作最多"❶。

除了选调和选韵，唐圭璋还着重强调作词守律的重要性，"若须依四声之调，必字字尽依四声，决不可畏守律之严，辄自放于律外，或托前人未尽善之作以自解"❷。从此句来看，唐圭璋的说法明显受到况周颐词论的影响。况周颐曾在《蕙风词话》中明言："畏守律之难，辄自放于律外，或托前人不专家，未尽善之作以自解，此词家大病也……乃精益求精，不肯放松一字，循声以求……"❸况周颐要求作词要尽依古人之调，"四声相依，一字不易"❹。吴梅是况周颐的追随者，他对作词守律的要求非常严苛，"近人作词，往往就古人成作，守定四声，通体不易一音……近则朱、况，皆斤斤于此，一字不少假借。夔笙更欲调以清浊，分订八音，守律愈细。而填词如处桎梏，分毫不能自由矣"❺。严守词律，虽然可沿袭古人作词之法式，尽合于词谱，使声调协和，但也限制了词意的自由表达，更有甚者，要求词律不合时，要改变字、句，甚至整段，过分亦步亦趋地拘泥于前人之作，也不利于词体的进一步发展。

唐圭璋虽然也要求守律，但并不能就此认为他完全承袭况、吴等词学前辈的观点，其所言只是就"须尽依四声之调处"而发的。比如词句中往往通过对于去声字的安排和使用，达到振起或统摄全篇的目的，因而去声字在词的创作使用中较为特殊，不可轻易更改。另外，词原本也多按诗中两平两仄的音节安排方式构造词句，从而达到音节谐和的目的。但有时为了表达激愤

---

❶ 龙榆生：《唐宋词格律》，上海古籍出版社 2010 年版，第 204 页。
❷ 唐圭璋：《论词之作法》，《词学论丛》，上海古籍出版社 1986 年版，第 839 页。
❸ 况周颐：《蕙风词话》，唐圭璋：《词话丛编（第 2 版）》，中华书局 2005 年版，第 4413 页。
❹ 况周颐：《餐樱词自序》，孙克强《蕙风词话 广蕙风词话》，中州古籍出版社 2003 年版，第 444 页。
❺ 吴梅：《词学通论》，中华书局 2010 年版，第 42 页。

昂扬或悲壮凄凉的情绪，故意打乱平仄协律的方式，造成一种拗怒的音节节奏，以便更好地利用声情来表达词情，而此时则不能妄自将词中的拗怒之调改成谐和之调。但唐圭璋也不满拘执于词律的观点，其言："后人填词，动言依平仄、守四声。不知初期词式，固不如后世拘执之甚。"❶之后，他在校释敦煌唐词时再次重申："平民借调叙事，漫无范围，自由已极，不似后世词径之狭也。"❷由此而言，唐圭璋之论也为填词者留有自由发挥的余地，在词作中的无关紧要处，词人对于词律的安排尚可灵活处理。夏承焘和詹安泰关于守律的问题也有类似的论述。夏承焘曾言："今日论歌词，有须知者二义：一曰不破词体，一曰不诬词体。谓词可勿守四声，其拗句皆可改为顺句，一如明人啸余谱之所为，此破词体也，万氏词律论之已详。谓词之字字四声不可通融，如方、杨诸家之和清真，此诬词体也。"❸在他看来，过于拘守词律和不守词律都未能得填词之法门，拘守词律则限制词人的自由发挥，而过分随意填词则又打破词体之规范，两者皆不可取。詹安泰在《词学研究·论声韵》一文中也指出："窃意既名填词，则受声律所限制，自不可免，必欲摧陷而廓清之，则亦不成其为词矣。惟四声无或出入，似亦过于死执；况古人名作正多，必以数家为准，门户亦似太隘；既不能施诸歌唱，协诸管弦，则除拗调拗名加以严守外，即仅依平仄填倚，亦不失其真美也。"❹唐圭璋和夏、詹三位先生都是从现代词学角度对前人的学说进行了辨析和补充。一方面，他们都谨守词体创作的基本格律规范，保留"词"这一文体的承续传统；另一方面，他们的词学观点更加通达，并不固守古人声律，而是扩大了词的创作空间，推动着

---

❶ 唐圭璋：《〈云谣集〉杂曲子校释》，《词学论丛》，上海古籍出版社1986年版，第751页。
❷ 唐圭璋：《敦煌唐词校释》，载《中国文学》1944年第1卷第1期。
❸ 夏承焘：《唐宋词论丛》，《夏承焘集（第2册）》，浙江古籍出版社、浙江教育出版社1997年版，第81-82页。
❹ 汤擎民整理：《詹安泰词学论稿》，广东人民出版社1984年版，第19页。

词史的继续发展。在当前声律和音韵都已经发生较大变化的前提下，如果还一味严守古人四声，斤斤计较于词谱格式的桎梏，则可能会加速词体的消亡。

三、改词

众所周知，绝大多数优秀的文学作品，都是经过后期不断地加工和修改出来的，改词也是词的创作过程中非常重要的一个环节，未经修改的作品，只能算作初稿或粗稿，还需要作者后续进行打磨、润色才能变得精美。唐圭璋认为，作词首要的是谨记"用心"二字，捻断数根须，只为炼字炼句，用最为凝练的词句，真切地表达出词人之心境。词的初稿即成，少则搁置数天，多则搁置数月或数年再读，可能会觉得浅薄，或更有新意产生，由此就须不断地修改。

宋人张炎谈自己的创作经历时说："词即成，试思前后之意不相应，或有重叠句意，又恐字面粗疏，即为修改。改毕，净写一本，展之几案间，或贴之壁。少顷再观，必有未稳处，又须修改。至来日再观，恐又有未尽善者，如此改之又改，方成无瑕之玉。倘急于脱稿，倦事修择，岂能无病，不惟不能全美，抑且未协音声。作诗者且犹句锻月炼，况于词乎。"❶张炎大致描述了其改词的一番过程，对于我们今天的文学创作或者说更广泛的文章写作仍旧是一副良药。才华横溢之士，或可做到下笔千言，笔墨不改，毕竟这样的文学天才是少数，也可能需要长期的刻苦训练才能达到如此高超的地步。创作之初的训练，恐也少不了反复修改这一过程，在修改中不断磨炼自己的语言表达，推敲词的章法结构的安排，这本身就是学习填词的重要环节。况周颐则更进一步具体地讲述改词方法，"佳词作成，便不可改。但可改便是未佳。

---

❶ 张炎：《词源》，唐圭璋：《词话丛编（第2版）》，中华书局2005年版，第258页。

改词之法，如一句之中有两字未协，试改两字，仍不惬意，便须换意，通改全句。牵连上下，常有改至四五句者。不可守住元来句意，愈改愈滞也"❶。从上述所言也可看出，况周颐对于填词要求之严格，下笔用意往往是牵一发而动全身，不惜改换句意来实现全词的贯通谐和。除此之外，他另有"挪移法"度人金针，"改词须知挪移法。常有一两句语意未协，或嫌浅率，试将上下互易，便有韵致。或两意缩成一意，再添一意，更显厚"❷。

古今的词学家都非常注重文本的修改，因为只有经过词的修改这一创作的最终环节，才能达到词的字、句音律的协调，使词句表达更加凝练和顺畅，词意沉郁深厚，达到声情与词情相对完美的融合。只有如此用心地创作和修改，才能最终成就佳作，代代流传于后世。

第二节 词的结构之法：字法、句法与章法

词的篇章组织不同于近体诗，词由片组成，少则单片，多则四片，其中以上下两片的组织方法居多。同时，词在声律要求上又严于诗和曲，分五音、五声、六律，又分阴阳（清浊）轻重，须按谱填词，而诗、曲的创作则相对较为自由。另外，词体本身的审美风格与诗、曲就存在差异，表现方法多有不同，这些都使词在字、句及篇章的结构之法上与诗、曲大不相同。积字以成句，组句以成片，唐圭璋通过对于字法、句法和章法的逐层解析，示后人以详尽的填词之法。

其师吴梅在《词学通论》中"作法"一章，具体讲解了词的创作方法，

---

❶ 况周颐：《蕙风词话》，唐圭璋：《词话丛编（第2版）》，中华书局2005年版，第4415页。
❷ 况周颐：《蕙风词话》，唐圭璋：《词话丛编（第2版）》，中华书局2005年版，第4415–4416页。

分为结构、字义、句法、结声字和杂述五部分。就撰述体例而言，唐圭璋的《论词之作法》实则继承了吴梅的词学理论，他对于词的字法、句法和章法的论述包括了吴梅文中对于结构、字义、句法和结声字的阐发；唐圭璋讲词的作风部分，又与吴梅文中的杂论部分相对应。但从其具体内容来看，吴梅所谈论的词的作法与唐圭璋之论相比稍显简略，而且二人在某些具体方面的论析各有侧重。唐圭璋在其师吴梅论词的基础之上，后出转精，结合前人词话中关于词体创作的说明，根据自己的创作实践经验，总结出一套更为完整详细的填词方法，形成了自己的理论特色，也是对词体创作论的进一步拓展。

一、字法

关于词体创作中的字法问题，吴梅主要侧重字义和结声字的讨论。字义即中国汉字一字多音多义的特点，同为一字，读音不同则字义不同，且所属韵部不同。另外，结声字，即词中第一韵和两叠结韵处（上、下片的结句处）所用字，不同词调所用结声字的平仄阴阳各不相同，但此三处韵脚其音须相叶。由此可以看出，吴梅更多还是关注填词用字的音律问题。唐圭璋关于词之作法的讨论中并未涉及吴梅上述所言的两个方面的内容，而是将侧重点放到下笔用字的修辞手法上，并非音律方面。他集中阐述了在词的创作过程中，动字、形容字、虚字、俗字、叠字、代字和去声字等具体的使用方法及其在词句中所起之作用。

第一，动字和形容字。动字在词中的作用相当重要，往往一个字就能形象地表现出事物的境界或状态。动字在使用时往往具有拟人的意味，如"红杏枝头春意闹"中的一个"闹"字即展现了盎然的春意。王国维也曾在《人间词话》中评价此句，认为此句中有一"闹"字而境界全出。"闹"字本身带有拟人的色彩,将人的情感和动作迁移至妍丽的花上,拉近其与读者的心理距离,并且呈现给读者以生动的画面感和广阔的想象空间。唐圭璋的《和兰史词》(堤上千花如雪乱)中曾有一句"沉恨不须明月劝"[1],其中"劝"字的用法,就属于此种用意。词中明月似乎是一个知心朋友,了解自己的忧愁,但作者不要它来劝慰自己,而只是选择一个人独自泪流,以此表达作者内心的凄凉之感。另外,即便未用拟人之法,使一动字如能贴切地表现某事某物之神态和所处之状态,亦不虚为点睛之笔。唐圭璋以为姜夔词句"波心荡、冷月无声"的"荡"字和"千树压、西湖寒碧"的"压"字,便是此类用法的绝佳例证。他自己所填之词《惜红衣·倚白石四声》中有"剩素鸥相伴,寒压一湖幽寂"句,其中"压"字的使用,也是模仿此法。与此同时,这些动字所用多为仄声,而尤以去、入二声为多,故声调响亮,某种程度上可以表现出音节的抑扬顿挫之美。

形容字的用法,是文学创作中最为常见的现象,唐圭璋对此并未作过多的阐发。在描写人或事物时,恰当地使用形容字,会使词中所要表现的形象更加生动可感,栩栩如生。如李清照《如梦令》(昨夜雨疏风骤)"知否?知否?应是绿肥红瘦"一句中,绿、肥、红、瘦四个字均为形容字,绿、红二字以形容词代名词,肥和瘦又为一对反义词,叶肥花瘦形成对比之势,风雨交加之下花朵的凋零之态毕现。四个形容字,将雨后花的状态表现得淋漓尽致,词人使用极为凝练的语言而使读者如亲历目前之景。

第二,虚字的用法。虚字在词中的运用向来为词家所重视。张炎在其《词源》中就已经指出:"词与诗不同,词之句语,有二字、三字、四字,至六字、七、八字者,若堆叠实字,读且不通,况付之雪儿乎。合用虚字呼唤,单字如正、但、任、甚之类,两字如莫是、还又、那堪之类,三字如更能消、最

---

[1] 唐圭璋:《梦桐词》,江苏古籍出版社1987年版,第20页。

第三章　诗体解放时代的执守：唐圭璋论填词之法

无端、又却是之类，此等虚字，却要用之得其所。若使尽用虚字，句语又俗，虽不质实，恐不无掩卷之诮。"❶ 在他看来，虚字有疏宕词风的作用，在实字中加入虚字，可不致词句过于质实，正所谓虚实相生，虚处尚能传神。但虚字的运用也要适可而止，"如一词中两三次用之，便不好，谓之空头字"❷。对于近体诗而言，要尽量少用虚字，因为诗的篇幅短小，为了更加凝练需要多用实字，使诗中所表现的形象栩栩生动，蕴含更丰富的意味。而词的篇幅较长，需用各种连词将全篇贯穿始终，而如果全篇皆实字，则词之灵气全无。

　　唐圭璋还专门指出虚字在句首中所起到的作用，他认为用在句首的虚字，往往可以直贯到底，如柳永词句"想佳人、妆楼颙望，误几回、天际识归舟。争知我、倚阑干处，正恁凝愁"，"想"字一气贯注，连接四句，直至句尾，词人之深情若揭。唐圭璋在创作中也注重虚字的运用，如其词《望江南》一句"丽曲新翻同拍节，芸香刚了又重添。谁复羡神仙"❸，其中"又"字谓香燃烧烬后再次重添，生动地描绘出夫妻二人相伴唱和的时间之久，而"复"字也表明唐圭璋年少得意的畅快和夫妻感情的笃深。

　　第三，填词忌用俗字。唐圭璋特地将俗字单列出来讨论，与其对于词体审美的认识有关。他认为填词首要重雅，因此词应该力避俗字。前人词话虽然也反复强调词要从雅，批评那些语词尘下的词人，但是文人词在兴起之初主要是用于宴饮助乐的游戏之作，收娱宾遣兴之功，交由歌儿舞女演唱，因此词人创作难免会有俗言俗语，即使是文学大家亦不免流俗。唐圭璋就此着意告诉初学词者："曲中俗字，如'你我''这厢''那厢''哥

---

❶ 张炎：《词源》，唐圭璋：《词话丛编（第 2 版）》，中华书局 2005 年版，第 259 页。

❷ 沈义父：《乐府指迷》，唐圭璋：《词话丛编（第 2 版）》，中华书局 2005 年版，第 281-282 页。

❸ 唐圭璋：《梦桐词》，江苏古籍出版社 1987 年版，第 25 页。

奴''姐耍''虽则是''却原是'之类，皆不可用。"❶ 当然，除了词句中语词避免俗字俗语外，词中所表达之情也要避免过于烂俗妖艳，要言之有物，表达真性情。

第四，叠字。在词中使用叠字，一方面可以增加词的音律节奏之美，另一方面足以渲染词句的形容之美。但叠字亦不能多用，如果过多地连续使用叠字，吟唱或诵读词句时会使人有口吃之感，还容易造成纤巧之病。唐圭璋指出，在短调中，叠字则更应少用，上下片不可同时使用，若为长调则另当别论。在唐圭璋看来，那些在词的创作中，以叠字对仗之法组织词句的，如"寻寻觅觅，冷冷清清，凄凄惨惨戚戚"，虽然创意出奇，亦非高调，不可模仿。他还专门撰写《诗词曲中使用叠字举例》❷一文，对诗词曲中叠字的用法进行分类总结，并举例说明。施议对也曾回忆说："有关宋词问题，唐氏以为：'有两个特点。一是大量使用双声叠韵，二是大量用唐句。'两个特点，已有人说及。但只是着眼于局部，而非整体。如此概括，似前所未见。"❸ 可见唐圭璋对于词中叠字使用的重视。

第五，代字。关于代字的使用，词学家各持不同的见解。沈义父的《乐府指迷》较早地提出词中使用代字的问题："炼字下语，最是要紧，如说桃，不可直说破桃，须用'红雨''刘郎'等字。如咏柳，不可直说破柳，须用'章台''灞岸'等字……往往浅学俗流，多不晓此妙用，指为不分晓，乃欲直捷说破，却是赚人与耍曲矣。如说情，不可太露。"❹ 但王国维对此种说法不以为然，在代字的使用上持坚定的否定态度，他认为"词最忌用代字……

---

❶ 唐圭璋：《论词之作法》，《词学论丛》，上海古籍出版社1986年版，第843页。
❷ 唐圭璋：《诗词曲中使用叠字举例》，载《河北师院学报》1985年第2期。
❸ 施议对：《20世纪词学宗师唐圭璋教授》，钟振振：《词学的辉煌——文学文献学家唐圭璋》，南京大学出版社2001年版，第126页。
❹ 沈义父：《乐府指迷》，唐圭璋：《词话丛编（第2版）》，中华书局2005年版，第280页。

第三章 诗体解放时代的执守：唐圭璋论填词之法

其所以然者，非意不足，则语不妙也。盖语妙则不必代，意足则不暇代"❶。在他看来，用代字写情写景，会产生一种"隔"的感觉，犹如雾里看花，产生晦涩之感，让读者费解，而且代字的反复使用有词穷之嫌，会给读者造成字词滥用之感，使其审美疲惫而难以唤起阅读兴趣。

唐圭璋则针锋相对地反驳王国维忌用代字之说，认为王国维所言实为不承认修辞之法，殊非确论。一方面，他延续沈义父的观点，认为用字不可太露，如果白话直叙，便觉粗率无味，"至于用事，使人姓名，亦须委屈得不用说出。咏物之题字，尤忌说出，俱恐蹈浅露之失。予谓沈氏所言，正合修辞之例"❷。他还将借代的具体方式分为三种，即以表象代其物、以产地代其物、以原料代其物。如果代字用得恰当，可收含蓄蕴藉之美。另一方面，他也告诫学词者："惟用之不当，往往流于晦涩。"❸相较而言，唐圭璋的观点更为通达，而不同于王国维那样绝对抹杀代字的功用。龙榆生与唐圭璋持有相同的观点，他在评《乐府指迷》的上述那段话时说："原来使用种种譬喻，来形容某些事物的美，而使它更加形象化，也是在语言艺术上一种由来已久的手法……但专门在这上面玩花样，不堕于纤巧，即落于陈套。"❹龙榆生对代字作为一种修辞方法，一分为二地看待，既指出代字作为一种修辞手法的优势，也反对因过分雕琢而损其真美。

第六，去声字。去声字在词中扮演着十分重要的角色，历来学者多有述及。沈义父《乐府指迷》中云："腔律岂必人人皆能按箫填谱，但看句中用去声最为紧要。然后更将古知音人曲，一腔三两双参订，如都用去声，亦必用

---

❶ 彭玉平：《人间词话疏证》，中华书局2014年版，第99页。
❷ 唐圭璋：《论词之作法》，《词学论丛》，上海古籍出版社1986年版，第844页。
❸ 唐圭璋：《论词之作法》，《词学论丛》，上海古籍出版社1986年版，第845页。
❹ 龙榆生：《词学十讲》，北京出版社2011年版，第187页。

去声。"❶宋代的词学家就已经开始关注去声字的使用，但沈义父并未进一步说明其具体用法和所起之作用。清人田同之则作了详细的论说："古人名词中转折跌宕处，多用去声。盖三声之中，上入二者，可以作平，去则独异。故论声虽以一平对三仄，论歌则当以去对平上入也。其中当用去者，非去则激不起。用入且不可，断断乎勿用平上也。"❷在其之后的词学家陈廷焯、万树也有对于去声字的讨论，但都没能更进一步，要么点到为止，要么完全照搬前人之论。直到吴梅，才在万树《词律》的基础上继续拓展，其言："盖三仄之中，入可作平，上界平仄之间，去则独异。且其声由低而高，最宜缓唱……凡协韵后转折处皆用去声……其领头处，无一不用去声者，无他，以发调故也。此意为昔人所未发，红友亦言之不详。因特著之。"❸

吴梅已说明领头处的去声字用法，唐圭璋在其论的基础之上，再次作进一步的补充。对前人的词论进行梳理后，唐圭璋提出了自己的看法，"昔《指迷》但言去声字之要，万红友则言转折跌宕处多用去声，吴瞿安先生又言协韵后转折处多用去声，予则更谓换头处、收尾处，亦往往用去声也"❹。片与片过渡的换头之处，往往是另起与上片不同的词意，如用去声字则声音高朗，有振起和贯穿下片之效，增加词的跌宕飞动之美。除此之外，恰由于去声字由低到高宜缓唱的特点，形成了其字声远扬的特点，用在收尾处极有韵味。小令大多短小，作者沉郁之情尚不能尽言，故须蕴意于言外，而词尾用去声字，在音节上也会增加其词之余韵不尽之感，因此小令中以去声字结尾的词调较多。

---

❶ 沈义父：《乐府指迷》，唐圭璋：《词话丛编（第2版）》，中华书局2005年版，第280页。
❷ 田同之：《西圃词说》，唐圭璋：《词话丛编（第2版）》，中华书局2005年版，第1468页。
❸ 吴梅：《词学通论》，中华书局2010年版，第11页。
❹ 唐圭璋：《论词之作法》，《词学论丛》，上海古籍出版社1986年版，第846页。

二、句法

积字成句，熟练掌握字法之后，如何创作出佳句便成了填词者下一个要解决的难题。张炎的《词源》中早已有论句法之言："词中句法，要平妥精粹。一曲之中，安能句句高妙，只要拍搭衬副得去，于好发挥笔力处，极要用功，不可轻易放过，读之使人击节可也。"❶ 他虽然从总体上笼统地概括了组织词句的思路，但还不能算真正意义上的构句方法。之后，沈义父、况周颐和蒋兆兰对填词的句法都有过论述，但限于中国传统词话自身的缺陷，他们的讨论过于零散、简略，尚未形成系统之论，这就使学词者依旧难以找到组织句法的要领。

在现代词学家中，吴梅、夏承焘、龙榆生、詹安泰和唐圭璋等诸位学者对于句法都曾有过较为详细的阐释。其中，吴、夏、詹三人论述的观点相似，而龙、唐二人则各有创见。吴梅在《词学通论》中，将词句分为一字句至七字句，并对每种句类中字声的平仄、句中字与字的组合状况，以及每种句类在词中经常出现的位置等均作了细致的说明。夏承焘对于词句组织方法的论述与吴梅如出一辙，詹安泰则在二人的基础上，对词的句法作了更为深入的探讨。他对单个词句中的平仄之法和组织结构剖析透彻，并且一一举例论证，除此之外，还单列折腰句、尖头句、偶句和复句作具体的阐发，但是詹安泰对句法的探究尚未突破吴、夏二人的论述范畴。

龙榆生对于句法的讨论，与前面三位学者的视角略有不同。他主要是从句读的长短与表情之关系来探讨句法的组织，如奇句与偶句的搭配所形成的参差之美，以及奇偶句的穿插对于词调急缓的影响，加之词句之间字声平仄的配合方式不同，最终造成词调所表达的情感意涵的差异。这些都是对前人

---

❶ 张炎：《词源》，唐圭璋主编：《词话丛编（第 2 版）》，中华书局 2005 年版，第 258 页。

句法论的重要补充。唐圭璋对于句法的探讨，亦是在前人词论的基础之上所作的进一步阐发。在他看来，论单句、对句、领句和叠句，都还只是词的基本体式，真正考虑到词的创作，还要从作意方面来研究词人常用的几种句法：设想句、层深句、翻转句、呼应句、透过句和拟人句等。对于这六种句式的详细解读，是唐圭璋分析词体句法理论的突出特点。

  设想句，即词人在表达感情、寄托希望时，设想某种境况，而不能实现，产生一种凄凉怨慕之感的词句。这类句法多是"拟""欲""待"等字与"只恐""只怕""怕"等字前后呼应使用，前一句表达所设想之事，后一句多为前事的否定，或预想一种不好的结果。如李清照的《武陵春》下阕云："闻说双溪春尚好，也拟泛轻舟。只恐双溪舴艋舟，载不动许多愁。"唐圭璋自己在填词时也会用设问法来组织句式，其词《踏莎行·拟饮水》（残月供愁）云"今生无分惜婵娟，他生可有鸳鸯分"❶，此为唐圭璋悼念亡妻之作，与妻阴阳相隔，思极而设想来生之念，但来世谁又知存不存在，设想终难成真，表达词人对妻子的感情之深与思念之切。

  层深句，这种句法表现为后一句比前一句所蕴之意更深一层，言说之情层层递进。唐圭璋将这种句法的具体应用分为写景和抒情两种情况。在写景方面，词中之景除了要具有画面感之外，画中之景还要富有层次感，让人不禁凝神驻足，心生联想。如欧阳修词句"平芜尽处是春山，行人更在春山外"一句，在抒情方面，词人通过层深句，使句意步步深入，从而摆脱词意单薄的不足，使之具有沉郁顿挫的厚重之感，这正符合唐圭璋对于词体审美风格的体认。这种句法多使用"更""又""也""尤"等字眼，以示层层深入之意。唐圭璋的《蝶恋花·拟小山》中"挑尽孤灯孤雁诉。莲心不抵人心苦"一句，莲心本已够苦，可是人心的苦闷比之更甚，以心苦比莲苦，这就使词情的表

---

❶ 唐圭璋：《梦桐词》，江苏古籍出版社1987年版，第18页。

第三章 诗体解放时代的执守：唐圭璋论填词之法

达更加真切可感，让人对心苦有更进一步的联想，读之更易产生共情。

翻转句，即撇去一层，另转一层。通常情况下，前一句多否定句，与后一句形成转折关系。前句所否定之对象与后句所肯定之对象不同，但句意连贯，情意更浓。唐圭璋的《鹊桥仙·宿桂湖》词中一句"红栏老桂散幽香，只不是、桐阴门径"，其中上句写他孤身漂泊在外之时偶然闻有桂花之香，下句即转折，意在传达桂花虽香，毕竟不是家乡梧桐的味道。词人通过写他乡桂花转而联想到家乡的梧桐，以此种对照表达其在战争的环境下，四处漂泊，流离失所的凄凉和对于故土深深的眷恋。

呼应句，即上句呼，下句应，或谓上问下答式的句法。此句法较容易理解，如李白《菩萨蛮》中"何处是归程。长亭更短亭"，李煜《虞美人》中"问君能有几多愁。恰似一江春水向东流"，这种句与句之间的呼应，将词人所要表达的感情灌注其中，无论是李白的长亭送别，还是李煜凄婉的哀愁，都蕴意深沉。

透过句，这种句法意谓即使处于某种有利的情况，也对眼前之事无能为力，更何况没有处于有利的境地。此较层深句更加深入一层，而又显婉转曲折。此类名句当数辛弃疾《摸鱼儿》中"千金纵买相如赋。脉脉此情谁诉"一句，是说纵使用千金买了司马相如的赋，也不能将心中的深情厚意抒发出来，更何况当下又没有像司马相如那样有才之人！词人通过此种句法极言自己的深情无人知晓之苦，不知道该向谁倾诉，意极含蓄委婉。唐圭璋在其《清平乐》一词中写道，"纵有垂杨万缕，几曾系住行舟"[1]，此句大意是讲行人离别之景，即使岸边有柳丝万缕，也系不住行人即将离去的小舟，想留却也留不住，把依依惜别之情写得委婉而动人。

拟人句，是文学修辞中最为常见的句法，即以物拟人，将无情之物化为

---

[1] 唐圭璋：《梦桐词》，江苏古籍出版社1987年版，第17页。

有情之人,发生"移情"的质变,使物有了人的灵性,给读者以亲切之感,也使词句更加生动,更易引起读者的共鸣。如李清照《凤凰台上忆吹箫》云"惟有楼前流水,应念我、终日凝眸",一个"念"字,将楼前的流水比作自己可以倾诉的朋友,仿佛只有它才能读懂作者内心的愁苦,一字一句中渗透着作者独自一人的孤寂与落寞。

三、章法

章法,即指词的整体组织结构的安排。字法、句法与章法之间是部分与整体的关系,整体靠部分来支撑,部分要靠整体结构布局来贯穿和调度,实现词句之间组合后更好的表达效果。这就需要词人在布置安排词的章法时,考虑到节与节、片与片之间的串联,做到脉络分明、层次清晰、前后呼应、布置周密。

关于章法,前人也早有论述。胡仔《苕溪渔隐词话》云:"凡作诗词,要当如常山之蛇,救首救尾,不可偏也。"❶此句虽已言明填词时的首尾呼应,但还是较为笼统,而且仍为诗词作法的合论,并未突出填词的章法结构特点。之后沈义父、沈祥龙等古典词学家,对长调和短调的作法分而论之。在沈义父看来,"作大词,先须立间架,将事与意分定了。第一要起得好,中间只铺叙,过处要清新。最要紧是末句,须是有一好出场方妙。作小词只要些新意,不可太高远,却易得古人句,同一要炼句"❷。这大概奠定了后世词学家分析词体章法结构的大致要义,其后词话大都是在其基础上的补充完善和深入阐发。沈祥龙的《论词随笔》中也分别对小令和长调的作法进行了说明,"小令

---

❶ 胡仔:《苕溪渔隐词话》,唐圭璋:《词话丛编(第2版)》,中华书局2005年版,第175页。
❷ 沈义父:《乐府指迷》,唐圭璋:《词话丛编(第2版)》,中华书局2005年版,第283页。

第三章 诗体解放时代的执守：唐圭璋论填词之法

须突然而来，悠然而去，数语曲折含蓄，有言外不尽之致"，"长调须前后贯穿，神来气来，而中有山重水复、柳暗花明之致。句不可过于雕琢，雕琢则失自然。采不可过于涂泽，涂泽则无本色。浓句中间以淡语，疏句后接以密语，不冗不碎，神韵天然，斯尽长调之能事"❶。吴梅在前人的基础上又作了进一步的说明，他一方面认为短令宜蕴藉含蓄，另一方面具体细分了长调三种不同创作方式：第一种是上片说题面，下片发议论；第二种是直赋一物，寄寓感慨的方法；第三种是今昔对比，抒怀旧之情。❷ 唐圭璋在其师的基础之上，对词的章法结构作了更为全面而详细的梳理，对词的组织结构的分析也更加精审，主要涉及起句、结句和换头三个部分具体做法的阐释。

唐圭璋对于起句的情况进行了分类论述。第一种是以写景起句的，以景起又分平写式和逆入式两种不同的写法。平写式，即从当下所处的时代环境、发生的事件着手，描绘当下的存在。逆入式，在唐圭璋看来，相当于文学创作中的倒叙写法。首句即写历史上发生的事情，或者在当下时间点之前发生的事情，如苏轼《念奴娇》首句"大江东去，浪淘尽，千古风流人物"，并非言当前所见之景，而是要引起读者对历史往事的回忆。龙榆生也曾言及逆入式的起句，但其理解似乎与唐圭璋并不相同。龙榆生所言的逆入式是和渐入式相对的，有的词从景写起，进而渐渐过渡到主题，而有的词首句却直奔主题，如辛弃疾《摸鱼儿》一词的首句"更能消、几番风雨"，笔未到气已吞，这就是其所理解的逆入式。第二种起句方式，则指咏物词中往往从物态写起，如张炎写荷叶的起句云"碧圆自洁。向浅洲远浦，亭亭清绝"。第三种起句方式，写人则多是从容貌写起，如李煜写美人词首句"云一緺。玉一梭"。第四

---

❶ 沈祥龙：《论词随笔》，唐圭璋：《词话丛编（第2版）》，中华书局2005年版，第4050-4051页。

❷ 吴梅：《词学通论》，中华书局2010年版，第38-39页。

种则是以抒情起者，如岳飞《满江红》起句"怒发冲冠，凭栏处、潇潇雨歇"，这种方式，则与龙榆生所言的逆入式大致相合。在这种起句中，尚有以问句起者，如"春花秋月何时了。往事知多少"（李煜《虞美人》），以问句起更易表达词人内心极度的沉痛之情。第五种是以叙事写起者，如温庭筠"梳洗罢，独倚望江楼"之句。第六种，则是从闻声写起，如姜夔《淡黄柳》起句"空城晓角，吹入垂杨陌"。唐圭璋对词的起句作了细致的归纳分类，相较前人论述则更为具体，也更具实践操作性。

关于词的结句，正如张砥中所言："后结如众流归海，要收得尽，回环通首源流，有尽而不尽之意。"❶ 词的结句对于一首词的整体表达效果而言，具有举足轻重的作用，有时甚至可收画龙点睛之功。小令短小贵含蓄，因此结尾宜以景结，而长调篇幅长，忌宕而不返，因此要收束，以情结尚可。

唐圭璋将词的结句类型分为四种。第一种，以景语作结。景语作结比较含蓄，是小令中常用之法。如晏殊《清平乐》词尾"人面不知何处，绿波依旧东流"，情到浓处，却以景结，将情融于景，使词人内心情感抒发得更加柔婉，更具画面感，不至于使读者深陷浓烈的情感之中而无法自拔；与此同时，突转至景，宕开一层，给读者更多的想象空间。第二种，以情语结。韦庄是以情语作结的行家里手，他的词如《女冠子》末句"觉来知是梦，不胜悲"，词尾是作者真实情感的呈现，深沉而缱绻，其情真意切之语，极容易打动读者，引发众人共鸣。第三种，除了以声音为句首者外，尚有以声音作结之词。如秦观所填词句"正销凝。黄鹂又啼数声"，以此句结，恰有余音绕梁之感，词人之情亦与音之声响，传于千里之外，黄鹂的声音打破了宁静，也打破了作者的凝想，给读者以回味之感，并想象此后故事剧情的发展。第四种，以问句结。唐圭璋以姜夔词句"念桥边红药，年年知为谁生"

---

❶ 王又华：《古今词论》，唐圭璋：《词话丛编（第2版）》，中华书局2005年版，第606页。

第三章 诗体解放时代的执守：唐圭璋论填词之法

为例，说明词以问句结，笔调更加曲折，表情更趋婉转，足以上通风骚。又如秦观之词"郴江幸自绕郴山，为谁流下潇湘去"，既是问滔滔的江水，也可视为对自己的反问，但却无人作答，而是仅供读者自己去思考，其哀情似更深一层。

唐圭璋论词的换头处作法时，则多以双叠词为例，至于三片、四片之词相对少见，且作法也较为单一。一首词下阕的开端，即为换头，或称过片，在词中起承上启下、贯穿前后的作用。正如张炎《词源》中关于换头处作法所言："作慢词……最是过片，不要断了曲意，须要承上接下。"❶ 在唐圭璋看来，换头领起的下阕，多与上阕表达的内容相异，但词意却要贯穿始终。据此，他将词中出现的上下片不同的作法分为上景下情、上情下景、上今下昔、上昔下今、上外下内、上去下来、上昼下夜、上问下答、上虚下实、上下相连、上下不连、上下相反十二种情况❷，几乎涵括了词的创作中所能出现的所有情况。这在前文中讨论唐圭璋的词体研究部分，已经略有涉及，此处当着重论述其核心要点。

夏承焘在其《填词四说》中，将过片的作法分作六类：下片另咏他事他物的；上片结句引起下片结句的；下片申说上片的；上下片文义并列的；上片问，下片答的；打破分片定格的（上下片界限混淆，文义不变）。❸ 由此即可看出，与夏承焘所论相比，唐圭璋关于词的过片作法的分类更为精细，理论分析也相对周密，而且二人在某些分类的具体内容方面尚有诸多不同之处。

首先，需要解释的是上下不相连和上下相反两种换头的方法。在前文中，我们已经论述过古人关于过片作法的认识，总结起来就是要求过片处要承上

---

❶ 张炎：《词源》，唐圭璋：《词话丛编（第2版）》，中华书局2005年版，第258页。
❷ 唐圭璋：《论词之作法》，《词学论丛》，上海古籍出版社1986年版，第857–861页。
❸ 夏承焘：《词学论札》，《夏承焘集（第8册）》，浙江古籍出版社、浙江教育出版社1997年版，第37–43页。

启下,且词意贯穿全篇,那么为何此处尚有上下片不相连和上下片相反的情况出现呢?在唐、夏二人看来,这不相连之处,主要是指词的上下片具体内容的差异,而非词意的断裂。换言之,下片虽与上片的内容不同,但也并不离题。然而二人在具体阐释上存在差异,唐圭璋举苏轼的《卜算子》(缺月挂疏桐)一词为例,认为其上片写夜景,下片单写鸿,属于上下不相连。而夏承焘认为此词的上片结句"缥缈孤鸿影",与下片专写鸿恰是相连,故归入"上片结句引起下片结句的"一类。唐圭璋与夏承焘分类方法和使用词例的角度不同,因而最终呈现的分类结果亦不相同。

词中也会出现上下片相反的情况,如吕本中《采桑子》:"恨君不似江楼月,南北东西。南北东西。只有相随无别离。　恨君却似江楼月,暂满还亏。暂满还亏。待得团圆是几时。"上下片的文义虽然相反,但词人所要表达的情感却始终如一,那就是与心爱的人长相厮守,永不分离,其文义一脉相承,似反实成。

其次,夏承焘在"上下文义并列"一类中,仅举证"上下片今昔并列"和"上下片文义相反"两种情况,而唐圭璋则比其多分出六类,有上景下情、上情下景、上外下内、上去下来、上昼下夜、上虚下实诸种布局结构。在"上下片今昔并列"中,夏承焘也只是举例泛论,而唐圭璋则进一步细分为上今下昔和上昔下今两种情况,层次划分不断细化,考虑更为周全,且每种分类均举以词例并作解释,给初学词者示以布局词章之法的范例,如此便于追琢模仿,使他们在学习填词的过程中,可以选择更适合自己情感表达的章法结构去练习创作,也益于他们在填词时选择各种不同的创作方式。

上述三个部分的内容,就是唐圭璋关于填词时的字法、句法和章法等方面的论述。除此之外,在《论词之作法》的最后,唐圭璋提出了词的四种作风"雅、婉、厚、亮",其具体内容,前文讨论唐圭璋词体观时已有详论,不再赘述。在唐圭璋看来,词只有达到"雅、婉、厚、亮"的审美呈现时,才能算得上佳作，这是每一位学词者所应当追求的最高境界，也是评价词作优劣的重要标准。在掌握填词基本技法的基础之上，还要达到技进于艺的状态。这也是唐圭璋在自己的创作实践过程中所始终坚持的词体审美理想。对唐圭璋词体创作论的梳理和分析，可以见出现代词学家在论述填词之法时，既采纳古人词论的要义，也融入了新的时代内容，对填词方法作更为精审的系统性阐发，以名家之词为例，结合自己的填词经验，通过章法结构的层层划分，不断细化词体组织布局的方式，使之更具操作性，对于初学填词者而言，更易把握填词之法，便于实践。但在倡导"诗体解放"的近三十年后，新诗已有蔚然成风之势，而且当时由"词的解放运动"引发的词体革新的论争，也吸引众多学人加入其中，然而唐圭璋仍坚持词体的基本创作规范，并专门发表论词之作法的文章，亦可表明其所坚守的创作立场，这也是后人思考词体未来发展趋向的一个契机。

第三节　反思词的创作：从古典之词到新体乐歌

除了唐圭璋的《论词之作法》外，与其同时的夏承焘、龙榆生和詹安泰等词学家，也都曾论及词的创作，尤其重要的是他们对于词体未来创作趋向的一些思考，对当前探寻词体发展的道路、理解当下的某些文化现象仍有重要的参考价值。了解历史或传统，不仅仅是为了弄清曾经发生过什么，现在正经历着什么，而是要探究现象背后发生的原因，找到历史演变的规律性变化，从而预测或创造一个值得期待的未来图景。对前辈们词学创作传统的梳理，使当代学者能更好地思考当代词学发展所处之位置，以及未来的词和词学又该向何处去的问题。

通过前文对唐圭璋词体创作论的阐发，我们可以看出其创作观仍旧处在词的传统创作理论框架之中。虽然他对前人的填词方法论进行了深入的开拓，对填词的每个环节都作了非常细致的讨论，并且提出富有特色的词的审美风格论，对学词者而言具有很好的方法论上的指导意义，但是其创作观依旧是对依谱填词的词体创作传统的补充和完善。与其同时的夏承焘，在讨论作词之法时，也没有跨越传统词论的范畴。其在《填词四说》中，也是延续传统词体创作论中所阐述的有关词的调、声、韵和片四部分的具体做法。夏承焘在《唐宋词字声之演变》一文中，明确提出在填词的过程中，强调以词体本身的文体特性为底线，坚持不破词体和不诬词体的创作原则。这种创作方式是在词乐消亡之后，词学家从前人的名篇佳作中总结出并固定下来的，通过词谱代代流传形成的固定格式，成为文人词创作的主要参考标准。但这种依谱填词的方式也使词这一文体逐渐失去其群众基础，脱离了大众的流行文化，成为文人的案头读物，而逐渐开始僵化、衰亡。不得不承认，清词中兴以后，词的创作再次走向没落（也有学者认为清词中兴本就只是词学研究的勃兴而非词体创作的兴盛）。此后，梁启超的"小说界革命""诗界革命"和"文界革命"，又尤以小说最被重视。因此，面对时代环境的变化，不断有学者对现代词的创作提出新的理论设想。

新文化运动时期，胡适起而倡导白话文学，虽然将词作为通俗文学的代表，还借鉴填词之法来创作和改良新诗，但就像当初苏轼"以诗为词"的创作受到讥讽一样，胡适的"以词为诗"，同样受到词学家诸如詹安泰的极力反对，"（词）名称体制，俱为异域之所无；循名核实，岂可混同于诗歌！而或以派入诗歌一类，似亦未为精确也"[1]。对于现代词学家而言，一方面要保持词的文体特征；另一方面又要思考如何让词在当下时代获得新生，并不断延续下去。为此，詹安泰提出自己对于词的创作方向的看法，在其《中国文

---

[1] 詹安泰：《宋词散论》，广东人民出版社1980年版，第78页。

第三章 诗体解放时代的执守：唐圭璋论填词之法

学上之倚声问题》一文中，他阐述了关于词学发扬与改革的两条途径的构想：一是就形以求质，使声情吻合；二是变质以求形，使声乐吻合。前者与美学相联系，后者与音乐相联系。❶ 就形以求质，即根据词的形式特质，来推测词所蕴含的情感。他认为词的唱法和乐谱虽已失传，但由词调声字的配合之法和词句、片段的组织之法，可以归纳出每一词调大致所欲表现之情态，学词者便可据此选择适宜表达自己情感的词调来填词，从而实现声情的统一。变质以求形，意谓依形以配乐，"窃以果欲保存我国特有之词学，则使之合乐，为第一要义"❷。在他看来，词乐虽不可重现，但其所用之乐器和演奏方法，都尚有据可考，再依古人唱词之一字一音、一句一拍的方法，按照古词中较为圆美的词调或者是后人较为习用之调，配以谱字，词必可复歌。彭玉平评价这一词体改革思路时说，"他（詹安泰）所谓'变革'仍是以'复古'为本质特征的，特别是对于词的体制，简直是维护之至"❸，而且按其方法去创作，变革词体的愿望也着实难以实现。

除此之外，现代词学大家龙榆生提出了"创制新体乐歌"的主张。在《龙榆生词学论文集》中就收录其《创制新体乐歌之途径》一文，龙榆生认为"一方面依西洋作曲法多制富有我国固有情调之乐谱，由诗家撰为真挚热烈，足以振发人心之歌辞，一方面整理我国固有之音乐与诗歌，进求其声词配合，以及各种体制得失利病之所在，籍定创作之方针，或因旧词以作新声，或倚新声以变旧体，融古今中外之长，以为适于时代之乐歌"❹。他主张融合西方音乐与中国诗词来达到词与乐的再度结合，创造属于本时代的歌曲。传统的

---

❶ 詹安泰：《宋词散论》，广东人民出版社1980年版，第91页。
❷ 詹安泰：《宋词散论》，广东人民出版社1980年版，第97页。
❸ 彭玉平：《中国分体文学学史·词学卷（下卷）》，山西教育出版社2013年版，第514页。
❹ 龙榆生：《创制新体乐歌之途径》，《龙榆生词学论文集》，上海古籍出版社2009年版，第119页。

填词，要求因声以定词，而龙榆生在指导填制新词时却不拘所限，以为既可根据旧词来谱新曲，也可依新曲而变旧词以填之，只须选择适合的方式，但最为重要的一点是词与乐必须结合。詹、龙二人一直强调词的合乐性，恐怕不仅仅是还原词体那么简单，更在于音乐本身的传播功能和感染人心的力量，而这种力量正是音乐文体深入大众得以流播的利器。

龙榆生除了进一步提出创制新体乐歌的具体方法外，也曾尝试创作新体乐歌，"十年前予于演奏会内，偶感阶下玫瑰之被人攀折，就座间率意为长短句，题以《玫瑰三愿》，随付黄氏制谱，顷刻而成，其声甚美，至今犹不绝于歌者之口"❶。可见当时此种新体乐歌已广受欢迎。据曾大兴言，此曲直到1997年时，中央电视台还在播放。❷其歌词如下："玫瑰花，玫瑰花，烂开在碧栏杆下。玫瑰花，玫瑰花，烂开在碧栏杆下，我愿那妒我的无情风雨莫吹打！我愿那爱我的多情游客莫攀摘！我愿那红颜常好不凋谢！好教我留住芳华。"❸曾大兴认为这种新体乐歌和现代白话歌词相比，在章法和句法方面已无多大差异，但在音韵、平仄和辞采方面却比后者更有优势，因此新体乐歌仍有广阔的发展前景。但在彭玉平看来，"新的词乐与新的歌词配合也注定不是短时期内所能完成的，终其20世纪，这种新体乐歌不仅没有最终形成体制上的稳定性，而且也没有在一个更大范围内广为流传开来，所以也只是少数词人的憧憬和尝试而已"❹。曾、彭二人对于龙榆生所倡导的新体乐歌的看法明显相左。

如果说在20世纪三四十年代，包括沈心工和李叔同等音乐家仍处于尝试

---

❶ 龙榆生：《创制新体乐歌之途径》，《龙榆生词学论文集》，上海古籍出版社2009年版，第121页。

❷ 曾大兴：《20世纪词学名家研究》，中华书局2011年版，第274页。

❸ 龙榆生：《忍寒诗词歌词集》，上海古籍出版社2017年版，第160页。

❹ 彭玉平：《中国分体文学学史·词学卷（下卷）》，山西教育出版社2013年版，第517页。

第三章 诗体解放时代的执守：唐圭璋论填词之法

创作流行音乐的初级阶段，那么到了八九十年代，成熟的流行音乐已经开始展现其传播迅速和影响广泛的特点。邓丽君的歌曲风靡大陆，她的专辑《淡淡幽情》，就是由 12 首宋词名作谱曲而成，其中包括《独上西楼》（李煜《相见欢》）、《但愿人长久》（苏轼《水调歌头》）、《人约黄昏后》（欧阳修《生查子》）、《相看泪眼》（柳永《雨霖铃》）等名家之词，至今仍广为传唱，这岂不是龙榆生所言"因旧词以作新声"之法？在当下依旧有为经典诗歌谱曲的音乐人，如年轻的民谣歌手程璧，就试图为现代新诗谱曲并以民谣风去演唱，在由诗人北岛为其命名的专辑《诗遇上歌》中，收录了包括北岛的《一切》、西川的《夜鸟》、田原的《枯木》，以及日本诗人谷川俊太郎的《春的临终》等现代诗人的作品，程璧及其团队为之谱曲，将民谣特有的音质和声调与诗句的音节和韵律相结合，表现音乐与文学的极致融合，不也正是依诗作曲的范例吗？

在今天，词的创作主要有两种途径：一种是仍坚持传统古典词的创作方法，创作群体多为爱好古典诗词的文人雅士，或者高等院校的师生，而创作真正合格或优秀的词作，需要一定的文学素养的积累和专业训练方可。现在，无论是高等院校还是政府部门，都通过举办诗词大赛的形式鼓励更多的人去创作诗词，传承中华优秀传统文化。当然，一代有一代之文学，普通大众更多的是阅读古典诗词，对于当代人的词作则相对关注较少。另一种就是配合着当下音乐的歌词创作。这些歌词的创作与古典词有很大不同，既可以根据曲调按词谱作词，也可以为古典之词谱曲。这种创作与时代更为贴切，借助当代音乐的优势，普及面较广，可以广泛流播于大众群体，成为流行文化的一部分。这种创作方式，也需要充分借鉴传统词的创作中关于字声平仄、阴阳搭配、字词选择及其篇章结构的组织之法来达到一种更高的审美境界。

当下，探索一条将创作古典诗词的丰富经验及其优美的意境与现代音乐相结合的道路，是一个值得我们深入思考的问题。这一方面可以使传统文学创作得以继承与发扬，融古典于现代之中，使其重新焕发活力；另一方面也可以借此提高当代歌词的创作水准，以及大众流行音乐的品位和内涵。

第四章
词史的时空与词学史的谱系

　　唐圭璋以毕生之力编纂校订了《全宋词》和《词话丛编》两部俱可载入史册的巨著，成为词学文献学史上最具代表性的成就。与此同时，在文献整理的基础之上，他也凭借对于词人词作的熟知，逐渐发展出自己的词史和词学史观。在《全宋词》的校订中，他搜集各种可能存有宋词的资料，如词集、史传，甚至金石、方志等，都予以一一考订辨伪，并按时间编年排列，所录词人一千三百余人，词作两万余首，展现有宋以来词的发展演变历程，这项工作也为唐圭璋词史研究和词史观的形成打下了坚实的文献基础。另外，其所编辑的《词话丛编》共收录自宋至近代词学家的论词著作八十五种，每部词话均是唐圭璋从众多版本中所选出的善本、足本，然后详加校订而成，这就使他对于中国传统词论的发展脉络了若指掌，因此他才能清晰地梳理中国词学理论的体系，从整体上统观词学演进的历史，臧否诸多词学著述的优劣，指明现代词学的研究方向。

第一节　词史时空向度的双重书写

词史通常都是一种历时性的研究，主要是展现词体从兴起到衰落的过程，在这一过程中，清理一个断代或特定的历史时期个体词人的特点、贡献，以及词人群体和流派的形成、发展和衰落，探究他们对于词体发展过程的影响和意义。除此之外，唐圭璋在搜集词史资料时，特意关注词的创作与地域、家族的关系，并考虑到词史发展过程中的空间地理因素，与当下兴起的文学地理学研究不谋而合，为词史研究开拓新的视野。唐圭璋虽然没有词史专著，但在其词学论文集《词学论丛》和与潘君昭合著的《唐宋词学论集》中，全面展现了他的词史观，并贯穿着词学文献学家考证的本色。

一、驳众家之论，立一己之言："词起源于隋"说

唐圭璋认为"词的起源，为研究词史的第一个问题"[1]，因此梳理唐圭璋词史研究的成果，首当关注其对于词的起源问题的探讨。首先要明确的一点是，词的起源和词体最终成型的时间点，是两个不同的概念。词的起源，是指词体最初具备其本质特征的发生阶段或萌芽状态；而词体的最终成型，则是指词这一文体的创作方法的成熟，创作模式的固定，并具有专业的创作者。从词的最初起源到其最终成型，需要经历相当漫长的时段。

词的起源是词学研究中最为基本的问题，涉及对词体本身及其发展的认知，为历代词学研究者所重视，但到目前为止，学界尚未形成明确统一的定论。关于词体起源的传统观点主要有以下几种：第一种，从长短句的形式特征着眼，将词溯源至《诗经》和汉乐府。如汪森《词综序》曰："自有诗而长

---

[1] 唐圭璋：《历代词学研究述略》，《词学论丛》，上海古籍出版社1986年版，第811页。

短句即寓焉,《南风》之操、《五子之歌》是已。周之《颂》三十一篇,长短句居十八,汉《郊祀歌》十九篇,长短句居其五;至《短箫铙歌》十八篇,篇皆长短句,谓非词之源乎?"❶ 此一论断也是浙西词派为推尊词体而发的。第二种,由词体艳媚的风格出发,认为其上追六朝乐府之余绪。如徐世溥在其《悦安轩诗余序》中所言,六朝乐府趋于浮艳,其中掺杂《捉搦》《企喻》之类的作品,逐渐变为诗余,再变而为词。王国维在其《戏曲考源》中也将"诗余之兴"上溯至齐梁乐府。这些都是根据其文体风格而定的。第三种,就词的音乐性而言。或认为词源于"乐府",早在中国先秦时代,诗、乐、舞合一,诗三百,尤其是国风,多为地方民歌,渐至汉朝,设乐府采诗配乐之制,因此即有"古歌变为古乐府,古乐府变为今曲子"之言。还有人据此认为词源于"唐人近体诗",起初依曲调填词多以齐言近体诗入乐,但齐言诗不合音律曲拍的节奏的急缓、短长,故在近体诗的基础上填了"衬字""和声""泛声"和"散声"等,后来将这些"陪衬"以实字填之,便也就成了长短句的词。持此观点的有宋人朱熹、沈括,清人吴衡照、方成培等学者。以上关于词的起源的说法,除了最后一种"近体诗余"说外,都过于宽泛,只看到了词体的某一方面所受前代文体之影响,但尚不能说是词的起源。换言之,词体的长短句形式或者音乐性固然受上至《诗经》下至齐梁乐府创作形式的影响,但并不意味着词就起源于此,判定词的起源即词体的产生,需要多个限制条件同时加以界定。

唐圭璋认为,探究词的起源有两个不可忽略的主要条件:第一,词是合乐而兴的一种文体,且其所合之乐为隋唐时流行的燕乐,第二章词体部分已详述唐圭璋关于词体依燕乐而生的观点,不复赘述。在古音乐的分类中,秦以前为雅乐,汉魏六朝乐府使用的音乐为清乐,而燕乐则是隋唐时新兴的曲

---

❶ 汪森:《词综序》,张璋、职承让等:《历代词话》,大象出版社 2002 年版,第 923 页。

调,故前人所言词源于《诗经》、乐府皆可证伪。第二,词是起源于民间的,这是很多学者容易忽略的地方。一方面,词所合的燕乐中的曲调就有民间音乐的成分,如我们认定燕乐是"胡夷里巷之曲",而"里巷之曲"就是指中原地区民间流行的曲调,以及清乐系统中流传较久远又经过翻新的南方吴音和北方地区的民歌等。另一方面,从发掘出的敦煌曲和《教坊记》中的曲名所反映的内容来看,多为表现劳动生活和下层民众的情感,如渔歌、婚恋歌曲和娱乐游戏等。因此,将民间词与文人词分开讨论,更符合词史演变实际,才能厘清词之起源。

　　唐圭璋正是以上述两项条件作为论词的起源的主要依据,将词的起源问题一分为二地看待,区分词的起源和文人词的起源两个不同的概念。在论词的起源过程中,他首先从唐人崔令钦的《教坊记》中寻找依据。《教坊记》主要记录了当时皇帝所设的音乐机构教坊中的三百多首曲调名,但由于唐朝尚未有采诗制度,故无法了解其声与辞。唐圭璋还依据《隋书·音乐志》《词品》和《碧鸡漫志》等史料考证出"隋曲者有三,即《泛龙舟》《穆护子》和《安公子》"❶,并对三者一一阐发。据此,他认为词应起源于隋。除此之外,他又引敦煌曲来证词的起源。敦煌曲是唐代民间作品,迄今可见其所存调名六十九种,与《教坊记》相重者四十五种,唐圭璋认为其中有四种为隋曲,分别为《泛龙舟》《斗百草》《水调》和《杨柳枝》,其中前三首虽有史料记载为隋炀帝及其乐工所作,但在他看来皆是隋代民间曲子,更证明了词起于民间而非宫廷。

　　唐圭璋还通过《碧鸡漫志》,考证出《河传》亦为隋代曲子,至此可知,通过前人词话及各种史料记载,总共考证出七种属于隋代的曲子。这正与王

---

❶ 唐圭璋,潘君昭:《唐宋词学论集》,齐鲁书社1985年版,第6页。

第四章 词史的时空与词学史的谱系

灼"盖隋以来,今之所谓曲子者渐兴,至唐稍盛"❶之言相印证。而且唐圭璋认为有乐曲就会有歌词(即词),因此这些词调均可作为词起源于隋的直接证据。此外,他还从敦煌曲中发现,其中不仅有《南歌子》和《望江南》一类的小令,还有像《内家娇》和《倾杯乐》那样的慢词,这些词多兴于盛唐。他由此断定这些在盛唐时就已经臻于完备的民间词,也可作为词源于隋的一个旁证。除此之外,其在敦煌曲的校订中还发现《天仙子》《破阵子》等五调,与后世词调几乎相同,因而证明并非由近体诗添加泛声之后才有词,力破词为诗余之说,正如汪森所言:"古诗之于乐府,近体之于词,分镳并骋,非有先后。"❷后辈学者叶嘉莹在其《论词的起源》一文中曾说:"至于长短句词,则是隋唐以来,为配合当时流行之乐曲而写之歌辞。二者在唐代固曾并行一时,而并非先有声诗之吟唱而后演化为词之情形也。"❸其所阐述之观点,亦与唐圭璋所论相近。

对于词的起源,现代词学家也多有论述,但各家具体观点各不相同。在吴梅看来,梁武帝的《江南弄》、陈后主的《玉树后庭花》和沈约的《六忆诗》,可谓词的滥觞,因为齐梁以来,乐府音节已亡,一时君臣尤喜制新调,而这种新调就是词的最初形态。唐圭璋在其《论词的起源》一文中首先予以反驳,他认为《江南弄》等所配之音皆为"吴声西曲",属于清商曲的一种而非燕乐。其次,将帝王之作定为词的起源,本身就不合文学发展的客观规律,也为唐圭璋所质疑。夏承焘和龙榆生虽然也将词的起源追溯至隋,但他们与唐圭璋在具体问题上持论不一。龙榆生在论词乐时,根据《教坊记》所载,认定《安公子》为隋大业末的"内里新翻曲子",这与唐圭璋的观点一

---

❶ 王灼:《碧鸡漫志》,唐圭璋:《词话丛编(第2版)》,中华书局2005年版,第74页。
❷ 汪森:《词综序》,张璋、职承让等:《历代词话》,大象出版社2002年版,第923页。
❸ 叶嘉莹:《唐宋词名家论稿》,北京大学出版社2014年版,第12页。

致。但是他又依郭茂倩《乐府诗集》所言，将词之起源上溯至隋炀帝的《纪辽东》一调，认为："综观一调（即《纪辽东》）四词，虽平仄尚未尽恰，而每首八句六叶韵，前后段各四句换韵，句法则七言与五言相间用之，四词无或乖舛者，欲不谓为倚声制词之祖可乎？"❶唐圭璋对此观点表示怀疑，他指出，由于《教坊记》和敦煌曲中均未有记载，故《纪辽东》是否为词调尚未有证明。另外，他从《纪辽东》的题目和内容出发，认定此调是隋代统治者穷兵黩武，宣扬武功的庙堂乐章，其所配音乐应属于庙堂音乐范围的"雅乐"，而非燕乐。况且，龙榆生将帝王之作认定为词之起源，同样忽视了词起源于民间的事实。唐圭璋在给秦惠民的信札中曾坦言："词源于隋，尚指民间，炀帝过早，《纪辽东》龙沐勋主张，仍从龙说，我以为仍是古体诗。今日争鸣可以各抒己见，我也不能说了算。"❷可见唐圭璋自始至终都坚持词起源于隋且兴于民间的观点。

詹安泰也反对龙榆生的《纪辽东》说，他和唐圭璋的论证方法相似。在他看来，将一种文体的产生归结为一个帝王或臣子的创制而忽略民间因素，是不符合文学发展规律的。而且在目前所能考察的曲调集中并无《纪辽东》一曲，故詹安泰认为将其作为词的起源并不符合事实。詹安泰从音乐和文辞两个方面来举证，得出"把词的起源摆在初唐更恰当些"❸的结论。首先，从音乐方面论，他认为合于词的燕乐起于周隋之际，同时他还论证敦煌曲中可以看出远在盛唐以前的民间词作。他和唐圭璋观点相左之处在于，"我们不能仅凭调名的来源就判定作品的产生时代，创调年代和作词年代是有区别的，它们可能同时产生，也可能先有调然后才依声填词"❹。而唐圭璋则认为有曲

---

❶ 龙榆生：《词体之演进》，《龙榆生词学论文集》，上海古籍出版社2009年版，第28页。
❷ 秦惠民，施议对：《唐圭璋论词书札》，载《文学遗产》2006年第3期。
❸ 汤擎民整理：《詹安泰词学论稿》，广东人民出版社1984年版，第237页。
❹ 汤擎民整理：《詹安泰词学论稿》，广东人民出版社1984年版，第239页。

调就会有歌词的产生。其次，詹安泰又根据敦煌曲中表现的战争内容推测，这些作品多用于描写初唐时期战乱的社会现实，因此他联系燕乐的产生和民间词的首创性两个因素，将词的起源定在初唐。夏承焘并没有决然地反对《纪辽东》说，他认为其词调句式、字声和韵位跟后来的词没有不同，所以只可存疑。但他又根据《河传》和《杨柳枝》等新兴曲调认定词在隋已经产生，且来自民间的创作，这些观点都与唐圭璋的看法相同。

在文人词方面，唐圭璋指出民间词向文人词转变发生在初唐时期，目前所能见到的较早的文人词有唐玄宗的《好时光》、李白的《菩萨蛮》和《忆秦娥》、张志和的《渔父》等。其师吴梅亦持此观点，"至玄肃之间，词体始定。李白《忆秦娥》、张志和《渔歌子》，其最著也。或谓词破五七言绝句为之，如《菩萨蛮》是"❶。但胡适却认为"长短句的词起于中唐，至早不得过西历第八世纪的晚年"❷。在他看来，现存可见的初、盛唐的乐府歌词，都是整齐的五、七言或六言的绝句，尚未有诗与词的区别。除此之外，他还认为李白的《忆秦娥》《菩萨蛮》和《清平乐》皆是后人伪作。龙榆生亦曾言："白目律诗以俳优，不愿受其束缚。长短句系依曲拍而制，其声调上之束缚，视律诗何啻倍蓰。开元、天宝间，其他诗人尚不肯为，而谓天才纵逸如太白，而肯俯就南蛮歌曲之节奏，为之制词乎？此二词尚难信为白作……长短句词体，在开元、天宝间，尚未为文人采用，较然可知矣。"❸

唐圭璋不同意胡、龙二人的观点，他明确指出《教坊记》和敦煌曲中均有调名《菩萨蛮》，且北宋文莹的《湘山野录》也言此调为李白所作，因此李白在开元、天宝时有依调填词的可能。另外，其《忆秦娥》已有北宋李之仪

---

❶ 吴梅：《词学通论》，中华书局 2010 年版，第 1 页。
❷ 胡适：《词选》，中华书局 2007 年版，第 339 页。
❸ 龙榆生：《词体之演进》，《龙榆生词学论文集》，上海古籍出版社 2009 年版，第 34 页。

"用太白韵"的和词,说明此词调在北宋已广为流传,并将其作者认定为李白,因此亦可否定其为伪作之说。再有,唐圭璋还专门论述齐言绝句诗入乐传唱的情况。他承认在文人词发展之初,以齐言诗入乐比长短句新词的创作要早。当燕乐最初流行时,词人依曲拍为长短句之词,但由于民众对歌词的大量需求和追求优美动听的词句,词人更多的是取现成的诗歌以配乐,这些诗歌配乐演唱后广受听众欢迎,诗人也以此为荣。但词学家并不能因此而否定这类作品为词,如现存词调《玉蝴蝶》,除上片第一句为六言外,其余均为五言句,可否认其为词乎?因此,唐圭璋正面否定胡适的观点,他认为胡适将《忆江南》当作"依调填词第一次",是不符合事实的,将民间词与文人词混淆,得出词起源于中唐的结论亦是错误的。

不破不立,唐圭璋一方面破除各方不妥当和有违事实的证据及观点;另一方面根据自己所掌握的各种资料来立一己之论,对各条证据逐一核实,论证详细,考论结合,剖析厘定关键概念和思路,得出具有说服力的结论。当然,词的起源本身并非一个确切的时间点,而是一个时间段的考量,且词起源于民间,加之史料记载不足,因此要明确断定起源时间尚有困难,有待后世新资料的发掘方可进一步予以论定。目前,学界大致将词的起源定于隋唐之际这样一个较为宽泛和模糊的范围内。

二、观一代词风:词史的时间书写

唐圭璋没有专门的词史专著,其有关词史的研究主要以单篇论文的形式呈现。既有考证之文,亦有论述之章,《两宋词人时代先后考》是其中最有分量的研究成果之一。词史一般是指通过对词人、流派及其作品进行历时性的书写,结合时代环境和社会经济文化背景,对词的发展流变作规律性的总结。因此,考证词人时代先后,包括其生卒年及其他方面的原始资料和基本信息,就成了词学家研究词史最为基础性的工作。唐圭璋在陈伯弢所著的《两宋词人时代先后小录》之后对两宋词人时代状况重新进行考证，陈氏之录是根据词人登第先后，顺次排比，共囊括了一百六十五位词人，但仍漏略不少重要词人，如张先、黄庭坚、李之仪等。除此之外，唐圭璋认为科举登第自有先后，仅以此为据，或未能尽当。因此，唐圭璋广搜稗史、地方志、族谱、年谱、选举表和登科录诸史料，继陈伯弢之后重考词人时代先后，以观一代词史之源流变迁，正如其所言："宋词人之时代先后，有关词学发展过程，述先后考，为学者知人论世之资。"❶

唐圭璋在《两宋词人时代先后考》一文中，考证了从北宋王禹偁到南宋徐君宝共计六百九十三位词人。他先按照词人生卒年排序，生卒年不可考的词人将考其登第时间，登第时间不可考则考其仕官踪迹及所与交往之人等相关信息，并简要考察个人的身份履历，如均无可考则阙如。唐圭璋写作此文的体例：首先，是词人的姓名字号，因为古人常有同名异字或异名同字者，如果混同则贻误词史。其次，考明词人籍贯。再次，此文的关键即在于考证词人的生年、登第时间、卒年、享年几何，并点明其具体生活的时间范围。如王禹偁，生于后周世宗显德元年，太平兴国八年进士。卒于咸平四年，年四十八（954—1001）。❷ 中间或加注其具体担任的官职，如潘阆，"真宗时为滁州参军"❸。但如果以上均不可考，则考其踪迹及与其亲近之人，如"徐君宝妻，有词见《辍耕录》。君宝，宋末岳州人。其妻被掠至杭，弗从敌，投水死"❹。然后，还要点明《宋史》是否有其传。最后，考词人有无词集及词集名称。如果没有词集，则考其词之出处，

---

❶ 唐圭璋：《宋词四考》，江苏文艺出版社2009年版，第289页。
❷ 唐圭璋：《两宋词人时代先后考》，《词学论丛》，上海古籍出版社1986年版，第506页。
❸ 唐圭璋：《两宋词人时代先后考》，《词学论丛》，上海古籍出版社1986年版，第507页。
❹ 唐圭璋：《两宋词人时代先后考》，《词学论丛》，上海古籍出版社1986年版，第575页。

以备学者或读者核实。由上可知，其所考词人之生平史料较陈伯弢更为合理、详尽，且词人数量众多，对于后世研究词史的学者而言是不可多得的参考资料。

词人生卒年的确定，一方面，关系到对词人词作或其生平经历的考察；另一方面，词人时代先后的排序，对于词史的书写产生举足轻重的作用。

首先，以张元干为例，唐圭璋在1934—1935年发表《两宋词人时代先后考》时，已考证其生年为元祐六年（1091年）。之后，曹济平再次以充足的证据证实其生年为1091年，确凿无疑，但《历代人物年里碑传综表》和《知识丛书·宋词》皆误认为张元干生于1067年，卒于1143年。而事实是，张元干也并非卒于1143年。由于生年错误带来的问题就是张元干寄李纲及胡铨的《贺新郎》一词的时间，也随之俱误。小则影响对词人词作的解读，大则可能使词人生平经历、交游出仕等重要信息出现误差，如误认为张元干生年为1067年，比真实生年早了整整24年，那么在1067—1091年发生的事可能会误加到词人的生活经历中，而导致1091年后发生的事，如张元干与李纲、胡铨的交往这样关键的事件被误读，甚至因为某些事件时间的冲突而被质疑，进而影响与其相关的其他词人事迹的考证，导致词史上某个时间段的混乱。

其次，以柳永为例。在唐圭璋《两宋词人时代先后考》的柳永条目中，考证其约生于雍熙四年（约987年），约卒于皇祐五年（约1053年），比张先长三岁，比晏殊长四岁。柳永的生卒年问题原无定论，唐圭璋在《柳永事迹新证》一文中作了详细的考证，他根据《能改斋漫录》、地方志等史料记载，并结合柳永的词作详加论证，最终得出上述结论。詹安泰在对宋词作家按照生卒年时间排序时，将柳永排在范仲淹、张先和晏殊等人之前。❶除此之外，詹安泰在其《谈柳永的〈雨霖铃〉》一文中，认定柳永于宋仁宗景祐元年（1034

---

❶ 汤擎民整理：《詹安泰词学论稿》，广东人民出版社1984年版，第293页。

第四章 词史的时空与词学史的谱系

年)中进士,与唐圭璋所考证的时间亦相吻合,由此可知唐圭璋的考证得到了同时代学者的认可。倘若如此,那么意味着传统的宋词分期,尤其是宋词初期的创作分期则要有新的面貌,词史的书写也将发生相应的变化。

王兆鹏在《词学研究方法十讲》中,就以柳永为例说明词人年代的考证对于词史研究的影响。他说:"一个词人生活年代的确定,可以丰富甚至改变我们对于词史进程的认识。过去的文学史和词史,都认为柳永比晏殊、欧阳修们要小,所以给宋词分期的时候,是把晏欧划在第一个时期,而把柳永划在后面的第二个时期。我老师唐圭璋先生在 20 世纪 50 年代考明,柳永实际上比晏欧还要年长,他的创作早于晏欧,这样就把颠倒了的词史纠正了过来。一个词人生卒年的确定,竟然改写了我们对词史进程的认识!所以,考订词人的生平事迹,不光对研究个体词人有价值,对研究整个词史的演进历程也有重要意义。"❶ 胡云翼的《中国词史略》就认为初期的北宋词继续着晚唐五代词的作风,是小词发达的时期,晏、欧同属北宋词的第一期,张先跨北宋第一时期和第二时期。他将柳永放在北宋词的第二时期,认为北宋第二时期词的转变是慢词起兴,且把柳永当作慢词的创造者。❷ 除此之外,郑振铎的《插图本中国文学史》、薛砺若的《宋词通论》、龙榆生的《中国韵文史》,均将范仲淹、晏殊和欧阳修放在宋初词的第一期,而将柳永放在第二期,这也正坚持了传统词学所认为的,宋初主要是继承唐五代小词的观点,想当然地认为小词在宋代的流行早于慢词。而唐圭璋考证出柳永出生年代早于晏、欧,则可还原宋初词史原貌,即北宋初期慢词已经开始流行,而非晚于小令。在他看来,"柳永是宋代第一位专业词人,是宋词昌盛的奠基人。……柳词是始

---

❶ 王兆鹏:《词学研究方法十讲》,北京大学出版社 2008 年版,第 195 页。
❷ 胡云翼:《中国词史略》,岳麓书社 2011 年版,第 32 页。

出,张词是继出;柳在先,张在后;柳是主,张是辅"❶,从而进一步否定了前人对于宋初词史发展状况的错误认识。当下高校中通用的袁行霈主编的《中国文学史(第三卷)》中,也采纳了唐圭璋的考证结果,将其放在北宋词坛的初期来讨论,尊重词史发展的史实。❷

由以上两例可知,词人生卒年及其生活时代的考证,对于词史的书写具有相当重要的价值。唐圭璋通过对近七百位词人时代先后的考证,为词史研究者们提供编年词史可靠的参考资料,对于坚持词史的客观性,还原词史的原貌功不可没。

三、述一地词风:词史的空间地理书写

产生于不同时代的文学作品,自然会打上其时代的烙印,是现实生活和时代精神的体现,各自都有其不同的特点和表现内容,正所谓一代有一代之文学。但同一时代不同区域的文学作品也会呈现出不同的风格特征。如战国时代的齐鲁文化与燕赵文化、楚文化的差异,齐鲁文化中传承儒家"修齐治平"的思想,更强调对现实社会的关注,而楚文化中浪漫想象的味道则更浓些。这也并非特例,每个时代都会出现这种文学现象,如现代文学中的海派文学与京派文学的差异。关于这些都值得我们进一步思考。不言而喻,除了鲜明的时代性外,文学作品还具有突出的地域特色。因此,文学史家在梳理和总结文学演变的历程时,如果只探讨其时代性特征,而忽略其地域性特征,只有历时性的编年,而忽略共时性的系地,那么就很难撰写出全面、客观或接近于历史原貌的文学史。所以,我们要将文学的时代性与地域性相结合,

---

❶ 唐圭璋:《柳词述略》,《词学论丛》,上海古籍出版社1986年版,第927页。
❷ 袁行霈:《中国文学史(第三卷)》,高等教育出版社2005年版,第33页。

以时间维度和空间维度交互配合的方式书写文学史，这样方能真正反映文学史的全貌。

　　这种文学史的书写模式与当下文学地理学的研究路径不谋而合。曾大兴的《建设与"文学史学"双峰并峙的"文学地理学"》一文，就对"文学地理学"的概念作了具体的界定："通过文学家（包括文学家族、文学流派、文学社团、文学中心）的地理分布及其变迁，考察不同的自然地理环境和人文地理环境对文学家的气质、心理、知识结构、文化底蕴、价值观念、审美倾向、艺术感知、文学选择等构成的影响，以及通过文学家这个中介，对文学作品的体裁、形式、语言、主题、题材、人物、原型、意象、景观等构成的影响；还要考察文学家（以及由文学家所组成的文学家族、文学流派、文学社团、文学中心等）完成的文学积累（文学作品、文学胜迹等）、形成的文学传统、营造的文学风气等，对当地的人文环境构成的影响。"[1]此段表述一再强调的就是文学与地域之间的互动关系，从地方性的视角重构文学研究的范式。文学地理学要求我们以更广阔的文化研究的视域理解文学的发生发展。在这里作者试图建立与"文学史学"相并立的"文学地理学"的文学二级学科，而在本书中我们所讨论的是将"文学地理学"的研究方法或思维方式应用于词史的书写，而非建立一门新兴学科。

　　杨义曾提出"重绘中国文学地图"的构想，更是直接阐发了文学史的空间维度的书写："'重绘中国文学地图'，是一个旨在以广阔的时间和空间通解文学之根本的前沿命题……值得关注的是，把地图这个概念引入文学史的写作，本身就具有深刻的价值。它以空间维度配合着历史叙述的时间维度和精神体验的维度，构成了一种多维度的文学史结构。因为过去的文学史结构，

---

[1] 曾大兴：《建设与"文学史学"双峰并峙的"文学地理学"》，载《中国社会科学报》2011年4月19日第7版。

过于偏重时间维度，相当程度上忽视地理维度和精神维度，这样或那样地造成文学研究的知识根系的萎缩。地图概念的引入，使我们有必要对文学和文学史的领土，进行重新丈量、发现、定位和描绘，从而极大地丰富可开发的文学文化知识资源的总储量。"❶杨义试图通过呼吁以时间和空间相结合的书写方式，在勾画文学史的过程中实现动态与静态的交互，最终达到尽可能还原文学在历史中原本存在的状态，展现文学在某一时代的空间差异和某一空间的时代变迁。

唐圭璋的《两宋词人占籍考》《唐宋两代蜀词》《宋人父子能词》和《宋人兄弟能词》四篇文章，正体现了在词史研究中对于地域文化和家族文化的关注。对词人具体地域分布的梳理及其家族创作的介绍，为词史的空间书写准备了翔实的资料，便于词史研究者，一方面探索词史发展中所受的地域环境的影响，正如唐圭璋所言，"兹考两宋词人之籍历，按省分列，藉以觇一代词风之盛，及一地词风之盛"❷。另一方面，从文艺社会学的角度探索家族文化与词人创作的承继关系，具体包括家族文化对词人品行、学养、词风的形成、表现手法、情感内容等多方面的影响，尝试从多元的视角和方法，还原词史发展的本来面目，对词的演进变化有更为深入、立体而全面的认识。

（一）词人的地域分布

在《两宋词人占籍考》中，唐圭璋共列出两宋词人 871 家的籍贯分布，不仅标注词人所属何省，更进一步点明其所属具体地名，如张炎，除了标明其籍贯所属浙江省外，同时亦确定其为枢子人。这不仅让我们在宏观层面看

---

❶ 杨义：《重绘中国文学地图与中国文学的民族学、地理学问题》，载《文学评论》2005 年第 3 期。

❷ 唐圭璋：《两宋词人占籍考》，《词学论丛》，上海古籍出版社 1986 年版，第 576 页。

到词人的南北分布，又可细化至南北区域中的省际分布，再进一步划分省内区域词人，研究不同区域文化对词人创作的影响。依唐圭璋文中考证可列出两宋词人地域分布（表4-1）。

表4-1 两宋词人地域分布

	省份	人数/人	所占比重/%	
南方	浙江	216	24.8	82.2
	江西	158	18.1	
	福建	111	12.7	
	江苏	82	9.4	
	四川	61	7.0	
	安徽	46	5.3	
	湖南	17	2.0	
	湖北	17	2.0	
	广东	6	0.7	
	广西	2	0.2	
北方	河南	68	7.8	17.8
	河北	34	3.9	
	山东	32	3.7	
	陕西	14	1.6	
	山西	7	0.8	
总计		871	100.0	100.0

注：本表中河北省的34位词人中，有29位为宋帝王及宗室不知籍贯所属，故唐圭璋一并将其归入河北省。

从表4-1可看出，在两宋籍贯可考的词人中，南方词人的数量是北方词人数量的四倍还多，浙江或江西一省词人之数是北方五省词人总数之和。虽然尚有籍贯不明者未予统计，但这些数据也足以大致说明宋词所属之地域分布的概况。浙江词人数量最多，和江西词人数相加已过南方词人总数之半。其中原因在于，一方面，在两宋时期，尤其是北宋后期至南宋时段，北方地区频遭少数民族入侵，地区形势不稳定，战争带来了经济、文化方面的破坏和人口的减少，温饱尚成难题，又有何闲情雅致去填词赋诗；另一方面，江、浙地区特别是长江以南的地区相对稳定，北方人口大规模南迁，带去了高效的生产技术和大量的劳动力，促进了南方经济的快速发展，同时北方的文化也逐渐与南方文化融合，带动南方城市文化的繁荣。

至南宋时期，定都杭州，帝王们"直把杭州作汴州"，当时南宋小朝廷的苟安让文人有了暂缓奔波的休憩时间，故填词数量会有增加，且明显南方词人多于北方。这些词人中一部分沉溺于醉生梦死的歌舞升平的假象中，作淫狎妖艳之词，另有一部分词人则因战争带来的流离之苦和家国之恨，而心有郁愤喷薄而出，多表达他们对于现实的不满及其对于普通受难民众的同情。直到清词中兴时，浙西词派仍是当时最为重要的词学流派之一，这种词史上的地域渊源和潜在的文化影响都值得我们思考。除此之外，如江苏词人的创作，以及江南地域文化对于其形成常州词派词论思想的影响；两宋时期四川词人创作与五代西蜀词之间的承继关系，以及四川特有的巴蜀文化对词人创作的影响，巴蜀词人风格与其他南方地区的词风差异；广西仅有的可考籍贯的两位词人均为临桂人，而清季四大词人中临桂词人就占了半壁江山（王鹏运与况周颐），乡学渊源素来有自，其所处之地，较中原地区而言，甚为偏远，且经济落后，但临桂词人却能在词史占有一席之地，这一系列的词史现象都值得我们从文学与地域文化之关系的视角作进一步的探讨。

虽然北方地区的词人及作品均少于南方，但也可看出河南和山东两省的词人所占词人总数的比重仍不少。一方面，北宋定都于河南，其为政治、文化中心，中原文化薪火相传，使南方的文人士子也多汇聚于此，词人之间的

第四章 词史的时空与词学史的谱系

交流频繁更激发词的创作。山东历来为中国的文化大省,齐鲁文化流传千年,也是文人才士辈出的地方,在宋朝依然保持其文化优势,为词史贡献了许多优秀的词人,如南宋两大词人李清照和辛弃疾,二人又皆为济南人,因此通过进一步缩小地域范围,深入研究地域文化对词人成长、创作的影响,是我们拓展词学研究的突破口。下文将结合唐圭璋《唐宋两代蜀词》一文,作简要的阐发,以期有抛砖引玉之效。王兆鹏《唐宋词史的还原与建构》一书,在唐圭璋此文的基础上,依据词人生平事迹新的发现和现行行政区域的变更,对宋词作者的地域分布作了重新统计,他将词人按地域不同,划分南北方,依各省统计,同时按时代不同分北宋和南宋,并统计每个时代每个省份词人及其作品的数量,以及所占总量的百分比,还对各省进士人数进行列表汇总。[1]学者在词史的研究过程中,将时代、地域、作者人数和作者数量四者结合进行分析,更利于发现在不同时代的不同地域文化中,词人创作的分布情况,进而对词人词作集中的区域作重点研究,探索地域文化和时代变迁与词的创作之间的关系,进而观照词史发展历程中的词风地域特征。

唐圭璋的《唐宋两代蜀词》一文,可以看作对《两宋词人占籍考》中有关词人与地域关系研究的继续和深化。《两宋词人占籍考》虽已有注明词人具体的府县名称,但并未进行归类,亦未对词人作进一步的评述。而在《唐宋两代蜀词》中,唐圭璋对自唐代李白始的蜀地词人进行了全面的梳理,内容主要涉及唐宋蜀地词人可考姓名者六十人(包括蜀妓),作者对其中除蜀妓之外的五十五位蜀地词人进行简述。唐圭璋首先介绍词人姓名、字号,另有词人登第及仕宦情况,然后言及词人词作的保存状况,收录于何集,并总体概括其词风,或引述前人序跋或词话中已有的对词人的评论,最后他还举词人

---

[1] 王兆鹏:《唐宋词史的还原与建构》,湖北人民出版社 2005 年版,第 85 页。

名作一首，作简要赏析。因唐代蜀地词人相对分散，而宋代则相对集中，故唐圭璋对宋代蜀地词人进行了归类并置，可列如下简表（表4-2）。

表 4-2 宋代蜀地词人地域分布

项目	眉州	成都府	仙井监	潼川府	阆州	简州	一州一人者	不知何州府	共计
人数/人	8	5	4	3	2	2	9	5	38

从表4-2中数据可以清楚地看出，宋代蜀地词人中，以眉州词人最多，其主要作者有苏轼、苏辙、苏过、程垓、杨恢、李从周和家铉翁等八家，其中苏轼、苏辙兄弟文名远播，为宋代第一流的学者。想必这种现象也并非偶然，某一区域的自然地理环境和人文地理环境，潜移默化地塑造词人的生活方式，滋养其品性，以及通过初期教育等方式影响着词人的性情，进而奠定其词风的基调，造成词史发展的地域性表征。眉州词人的兴起，一方面有赖于眉州独特的地理位置。宋代的眉州，位于成都至乐山之间的岷江流域，这里依山傍水，有"山不高而秀，水不深而清"之形容，如画的山水之间陶冶了文人的情怀，对其审美观的养成具有重要的作用。南宋大诗人陆游过眉州时曾作《眉州披风榭拜东坡先生遗像》一诗纪念苏轼，其中四句云"蜿蜒回顾山有情，平铺十里江无声。孕奇蓄秀当此地，郁然千载诗书城"❶，直接表达了眉州的胜景对成就苏轼一代文豪的重要意义。另一方面，眉州地处成都平原，土质肥沃，水源充足，物产丰富，经济发达，有"天府之国"之称，尤其是它的社会环境相对稳定，无论是唐末五代的江淮战乱，还是南宋时期宋金之战，都很少波及西蜀。与此同时，文人学士的大量迁入，又推动着当地文化的发展。除此之外，眉州本身丰厚的文化底蕴，浓厚的文化氛围也是其盛产词人的重要因素。眉州早在唐代就已有闻名遐迩的私人藏书楼"孙氏

---

❶ 陆游：《剑南诗稿（卷九）》，《陆放翁全集（中）》，中国书店1992年版，第158页。

书楼",还有许多藏书家,他们都是形成眉州文化基因的重要构成要素。由唐至宋,西南地区的出版中心由成都而逐渐南移眉州,使眉州成为当时全国的出版中心,这就促进了文人词集的印刷与传播,带动了文人词的创作。

关于地域的自然和人文地理环境对词人创作的影响,以眉州为例,已足可说明某些问题,因此当我们在书写词史时,不仅要关注其时间上纵向的源与流,也要认识空间上不同地域文化对词史演进的影响,以时空向度相结合的方式呈现出的词史样貌才能更加立体而丰富。这也要求我们不仅要能从地域文化背景中解释某些词史发展的现象,同时我们也能够对在不同地域文化中所形成的词人作品进行比较,发现它们各自的地域特色。比如同一时期,浙江钱塘词人的创作和四川眉州词人的创作即可作比较。在唐圭璋的考证中,宋代浙江钱塘词人众多,而且钱塘与眉州,一个临海,一个内陆,形成完全不同的地域文化风格,对其词人词风也会带来不同的影响,由此可从词风的比较中展现词史发展的地域特色。

(二)词人与家族文化

法国文艺评论家丹纳曾说:"艺术家本身,连同他所产生的全部作品,也不是孤立的。有一个包括艺术家在内的总体,比艺术家更广大,也就是他所隶属的同时同地的艺术宗派或艺术家家族。"❶ 一个地域的文学家族,也是其地域文化的重要组成部分。通过考察他们的文学创作活动,来进一步研究文学与地理环境之间的关系,从而最终探索其文学作品的地域特色,成为当下文学地理学研究的重要内容之一。陈寅恪在其文中也指出:"盖自汉代学校制度废弛,博士传授之风止息以后,学术中心移于家族,而家族复限于地域,

---

❶ 丹纳:《艺术哲学》,人民文学出版社 1963 年版,第 5 页。

故魏、晋、南北朝之学术、宗教皆与家族、地域两点不可分离。"❶所以曾大兴在建构文学地理学理论体系之时,也一再强调文学家族所具有的地域与血缘的双重属性,将文学家族作为文学地理学研究的题中之义。❷就此而言,词人与其家族文化亦成为词史空间书写的重要组成部分。

唐圭璋曾撰有《宋人父子能词》和《宋人兄弟能词》两篇文章,粗略地考证宋代父子、兄弟皆可填词者,这为我们研究词人创作与其家族文化之间的关系提供了线索。

宋人父子能词者有 22 家:1. 赵顼—其子赵佶—赵佶子赵桓、赵构—赵构所立太子赵旉—赵旉孙赵扩。2. 晏殊—其子晏几道。3. 王益—其子王安石、王安国、王安礼—王安石子王雱。4. 范仲淹—其子范纯仁。5. 韩琦—其子韩嘉彦。6. 曾布—其子曾纡—曾纡子曾淳。7. 秦观—其子秦湛。8. 晁冲之—其子晁公武。9. 米芾—其子米友人。10. 葛胜仲—其子葛立方—葛立方之子葛郯。11. 胡舜陟—其子胡仔。12. 朱松—其子朱熹。13. 曹组—其子曹勋。14. 韩世忠—其子韩彦古。15. 洪皓—其子洪适、洪迈。16. 韩元吉—其子韩淲。17. 周文璞—其子周弼。18. 牟子才—其子牟巘。19. 周晋—其子周密。20. 冯取洽—其子冯伟寿。21. 刘辰翁—其子刘将孙。22. 张枢—其子张炎。

宋人兄弟能词者共计 21 家:1. 王琪—其弟王珪。2. 苏轼—其弟苏辙。3. 曾巩—其弟曾肇。4. 孔武仲—其弟孔平仲。5. 谢绛—其弟谢维。6. 黄大临—其弟黄庭坚。7. 秦观—其弟秦觏。8. 晁补之—其弟晁冲之。9. 苏庠有—其弟苏祖可。10. 谢逸—其弟谢薖。11. 朱敦复—其弟朱敦儒。12. 黄公度—其弟黄童。13. 楼锷—其弟楼钥。14. 楼扶—其弟楼槃。15. 李洪—其弟李漳、李泳、

---

❶ 陈寅恪:《隋唐制度渊源略论稿》,上海古籍出版社 1982 年版,第 17 页。
❷ 曾大兴:《理论品质的提升与理论体系的建立——文学地理学的几个基本问题》,载《学术月刊》2012 年第 10 期。

李淯、李溯。16. 陆淞——其弟陆游。17. 吴渊——其弟吴潜。18. 萧崱——其弟萧泰来。19. 严羽——其弟严仁、严参。20. 翁元龙——其弟吴文英。21. 李彭老——其弟李莱老。

　　唐圭璋还注明了每一位词人的词集或其词的收录情况，以备研究者复核。沿着唐圭璋所列词人之间的血缘关系，考察词人父子或兄弟之间的相互影响及其家族文化中对词人成长、品性和学养的塑造，进而分析家族文化对其词的创作所起到的潜移默化的作用。作为地域文化的一部分，家族文化的特征也体现着地域文化的特色，而地域文化的特色也需要家族文化来表达和呈现。

　　根据上文唐圭璋的考证，王益及其子王安石、王安国、王安礼，王安石之子王雱均有词作流传，可以据此以临川王氏家族为例作简要的论述。王安石出生于江西临川，其家族的兴起与当时宋朝的江西地域文化密不可分。宋朝广开科举，重视文人，以武开基，以文治国。在两宋时期，江西共计产生5400多名进士，可见彼时江西的文化教育之盛，王氏家族亦是以科举起家，逐渐发展成为地方名门望族。除此之外，宋朝之初的几位著名词人，如晏殊、欧阳修、晏几道等，均出自江西，在当时词并不被推崇的年代，这无疑激发了后世文学家填词的动力。江西浓厚的地域人文氛围浸润着王氏家族，王安石之父王益，22岁中进士，官至尚书都官员外郎，《能改斋漫录》存有其词，《诉衷情》（烧残绛蜡泪成痕）一词，抒发相思之情，温婉缠绵，未脱晚唐之风。王安石之弟王安国，字平甫，以文章著称于世，无书不读，赐进士及第，其词存于《花庵词选》。唐圭璋《唐宋词简释》中收录其《清平乐》（留春不住）一词，唐圭璋以"颇为名隽"[1]赞赏此词。王安石之弟王安礼，字和甫，嘉祐六年进士，官拜尚书左丞，亦有文名，其词存于《王魏公集》。王安石之子王雱，治平四年进士，诗文词兼善，其与王安礼、王安国合称"临川三王"，

---

[1] 唐圭璋：《唐宋词简释》，上海古籍出版社1981年版，第79页。

是临川文学的杰出代表,其词见于《扪虱新话》。薛砺若在《宋词通论》中评价三人之词时云:"他们叔侄词虽不多见,然较介甫蕴藉婉媚多矣,足见当年临川王氏家学一斑。"❶薛砺若在论词时也已注意到家族文学对其词人词风的影响。

当然,在王氏家族中,最负盛名者当数王安石,唐宋八大家之一,其诗文均堪称一流之作,自不必多言。另有词集《临川先生歌曲》,与其诗文相比,留存之词较少,但以《桂枝香·金陵怀古》最为著名,唐圭璋称赞此词"笔力劲峭"❷。全词写金陵晚秋萧飒之景,词人登高望远,忆古思今。他以一个政治家的胸襟和一个文人的情怀,审视着六朝古都的兴衰与荣辱,以古示今,呼吁当今的君主应当励精图治,而不做亡国之君。其词气象阔大,沉郁顿挫,已不复五代缠绵之意,而是抒发一己之情,且融入对现实社会、时代和国家政治的反思,也从一个侧面反映王安石已经逐渐摆脱将词作为消遣游戏的附属品的传统词学观。他的创作观念大概受到临川王氏家族中几任文人仕宦的熏染,也影响了与其同时或晚于他的王氏家族文人,从而形成具有家族特色的文化氛围和文学创作理念,关于此问题更为详尽的探讨还需要对其家族词人作进一步深入的比较研究。比如通过辨析家族成员之间在创作手法、作品内容和风格之间的具体异同,发现其创作中所具有的家族基因和区域特色。这为词史的书写提供了社会学、遗传学等多元的研究视角,亦可以此为突破点,扩大词史的研究范围。当下已有学者尝试以空间维度和时间维度相结合的方式来书写词学史或文学史,为此类研究不断拓展新的视域与理路。

---

❶ 薛砺若:《宋词通论》,上海书店1985年版,第151页。
❷ 唐圭璋:《唐宋词简释》,上海古籍出版社1981年版,第78页。

四、重校《词苑丛谈》与编著《宋词纪事》：词之本事研究

词之本事，是指词人创作其词的缘由，包括时代背景、地理环境、情感纠葛，抑或仕宦浮沉等诸多内容。龙榆生在其《研究词学之商榷》一文中曾言："海盐张宗橚著《词林纪事》，采集唐、宋以来诸家笔记之有关于词者，依计有功《唐诗纪事》之成例，排比作者时代之先后，自唐迄元，有得必书。于是词人之性行里居，约略可睹，以渐成其为'词史之学'。"❶ 记录、考证词的本事，对于了解词人的品性、行迹，以及创作背景，均有重要的史料价值，既便于词的解读和分析，也是词史研究的题中要义。唐圭璋所著的《宋词纪事》收录宋词中可证之词人逸事，言明词作之本事缘由。除此之外，他又重新校注《词苑丛谈》，以便学者研究词史之用。

在唐圭璋之前，已有古人辑录词之本事，以杨绘的《本事曲》和杨湜的《古今词话》为最早。两书均多记载词人逸事，对于了解当时词人创作状况颇有价值。之后，黄升的《花庵词选》和何士信的《草堂诗余》，中间亦有言及词之本事。明人陈耀文辑《花草粹编》，卓人月编《古今词统》都有词本事附于所选之词的后面，但唐圭璋责其"所引词话，往往节其大意，不录原文，甚有不注出处者"❷。再后，徐釚的《词苑丛谈》，搜集历代词人故事及词作评论，共分体制、音韵、品藻、纪事、辨证、谐谑和外编七类，为研究词学之要籍，"惟是书各条，乃徐氏随时随地抄撮，未注明出处，亦一憾事"❸。因此，唐圭璋对其进行补充，当他阅览唐宋以来古籍时，发现与此书中的某条有相同的论述，就为徐釚之书补注，这就便于词学研究者据此来查找原始资料。除此之外，唐圭璋还根据相关书目补正此书中的错讹之处，重校后的《词苑

---

❶ 龙榆生：《研究词学之商榷》，《龙榆生词学论文集》，上海古籍出版社2009年版，第96页。
❷ 唐圭璋：《宋词纪事》，中华书局2008年版，第2页。
❸ 唐圭璋：《〈词苑丛谈〉跋》，《词学论丛》，上海古籍出版社1986年版，第1044页。

丛谈》学术含量更高，成为研究词史或品鉴词作的重要辅助读物。

《词苑丛谈》之后，张宗橚的《词林纪事》较为著名，该书依词人所处年代先后顺序排列，分二十二卷，收录共计四百二十余家词之本事。但唐圭璋认为此书"虽注出处，但不尽依原文，是皆不能无憾也"[1]。他指出《词林纪事》不足之处有三点：第一，任意增删原文，妄加篡改，不重实据，以致贻误后学。第二，征引本事，不从宋人原始书籍中摘录，反而从明清人转载的二三资料中查找，极易误引。第三，此书虽有词人纪事，亦兼录前人评语，是词人纪事与评论的综合，故体例不纯。另外，唐圭璋还言及此书漏收的词人逸事甚多，因此他告诫后学："沈雄《古今词话》《历代诗余》《词林纪事》《词苑萃编》所引宋人之书，必须查考宋人原始资料，决不可信清人之误引。"[2]

出于对前人"纪事"之作多剪裁截取而不依宋人原始资料的缘故，唐圭璋重新编订《宋词纪事》一书，全书共统计包括无名氏在内近330家词人，508首词的本事，多采宋人书籍原文，以宋证宋，且不录词人评语及无关本事者，对后之学者研究词史有重要的参考价值。吴梅对其评价甚高，认为此书有三大优点："征引诸籍，多宋贤撰著，明、清记载移录殊鲜，一也。荟集原文，不加增损，一言一字，可以复核，二也。补苴遗逸，多前人未及，张皇幽渺，殚见洽闻，三也。"[3]吴梅的序言切中肯綮地概括了《宋词纪事》的特点。

兹以一例证之，如《宋词纪事》中论词人李清臣时，先述其字号及籍贯，再述其登科和仕宦情况。之后，辑录其已失调名之词本事，唐圭璋摘录了《麈史》《独醒杂志》《侯鲭录》《过庭录》《艇斋诗话》等著述中关于李清臣此词

---

[1] 唐圭璋：《宋词纪事》，中华书局2008年版，第2页。
[2] 唐圭璋：《读词五记》，《词学论丛》，上海古籍出版社1986年版，第719页。
[3] 唐圭璋：《宋词纪事》，中华书局2008年版，第1页。

的所有本事，对前人之言未增删片句。而在文末，唐圭璋另加案语，根据《阳春白雪》中所载贺铸《谒金门》（杨花落）一词自序之言，证得此词并非李清臣所作，而为李黄门之词，"曾氏《独醒杂志》误传其事，知不足斋刻《侯鲭录》，据曾文补阙，并辟《麈史》之非，实亦误也"❶。唐圭璋此书以宋证宋，但不妄信宋人言论，而是从相关资料中，旁征博引，多方求证，以求词本事之真，避免贻误后学，实是一部考证翔实、辑录可靠的词史资料。曾大兴认为："在词史之学方面，唐圭璋的成就不仅非朱祖谋所能及，也大大地超过了况周颐。"❷ 据曾大兴所言，朱祖谋曾打算研究词史之学，但苦于资料不全而搁置。其后，况周颐著有《历代词人考略》，夏承焘责其所抄泛滥，孙克强也认为此书体例驳杂而不纯，其将词之本事、词人小传及词调演变等杂糅一炉，不够精当。故由此观之，唐圭璋《宋词纪事》的考证之功和词史价值则更加凸显。

五、平分两宋与各取所长：力破词史中南北宋之争

词史上一直延续着推尊北宋词还是南宋词的争论。明末清初，云间词派的陈子龙在《幽兰草词序》中描述词风的转变时说："自金陵二主，以至靖康，代有作者。或秾纤婉丽，极哀艳之情；或流畅淡逸，穷盼倩之趣。然皆境由情生，辞随意启，天机偶发，元音自成。繁促之中，尚存高深，斯为最盛也。南渡以还，此声遂渺，寄慨者亢率而近于伧武，谐俗者鄙浅而入于优伶。"❸ 在陈子龙看来，北宋词妙手偶天成，情感自然流露而不做作，为情造词，情感由衷而发。而南宋词多为豪放之词，寄寓国破家亡之感，太过于直率而流

---

❶ 唐圭璋：《宋词纪事》，中华书局2008年版，第52页。
❷ 曾大兴：《唐圭璋对朱、况词学的继承与超越》，载《中国韵文学刊》2007年第4期。
❸ 陈子龙：《幽兰草词序》，《词籍序跋萃编》，中国社会科学出版社1994年版，第505页。

于叫嚣之弊，有的则过于浅俗而只能供优伶唱靡靡之音，其言下之意，北宋词人之词自然优于南宋词。宋征璧亦受其影响云："词至南宋而繁，亦至南宋而敝。"❶但以朱尊彝为首的浙西词派却力推南宋之词，倡南宋雅词而一扫明词之俚俗淫鄙，其言："世人言词，必称北宋。然词至南宋，始极其工，至宋季而始极其变，姜尧章氏最为杰出。"❷朱尊彝推尊姜夔、张炎之词，与云间派推崇北宋词的自然、随性不同，浙西词派推尊南宋词的雅致与雕琢，主张艺术上的精心修饰以去词之粗鄙。随着浙西词派的发展，其代表性词人由于过分追求语言和形式美，而削弱了词的思想内涵，一味地模仿和修饰，使词过于晦涩，无法真正表达词人的情感，进而到了"性灵不存，寄托无有"的地步。因此，常州词派的谭献在其《复堂词话》中对浙西词派进行了批评，"南宋词敝，琐屑饾饤，朱、厉二家，学之者流为寒乞"❸。他直陈浙西词派之流弊，同时也直接表达对南宋词评价之低。

唐圭璋对两宋词的认知更为通达，一针见血地指出南北宋之争的要穴，不为前人之论所遮蔽，而是坚守一己之见。其云："世之尚北宋者，往往抹杀南宋；尚小令者，往往忽视慢词；尚自然者，往往轻议凝炼。不知一时代有一时代之所胜，一体有一体之所胜。学南宋者，固不可不上窥北宋；学北宋者亦不可不涉猎南宋，环境各异，作风各异，而真价亦各异也。"❹他认为，一代词之大家，必应转益多师，不拘一格，而自成一家。宗白华曾将中国传统艺术之美分为"错彩镂金"与"芙蓉出水"两种不同的风格，每个时代的审美观不同，其所崇尚之美亦有不同。因此，无论是北宋的自然随性之美，

---

❶ 江顺诒：《词学集成》，唐圭璋：《词话丛编（第2版）》，中华书局2005年版，第3273页。
❷ 朱彝尊：《词综·发凡》，张璋、职承让等：《历代词话》，大象出版社2002年版，第919页。
❸ 谭献：《复堂词话》，唐圭璋：《词话丛编（第2版）》，中华书局2005年版，第4009页。
❹ 唐圭璋：《论梦窗词》，《词学论丛》，上海古籍出版社1986年版，第982页。

还是南宋的雕琢精致之美，不必强分轩轾，且个人才华禀赋各异，当不拘南北宋词之限，贯通两宋，博学兼备，方取法乎上。

唐圭璋在《姜白石评传》中再次重申自己的观点："两宋之时代先后不同，词之体制长短不同，尤不能不细察源流正变，明揭各家精力之所诣。清代朱竹垞倡浙派，过尊南宋，轻视北宋，至以白石为止境；张皋文倡常州派，过尊北宋，轻视南宋，至屏梦窗而不选，此皆门户之见，不可信也。"❶在此，他也超越浙西词派和常州词派的门户之见，言及两派固守一己之观念而带来的弊病，力破两派之偏私。龙榆生与唐圭璋持相同观点，指出"词以两宋为极则，而论者或主北宋，或主南宋。此皆域于门户之见，未察风气转变之由，而妄为轩轾者也"❷。此言亦是对于陈廷焯词论思想的借鉴，后者在《词坛丛话》中云："北宋词，诗中之风也；南宋词，诗中之雅也。不可偏废，世人亦何必妄为轩轾。"❸詹安泰也曾直言浙西词派和常州词派的两派理论主张之间的矛盾之处："常州词老专尚寄托，而高谈北宋；浙水词人，不言寄托，而侈论南宋，均使人不能无所致疑于其间。夫以寄托论词，北宋固不若南宋之富且深也，常州诸老岂不喻此，而存一代不如一代之见？"❹詹安泰此言确实启人反思，词学家多认为北宋词尚自然之风，直抒性灵，而南宋时期，外族入侵，山河破碎，故词人创作多寄寓家国之恨、一己之悲，沉郁而顿挫，但言寄托的常州词派却推崇北宋，少言寄托的浙西词派却言南宋，十足令人费解。

除此之外，唐圭璋在《评〈人间词话〉》中再一次强调其平分南北宋词的观点。王国维论词过尊北宋而抑南宋，其言："诗至唐中叶以后，殆为羔雁

---

❶ 唐圭璋：《姜白石评传》，《词学论丛》，上海古籍出版社1986年版，第963页。
❷ 龙榆生：《两宋词风转变论》，《龙榆生词学论文集》，上海古籍出版社1997年版，第251页。
❸ 陈廷焯：《词坛丛话》，张璋、职承让等：《历代词话》，大象出版社2002年版，第1691页。
❹ 汤擎民整理：《詹安泰词学论稿》，广东人民出版社1984年版，第130页。

之具矣。故五代北宋之诗，佳者绝少，而词则为其极盛时代。即诗词兼擅如永叔，少游者，亦词胜于诗远甚。以其写之于诗者，不若写之于词者之真也。至南宋以后，词亦为羔雁之具，而词亦替矣。此亦文学升降之一关键也。"❶王国维认为五代北宋之词"生香真色"，蕴含其所推崇的境界，故而自成高格之态，力诋史达祖、吴文英、张炎和周密等南宋诸家词失之肤浅，且多有雾里看花之隔。唐圭璋则直陈其评论失当之处："南宋诸家如梦窗、梅溪、草窗、玉田、碧山各有艺术特色，亦不应一概抹杀。王氏谓梦窗'映梦窗凌乱碧'，谓玉田'玉老田荒'，攻其一端，不及其余，尤非实事求是之道。"❷为纠王国维所言之弊，而为南宋词人辩护，其对南宋词的认识更为全面，与王国维相比，唐圭璋兼采两宋、各取其优的观点更符合词史发展的趋势。其在为《宋词举》所作的序跋中，评陈匪石之词云："不偏南北，不主一家，吸收众长，融会贯通，自臻上乘。"❸唐圭璋从创作论的角度，再次论及词人创作应不拘于南北宋之限，转益多师，博采众家之长，将各家的优势和不同的风格特点熔于一炉，真气贯注于胸中，酝酿斟酌，最终下笔成词而抒一己之性灵，可成名篇佳作，且示一家之美。

第二节　从个案研究到谱系分析：唐圭璋的词学史研究

词学史主要是指通过对于词学家或词学流派的理论主张的梳理，以及评价其得与失，展现词学研究的历时性流衍，探索词学发展变化的规律，在前

---

❶ 彭玉平：《人间词话疏证》，中华书局2014年版，第115页。
❷ 唐圭璋：《评〈人间词话〉》，《词学论丛》，上海古籍出版社1986年版，第1031页。
❸ 唐圭璋：《词学三跋》，《词学论丛》，上海古籍出版社1986年版，第1047页。

人研究的基础之上，不断拓展新的研究领域，探索词学发展的未来趋势，为之后词学研究的持续深入指明方向。

唐圭璋的词学史研究之特点是点、线与面的结合。"点"，即指其对于单个词学家的研究，主要包括词学家专论及其词学著作的批评，涉及王国维《人间词话》及吴梅、赵万里、乔大壮等几家，既有专篇论文，亦有词集序跋，或在其词作中兼有评论。"线"，即指由一位词学家出发，梳理出与其相关的众多词学家，将其作为承上启下的焦点，上追其词论思想传承的渊源，下接其词学思想所影响的后辈词学家，以此建立一条词学传承的主线，串联一个时代或某个区域的词学家群体，展现出词学发展的脉络及其未来走向，厘析词学的继承与开拓。"面"，即指其对于词学体系的建构和词学史的全面梳理，他将词学研究分成十个主要范畴，并对每一个范畴的研究历史、现状及其学术成果作了梳理与评价，以供后学参考并作进一步深入研究，后文主要针对上述三个方面进行具体的阐发。

一、评点名家　以启后学——词学家个案分析

（一）纠王国维《人间词话》之偏

王国维于1908—1909年在《国粹学报》上陆续刊出其论词专著《人间词话》，他以"境界"说为其理论核心，并首次运用西方现代美学和哲学思想对中国传统的词进行审美批评，开启了词学的现代转型之路。但该词话在当时并未引起同时期词学家的重视，包括朱祖谋、况周颐在内的诸多词坛大家"对《人间词话》采取了不赞一词，视而不见的态度，一时保持集体的沉默"[1]。之

---

[1] 王水照：《况周颐与王国维：不同的审美范式》，载《文学遗产》2008年第2期。

后，俞平伯的《〈人间词话〉序》才大力开始对其进行评价与介绍，"虽只薄薄的三十页，而此中所蓄几全是深辨甘苦惬心贵当之言，固非胸罗万卷者不能道。读者宜深加玩味，不以少而忽之。"❶俞平伯准确地把握住了《人间词话》的核心要点，对王国维的词学观亦是赞赏有加："作者论词标举'境界'，更辨词境有隔与不隔之别；而谓南宋逊于北宋，可与颉颃者惟辛幼安一人耳……凡此等评论衡断之处，俱持平入妙，铢两悉称，良无间然。"❷

唐圭璋也是较早地批评王国维《人间词话》的现代词学家，他与俞平伯揶揄赞扬的态度不同，更多是对其中的论述观点进行批驳。如其所言："在教学中，同学曾询及《人间词话》之优缺点，余谓此书精义固多，但亦有片面性，如强调五代、北宋，忽视南宋；强调小令，忽视慢词；强调自然景色，忽视真情吐露，皆其偏见。至以东坡语为'皮相'，以清真为'倡伎'，以方回为'最次'，以白石《念奴娇》《惜红衣》为'雾里看花'，以梦窗、梅溪、玉田、草窗、西麓为'乡愿'，以周介存语为'颠倒黑白'，亦皆非公允之论。余因写《评〈人间词话〉》，以供学者商讨。"❸唐圭璋针锋相对地指出《人间词话》中持论偏颇之处，并予以一一辩驳，其中争论的焦点，正是上文所提及的几个问题。

唐圭璋此文的重心是对王国维"境界说"的评价。王国维在其词话中突出"境界"二字，认为五代、北宋词的高妙之处即在此。唐圭璋指出王国维"尝言境非独景物，然王氏所举之例，如：'明月照积雪'……皆重在描写景物。描写景物，何能尽词之能事？"❹在唐圭璋看来，王国维的"境界说"，实际已将景与情分割开来，侧重于多言景而少言情，唐圭璋据此说"予谓境界

---

❶ 姚柯夫：《〈人间词话〉及评论汇编》，书目文献出版社1983年版，第490页。
❷ 姚柯夫：《〈人间词话〉及评论汇编》，书目文献出版社1983年版，第490页。
❸ 唐圭璋：《后记》，《词学论丛》，上海古籍出版社1986年版，第1064页。
❹ 唐圭璋：《评〈人间词话〉》，《词学论丛》，上海古籍出版社1986年版，第1028页。

固为词中紧要之事，然不可舍情韵而专倡此二字"❶。当王国维通过与严羽的"兴趣说"和王士祯的"神韵说"相较而抬高一己之创见时，唐圭璋则直言三人各执一说而不能会通，"专言兴趣、神韵，易流于空虚；专言境界，易流于质实，合之则醇美，离之则不免偏颇"❷。正因为唐圭璋将王国维的"境界"等同于景物，因此他才反复强调情与景的交融。夏承焘也对王国维的"境界说"提出异议，认为其既已言"无我之境"，而又言"一切景语皆情语"是自相矛盾的，文学中不可能有"无我之境"❸。两位先生均指出了王国维"境界说"的矛盾之处，一方面，王国维的理论主张中强调"境非独谓景物""一切景语皆情语"；另一方面，在具体论述或评词时却又割裂二者。但唐、夏二人对《人间词话》也恐有误读之处，将王国维的"境界"等同于仅言景物，非属公论。后辈学者叶嘉莹在对《人间词话》中所有相关"境界"的条目，逐一分析后得出相对较为合理的解释。在她看来，欲求作品之"有境界"，则作者自己必须先对其所写之对象有鲜明真切的感受。至于此一对象则既可以为外在之景物也可以为内在之感情；既可为耳目所见之真实境界，亦可以为浮现于意识中之虚构之境界。但无论如何都必须作者自己对之有真切感受，始得称之为"有境界"。❹叶嘉莹之言，后出转精，持论尚公。除此之外，唐圭璋还对《人间词话》中"隔"与"不隔"的问题提出异议，前文论述唐圭璋关于代字用法的认识时，已有涉及，兹不赘述。

彭玉平曾揭示唐圭璋之所以撰专文评《人间词话》的缘由。首先，《人间

---

❶ 唐圭璋：《评〈人间词话〉》，《词学论丛》，上海古籍出版社1986年版，第1028页。
❷ 唐圭璋：《评〈人间词话〉》，《词学论丛》，上海古籍出版社1986年版，第1029页。
❸ 夏承焘：《月轮山词论集》，《夏承焘集（第2册）》，浙江古籍出版社、浙江教育出版社1997年版，第416页。
❹ 叶嘉莹：《〈人间词话〉之基本理论——境界说》，王国维：《人间词话》，中华书局2009年版，第99页。

词话》本身的缺陷与矛盾之处尚多,而当时学界少有人论及,且像任访秋、靳德峻、许文雨等学者皆对其或揶揄之,或作笺证、讲疏,使其有成显学之势,唐圭璋作此评论,亦为纠其偏误,以防贻误后学。其次,唐圭璋和王国维的词学观念存在差异。王国维在《人间词话》中,以西方美学和哲学的视角,研究中国的词,特别是吸收了康德、叔本华、尼采三家之说,提倡文学的独立性,以境界论词,使词超越时代、政治的限制,摆脱一切外部因素,直达性灵,这其实亦是一种唯心的、唯意志的设想。而唐圭璋所接受的则是更富本土特色的词学思想,其从端木埰、况周颐那里继承和发展了"重、拙、大"的词体审美标准,既讲求词须抒发真性情的创作导向,更注重词的立意寄托,追求词的沉郁顿挫、含蓄蕴藉之美。因此,唐圭璋在填词取法上更倾向于从南宋入手,因为南宋词多雕琢磨炼,且词句典雅,易为学词者所模仿,如此可避免直接学北宋不成而带来的肤浅薄滑之病。加之,南宋多战争,词人饱受流亡之苦,家国之恨浸于词中,正合"重、拙、大"之旨,其词格调甚高,且蕴意深厚。但是王国维却对南宋词人贬多褒少,批评过于严厉且有失公允,唐圭璋的批评背后亦有"扭转词学风尚的意味在内"❶。

(二)词学传承:吴梅与唐圭璋

唐圭璋从二十二岁进入东南大学始,就随吴梅学词,在其《自传及著作简述》和《我学词的经历》等文章中,均有回忆吴梅传授学业的情况。在唐圭璋的印象中,吴梅教学认真,诲人不倦,唐圭璋就因选其所开"词学通论"课而引起对词的兴趣,又选其"两宋专家词",从而最终决心踏上治词的道路,可见吴梅对其研究词学的重要意义。除此之外,课余时间,吴梅的学生、

---

❶ 彭玉平:《唐圭璋与晚清民国词学的源流与谱系》,载《南京师大学报(社会科学版)》2012年第1期。

第四章 词史的时空与词学史的谱系

词友一起组织"潜社""如社"两个词社,边学边作,使学生很快习得填词的要诀。据唐圭璋学生回忆,唐圭璋在后来自己的教学中,亦沿袭其师之教风,既开词的通论课程,也有专家词选、元曲选等,还要布置填词的作业。正是以这种方式,吴梅将唐圭璋引进了词学研究的大门,而唐圭璋也以此将其学生领上词学研究的道路,代代相传,当是中国学术传统生生不息之法。

唐圭璋在《回忆吴先生》和《吴先生哀词》中,对吴梅的学术研究经历及其成就作了全面的梳理和评价,总括其一生云:"博极群书,诗、文、词、曲俱工。"❶ 唐圭璋认为,近代以王国维和吴梅二人在戏曲研究中的贡献最大,前者侧重从历史考证的角度梳理源流,后者则更注重戏曲本身研究,并且不断创作剧本、唱曲。唐圭璋对其戏曲创作评价也很高,"瞿安先生守吴江的音律,写临川的丽曲,实兼有文学、音乐、戏剧各方面的长处"❷。除此之外,吴梅还收藏曲本共计六百多种,包括散曲、杂剧、传奇三类,规模甚大,校订精审,对后世曲学研究有相当重要的价值。同时他还亲身传授唱曲、作曲之法,在高校课堂讲授曲学课程时,现场吹笛唱曲,并以明曲律写成《顾曲麈谈》一书度人金针。

在词学方面,除了上面所言在高校传授词学知识、组织成立词社外,吴梅尚根据其讲课手稿编成《词学通论》一书,成为研究词学者重要的参考书目。全书前半部分侧重对词体本身的研究,包括论词的平仄四声、声律和作法,后半部分则主要是对唐五代至明清时段词史的梳理,言简意赅,语多精当。吴梅是通才式的国学巨匠,据唐圭璋所言:"先生在遗嘱中说,为文得力于盛霞飞先生,诗得力于散原老人,词得力于彊村遗民,曲得力于粟庐

---

❶ 唐圭璋:《吴先生哀词》,《词学论丛》,上海古籍出版社1986年版,第1040页。
❷ 唐圭璋:《回忆吴先生》,《词学论丛》,上海古籍出版社1986年版,第1032页。

先生。"❶吴梅亦将其生平所学毫无保留地传授给弟子们,吴门弟子如任中敏、卢冀野、钱南扬、王季思和唐圭璋诸人,都在自己的研究领域内成就卓著,成为享誉海内外的一流学者。正如施议对在纪念唐圭璋的文章中说:"在某种意义上讲,培养人才,乃比自己著书立说更加显得重要。"❷

除了学术上的传承,吴梅的人品气节也给唐圭璋留下了深刻的印象。他说:"先生为人慷慨好义,嫉恶如仇,所作英雄烈士的戏剧,大都苍凉悲壮,痛快淋漓。"❸吴梅曾作传奇《轩亭秋》,题《西泠悲秋图》词,哀悼秋瑾之死。其高傲的气概还体现在拒绝出任政府的官职,唐圭璋《减字木兰花》中曾有一句"不向王门一曳裾",赞其师之高风亮节。吴梅幼失父母,自学成才,个中艰辛,岂是他人可言,这种气节大概亦是在重重磨难中造就的。唐圭璋7岁丧父,11岁丧母,吴、唐相似的人生苦难,让师徒二人更加惺惺相惜,彼此如同父子。唐圭璋在《吴先生哀词》中满怀感激地说:"计予从先生十六载,勉予上进,慰予零丁,示予秘籍,诲予南音,书成乐为予序,词成乐为予评。"❹就像唐圭璋所说的那样,吴梅鼓励他研究词学,为其《全宋词》《宋词纪事》和《词话丛编》等重要著作写序,对唐圭璋的学术成就也不吝赞美之词,尝云"嗟乎唐生,可以不朽矣","余及门人中,唐生圭璋之词,卢生冀野之曲,王生驾吾之文,皆可传世行后。得此,亦足自豪矣"❺,可见吴梅对其评价之高。师徒情深,患难与共,才使得词学之薪火代代相传。

---

❶ 唐圭璋:《回忆吴先生》,《词学论丛》,上海古籍出版社1986年版,第1033页。
❷ 施议对:《20世纪词学宗师唐圭璋教授》,钟振振:《词学的辉煌——文学文献学家唐圭璋》,南京大学出版社2001年版,第128页。
❸ 唐圭璋:《回忆吴先生》,《词学论丛》,上海古籍出版社1986年版,第1036页。
❹ 唐圭璋:《吴先生哀词》,《词学论丛》,上海古籍出版社1986年版,第1040页。
❺ 吴智龙,钟振振:《词坛耆硕——唐圭璋》,南京师范大学出版社2012年版,第46–47页。

第四章 词史的时空与词学史的谱系

（三）词坛飞将乔大壮

唐圭璋与乔大壮交往颇深，抗日战争前，二人即随诸老在南京结词社，互相唱和。抗日战争爆发，又一起随学校西迁重庆，同在中央大学任教，二人时常小聚，谈词解忧。乔大壮自沉苏州河，唐圭璋填《齐天乐·悼壮翁自沉》一词纪念他。此后又于1983年，在《大公报·艺林》中发表《回忆词坛飞将乔壮翁》，文中唐圭璋总评其人其学道："翁除长于诗、文、词、赋外，书法、篆刻亦无一不工，鲁迅曾请其书联，徐悲鸿曾请其教篆刻，中大师范学院曾请其教词学，重庆文艺才士一致推为大师。曾记五十年前，余与翁随诸老结词社于金陵，翁卷词作精妙，书写秀逸，印章奇劲，一时称为三绝。"❶像吴梅一样，乔大壮亦是通才，无论文章还是书法，均有建树，想必为鲁迅、徐悲鸿所激赏之人，其才学定为一流大家。

乔大壮词集《波外乐章》，共四卷，唐圭璋在回忆文章中，着重评价其词。乔壮翁之词亦是转益多师，唐圭璋评其词《菩萨蛮》（夕阳红过街南树）时云"出语俊爽，尤类小山"❷，另外在评其刊入《雍园词钞》之作时言"深婉密丽，烂如舒锦"❸，认为乔大壮在致力于学晏几道之外，尚学贺铸词。乔大壮亦尊古老之教，用拙重之笔法而力避轻薄，如其悼亡之词，至情流露，可哀可叹，唐圭璋亦以"有声当彻天，有泪当彻泉"形容之。乔大壮又工于六朝文、晚唐诗，因此其词不仅严守四声，更求自然入妙，唐圭璋评其词《清平乐》（画帘钩重）曰："深美闳约，可比温尉。"❹唐圭璋将其词与晏几道、贺铸和温飞卿等大词人相提并论，认为其作"深入西蜀，南唐及两宋诸家，用赋比兴诸

---

❶ 唐圭璋：《回忆词坛飞将乔大壮》，《词学论丛》，上海古籍出版社1986年版，第1043页。
❷ 唐圭璋：《回忆词坛飞将乔大壮》，《词学论丛》，上海古籍出版社1986年版，第1042页。
❸ 唐圭璋：《回忆词坛飞将乔大壮》，《词学论丛》，上海古籍出版社1986年版，第1042页。
❹ 唐圭璋：《回忆词坛飞将乔大壮》，《词学论丛》，上海古籍出版社1986年版，第1043页。

体，融会贯通，自臻上乘"，可见他对乔大壮词评价之高。唐圭璋曾作《齐天乐·悼壮翁自沉》一词，全词意在表现乔大壮对亡妻的一片痴情，失偶之痛让乔氏倍感落寞，孤独遗世，沉哀不能自已，终日以酒消愁，最终自沉，以结此生，亦可见才士重情重义、一往情深的一面。

除了上述三位之外，唐圭璋还在论词的札记中评论赵万里的词学成就。赵万里的词学贡献主要是编纂《校辑宋金元人词》七十二卷，收录出版宋词别集五十六家，金词别集两家，另有元词别集七家，宋元总集两家，尚有宋人词话三部，宋金元名家补遗一卷，所辑内容包罗之广泛可想而知。赵万里穷一生之力校辑词集，补晚清诸家汇辑的缺遗，力避词选真伪不分、妄加增删之弊。另外，所辑之书，关于宋代各地刻词之情况，以及所引书的版本来源，也都标注详尽，可备核查。唐圭璋认为其对词学的贡献巨大，"继承先修，启迪后学，实事求是，多所发明，开一代之风气，为学术之典范"❶。

唐圭璋还在为词学专著所作的序跋中，评价词人词作或词学家之理论观点。唐圭璋门下弟子钟振振校订陈匪石的《宋词举》，唐圭璋欣然为其作序，高度评价陈匪石的词选之功，"自来选词者，无举词详析之例，有之，自匪石先生始"❷，其词选共取北宋、南宋词人各六家，收词五十三首，词选精当，分析鞭辟入里。陈匪石向朱祖谋学填词之法，毕生专攻两宋词，其词集《倦鹤近体乐府》亦是不拘南北，转益多师，取众家之长，融会贯通，终成名家。再有，唐圭璋还创作一些论词词，评名家词集之高下，如《浣溪沙·题詹安泰无庵词》《绛都春·题述庵师鞠宴词》《绕池游·题杨铁夫双树居词》《菩萨蛮·题柯亭长短句》和《太常引·题蔡嵩云乐府指迷笺释》五首，根据每个词学家不同的人生经历，结合其具体作品突出其创作特点和独特的风格。词

---

❶ 唐圭璋：《赵万里对词学之贡献》，《词学论丛》，上海古籍出版社1986年版，第699页。
❷ 唐圭璋：《词学三跋》，《词学论丛》，上海古籍出版社1986年版，第1047页。

中亦兼回忆与词人之间的交往，评词之余尚蕴深情于其中，抒情议论相结合，更使论词之作文采斐然，亲切感人。

二、梳理晚清民国词学之源流：从端木埰到朱祖谋

除了对词人的个案分析之外，唐圭璋通过对端木埰和朱祖谋词学的评价，大略地串联起晚清民国词学的源流线索，以端木埰为源头，朱祖谋为核心，描绘出晚清民国时期词学家交往、切磋和传承的谱系图。在这一谱系的建构中，唐圭璋由点及线，从端木埰入手，点明其与清季五位词学大家的承续关系，包括词的创作方法和词论思想方面对他们的影响。另外，以朱祖谋为中心，分别论述他和王鹏运、况周颐、文廷式和郑文焯四位词学家的相互关系，进而论及他们的再传弟子门人的词学建树，由此初步建立起晚清民国时期的词学传承谱系。这让我们更加清晰地了解当时词学发展的脉络，对于研究词学家词学思想的渊源，词学演进和变化的背景与方向都有重要意义，对于我们认识晚清民国阶段的词学史有重要的史料价值和学术价值。彭玉平在《唐圭璋与晚清民国词学的源流与谱系》一文中，已对此进行了较为详细的介绍，本节亦是在其论文基础上作进一步阐发。

首先，围绕端木埰词学研究展开的谱系之源的厘析。唐圭璋是较早开始关注端木埰词学的现代词学家，在其《词学论丛》中，至少有三处短文专论端木埰。除此之外，唐圭璋还为他的《宋词赏心录》一书作序，足见其对端木埰的重视。吴白匋在为唐圭璋撰写的墓表中写道，"君幼承乡先哲端木子畴先生遗教"❶，由此而得知唐圭璋词学理念亦深受端木埰的影响。

端木埰（1816—1892？），字子畴，江苏江宁（今南京）人，其有词集

---

❶ 吴白匋：《唐圭璋教授墓表》，载《中国文化》1992 年第 2 期。

《碧瀣词》，并编词选《宋词赏心录》。他年长于王鹏运、文廷式、朱祖谋、郑文焯和况周颐清季五位词学大家，且对他们的词学研究和创作均有影响，尤以对王鹏运和况周颐的影响最为直接。一是表现在词的创作方面。在唐圭璋看来，端木埰"年辈又长于王氏，而其所以教王氏者，亦是止庵一脉。止庵教人学词，自碧山入手。先生之词曰《碧瀣词》，即笃嗜碧山者。王氏之词，亦导源于碧山。先生尝手书《宋词赏心录》以贻王氏。先生有作，王氏见即怀之。可见王氏倾倒先生之深"❶。这种潜移默化的影响，主要发生在词人之间的交游与唱和之中。在王鹏运担任内阁中书时，与端木埰、况周颐、许玉瑑互相招饮，以词唱和，合刊《薇省同声集》。朱祖谋在王鹏运的《半塘定稿》序中，亦坦言其词"导源碧山，复历稼轩、梦窗，以还清真之浑化，与周止庵氏说，契若针芥"❷，再次证明端木埰对王鹏运填词的影响之深，其所践行的周济学词之法亦源于端木埰的一脉相承。端木埰《碧瀣词》共101首，其中有19首是与王鹏运唱和、赋赠之作，端木埰去世之后，王鹏运亦作词悼念这位对自己谆谆教导，引其词海遨游的前辈。

况周颐也直接向端木埰学词，除了彼此在《薇省同声集》中的唱和外，端木埰私下对其亦是指点有加。况周颐在《蕙风词话》中曾谈到端木埰对其词的批评："词用虚字叶韵最难。稍欠斟酌，非近滑，则近佻。忆二十岁时作《绮罗香》，过拍云'东风吹尽柳绵矣'，端木子畴前辈埰见之，甚不谓然，申诫至再。余词至今不复敢叶韵虚字。"❸ 由"申诫至再"可知，端木埰对后辈学词要求之严，且不厌其烦地为其纠正错误。之后，况周颐又刻《薇省词钞》，引端木埰《碧瀣词自叙》云："古人明于音律，故所为不稍苟。亦有自制曲调

---

❶ 唐圭璋：《端木子畴与近代词坛》，《词学论丛》，上海古籍出版社1986年版，第629页。
❷ 唐圭璋：《朱祖谋治词经历及其影响》，《词学论丛》，上海古籍出版社1986年版，第1021页。
❸ 况周颐：《蕙风词话》，唐圭璋：《词话丛编（第2版）》，中华书局2005年版，第4417页。

者。今人既不知乐，尝师古人意而慎守之。未可求自便，阳奉而阴违也。"❶况周颐填词守律甚严，求其一声一字，尽合古人之法，而无不谐适之调，他对于词律近乎严苛的要求想必也是承端木埰而来。

二是端木埰对其二人的词学观念影响亦深。况周颐在《蕙风词话》中提出，"作词有三要，曰重、拙、大。南渡诸贤不可及处在是"。此论断为后世词学家所激赏和继承，对现代词学影响深远。后人皆以况周颐为"重、拙、大"说的首倡者，但事实可能并非如此。王明孝曾据此请教唐圭璋，"重、拙、大"三字究竟出自何人，唐圭璋明言朱、况均不是，而是由端木埰最早提出。❷况周颐曾自述其学词经历："余自同治壬申癸酉间，即学填词，所作多性灵语，有今日万不能道者，而尖艳之讥，在所不免。光绪己丑，薄游京师，与半塘共晨夕，半塘词夙尚体格，于余词多所规戒。又以所刻宋、元人词属为校雠，余自是得窥词学门径。所谓重拙大，所谓自然从追琢中出，积心领神会之，而体格为之一变。"❸其《蕙风词话》曾引王鹏运语"宋人拙处不可及，国初诸老拙处亦不可及"❹，可知况周颐词学亦受王鹏运的影响。其所言之"拙"正是从王鹏运而来。唐圭璋将"重、拙、大"思想之源，上推至端木埰，并在为其《宋词赏心录》所作的序跋中指出，端木埰所选十七家词人，十九首词，其内涵主旨兼包周济的四家词选和戈载的七家词选，从中可见"重、拙、大"之旨。端木埰将此选赠予王鹏运，示其填词之法。同时据王瀣所言，王鹏运与端木埰同官，相互交游最久，以书相赠，亦有将其词学思想传承之意。

---

❶ 端木埰：《碧瀍词自叙》，陈乃乾：《清名家词（第9卷）》，上海书店1982年版，第1页。
❷ 王明孝：《德邵品高 学深词隽》，钟振振：《词学的辉煌——文学文献学家唐圭璋》，南京大学出版社2001年版，第144页。
❸ 徐珂：《近词丛话》，唐圭璋：《词话丛编（第2版）》，中华书局2005年版，第4227页。
❹ 况周颐：《蕙风词话》，唐圭璋：《词话丛编（第2版）》，中华书局2005年版，第4406页。

陈匪石和龙榆生在其著述中也有类似观点。陈匪石为《宋词十九首》撰写跋语时云："近数十年来，词风大振。半塘老人遍历两宋大家门户，以成拙重大之诣，实为之宗，论者谓为清之《片玉》。然词境虽愈矍愈进，而启之者则子畴先生。"❶陈匪石此言，正印证了唐圭璋的论断。龙榆生也曾说："（王鹏运）所与切磋词学，为端木、许、况三人。端木埰以前辈居领导地位，同时作者自惟'马首是瞻'。"❷其言也同样有力地佐证了唐圭璋所论不虚，就此大可断定况周颐提出的"重、拙、大"之论是由王鹏运处来，而王鹏运亦是承继端木埰的词学思想，当然也许况周颐此论就是直接受教于端木埰也未可知。

但端木埰词学思想的影响不仅限于王、况两家，亦间接影响其他词学家。在唐圭璋看来，"近世海内词家，推临桂王半塘，萍乡文芸阁，归安朱古微，高密郑叔问，临桂况夔笙五家。王氏年辈较长，影响最大。文、郑二氏俱与王氏有往还，唱酬极得。而朱氏与王氏游，始从学为词。……至况氏则与王氏同在薇省，受王氏之奖掖诱导亦多。故述文、郑、朱、况四家之词，不可忘王氏。吾乡端木子畴先生，年辈又长于王氏，而其所以教王氏者，亦是止庵一脉"❸。由此可知，端木埰的词学主张对整个近代词坛都有着重要的影响，他借鉴吸收以周济为代表的常州词派的词学观念，又将其传于后辈词学家，开晚近词风之先。

其次，唐圭璋又以朱祖谋为核心，粗略地描绘出晚清民初的词学谱系。唐圭璋对朱祖谋的词及词学都非常推崇，曾两次为《宋词三百首》作笺，其《宋词三百首笺注·自序》中云："彊村先生兹选，量既较多，而内容主旨以浑成为归，亦较精辟。"❹据王兆鹏所言，唐圭璋对《宋词三百首》非常推崇，

---

❶ 陈匪石：《跋》，端木埰：《宋词十九首》，开明书店1934年版。
❷ 龙榆生：《清季四大词人》，《龙榆生词学论文集》，上海古籍出版社1997年版，第482页。
❸ 唐圭璋：《端木子畴与近代词坛》，《词学论丛》，上海古籍出版社1986年版，第629页。
❹ 上彊村民重编，唐圭璋笺注：《宋词三百首笺注·自序》，上海古籍出版社1958年版，第1页。

认为此书是宋词选本中最佳者,只有先熟读词选,方能谈学词和研究词学。❶除此之外,朱祖谋也是晚清五大词学家之一,对清末民初的词学影响最大。因此,唐圭璋以朱祖谋为核心,从横向和纵向两个维度,梳理晚清民国时期词学发展的脉络及其学术的渊源与传承,向我们展现了晚清民国词学史的概貌。

朱祖谋无论是填词,抑或是词学研究,都取得了突出的成就。唐圭璋认为其词"取径梦窗,上窥清真,旁及秦、贺、苏、辛、柳、晏诸家,打破浙派、常州派一偏之见,取精用弘,卓然自成一家,词集名《彊村语业》"❷。此段概括了朱祖谋的学词之取径,博学而不拘于一家,不为门户所限,自成大家风范,其词能兼收两宋词家之长,而超出清季其他四大家之上,既有东坡疏宕清雄之美,又有梦窗秾丽缠绵之致。唐圭璋对朱祖谋之词评价相当之高,可见一斑。另外,朱祖谋对于词学的贡献,还表现在其所编纂的《彊村丛书》,其中包括唐、五代、宋、金、元词总集五种,各代别集共计168家。唐圭璋称誉此集"校订精审,突过前贤"❸,远胜过王鹏运、江标、吴昌绶等人之丛刻本。朱祖谋还曾四校梦窗词,掀起研究梦窗词的热潮。张尔田曾将万树著《词律》、戈载撰《词林正韵》、张惠言编《词选》和朱祖谋校词精审,并称清代词学四盛,亦可见朱祖谋在当时词学界地位之高、成就之大。

朱祖谋的学词渊源,可上追至端木埰。唐圭璋在《朱祖谋治学经历及其影响》中谈及朱祖谋早年工诗,有苏轼和黄庭坚之风,从不作词,四十岁之后结交王鹏运,才开始专心致志填词。唐圭璋指出,八国联军入京时,朱祖

---

❶ 王兆鹏:《深切怀念唐圭璋先生》,钟振振:《词学的辉煌——文学文献学家唐圭璋》,南京大学出版社2001年版,第73页。

❷ 唐圭璋:《朱祖谋治词经历及其影响》,《词学论丛》,上海古籍出版社1986年版,第1020页。

❸ 唐圭璋:《朱祖谋治词经历及其影响》,《词学论丛》,上海古籍出版社1986年版,第1020页。

谋在城中与刘伯崇避难于王鹏运处，三人悲愤交集，相约填词，结集为《庚子秋词》。之后，朱祖谋虽南下广州，王鹏运寓居扬州，但二人依旧往返书札，以词唱和。朱祖谋亦曾在为《半塘定稿》作序时坦言，"二人同校词，同刻词，志同道合，一往情深"❶，足见王、朱两人私交笃深。王鹏运又从端木埰学词，故朱祖谋也应是接端木埰词学余绪而来。由此，唐圭璋在其文章中说："故论词之复兴，二人实为先导；端正二人学词之趋向，端木埰实亦有力。"❷夏敬观在其为端木埰所批注的张惠言《词选》作的序跋中，也明确地说："半塘、彊村并问业于丈。彊村晚年尝语余曰：'仆亦金陵词弟子也。'"❸

在同时期的词坛中，况周颐与朱祖谋均学词于王鹏运，并且互相切磋、唱和，世称朱、况，其所填之词曾与朱祖谋词合刻为《鹜音集》。况周颐另作《蕙风词话》，朱祖谋对其青睐有加，认为此书标举"重、拙、大"之旨，评论详细，推之为千年来之绝作。况周颐也曾为朱祖谋的《宋词三百首》作序："能循途于三百首之中，必能取精用闳于三百首之外，益神明变化于词外求之，则夫体格，神致间尤有无形之沂合，自然之妙造，即更进于浑成，要亦未为止境。夫无止境之学，可不有以端其始基乎？则彊村兹选，倚声者宜人置一编矣。"❹亦可见况周颐对朱祖谋词选的评价之高，二人之所以能够互相欣赏，则缘于他们相近的词学观。朱祖谋曾作《望江南·杂题清代诸名家词集》，其中对清季其他四位词学大家均有独到的评论。朱祖谋曾任广州学

---

❶ 唐圭璋：《朱祖谋治词经历及其影响》，《词学论丛》，上海古籍出版社1986年版，第1021页。

❷ 唐圭璋：《朱祖谋治词经历及其影响》，《词学论丛》，上海古籍出版社1986年版，第1021页。

❸ 夏仁虎：《张惠言〈词选〉夏仁虎识》，《词学论丛》，上海古籍出版社1986年版，第1059页。

❹ 上彊村民重编，唐圭璋笺注：《宋词三百首笺注·自序》，上海古籍出版社1958年版，第2页。

政，文廷式亦少长岭南，因此二人也影响了广东词风。如叶恭绰治词，亦受朱、文二人词风的浸染。叶恭绰承续朱祖谋未完之遗志而汇编《全清词钞》。郑文焯与朱祖谋往来甚密，二人同住苏州，"朝夕过从，谈词不倦，即偶然小别，亦书札往还论词无虚日"❶。清季词学家彼此交往，共同切磋，为现代词学的推衍开风气之先，对后世词学研究影响甚著。

朱祖谋生前还大力奖掖后辈，其中龙榆生受业最勤，孜孜不倦。龙榆生"始从朱祖谋游，问词学，过从甚密"❷，朱祖谋看其词学根基扎实，"因将所学于师友之词学以及一己学词之心得体会，悉以示之；对于历代词家之特色，亦指陈详明"❸。龙榆生从朱祖谋学词，读其手订各家之词集，而渐入治学门径。朱祖谋临终之前，将校词双砚赠予龙榆生，寄希望于龙榆生能传承其词学遗志。龙榆生不负师恩，先是校订出版《彊村丛书》，后再办《词学季刊》，意在继承朱祖谋词学之教，赓续词学发展的命脉。朱祖谋曾为《东坡乐府》编年，而龙榆生亦据此为其作笺，龙榆生对朱祖谋词学的推崇由此可见。龙榆生再传弟子有周泳先和朱居易二人。

夏承焘受朱祖谋的影响亦多，二人互相交流论词之道，夏承焘曾为朱祖谋的《梦窗词小笺》作补笺，朱祖谋乐与其继续整理完善。夏承焘在其《瞿髯论词绝句》前言中言："予年三十，谒朱彊村先生于上海。先生见予论辛词'青兕词坛一老兵'绝句，问：'何不多为之？'中心藏之，因循未能着笔。"❹

---

❶ 唐圭璋：《朱祖谋治词经历及其影响》，《词学论丛》，上海古籍出版社1986年版，第1023页。

❷ 张寿平，龙厦材：《词人龙榆生先生年谱初稿》，《近代词人手札墨迹（下）》，台湾"中央研究院"中国文哲研究所2005年版，第981页。

❸ 唐圭璋：《朱祖谋治词经历及其影响》，《词学论丛》，上海古籍出版社1986年版，第1023-1024页。

❹ 夏承焘：《瞿髯论词绝句》，《夏承焘集（第2册）》，浙江古籍出版社、浙江教育出版社1997年版，第505页。

正是受朱祖谋的启发，以绝句论词，积篇成书，得以出版。另外，夏承焘还从林鹍祥学词，而林鹍祥亦曾问业于朱祖谋，可见朱祖谋词学代代相传。杨铁夫也曾向朱祖谋学梦窗词，并作《梦窗词笺释》，朱祖谋为之作序，力破张炎"七宝楼台"之说。

刘永济尝作《诵帚词》两百余首，其自序曾言及早年在沪上从朱、况学词之事，可知刘永济亦为二人词学之传承。从况周颐学词者尚有赵尊岳，其为况氏刻《蕙风词话》，又辑《全明词》。除此之外，陈洵受朱祖谋的帮助和指点甚多，二人同好梦窗词，朱祖谋激赏陈洵的《海绡词》，并为之出资刊词，且举荐其到中山大学执教，亦可见朱祖谋对晚辈的鼓励与扶持。

从以上的论述中，唐圭璋大致梳理出晚清民国时期的词学传承谱系，据其所言，可作如下简谱（图4-1）。❶

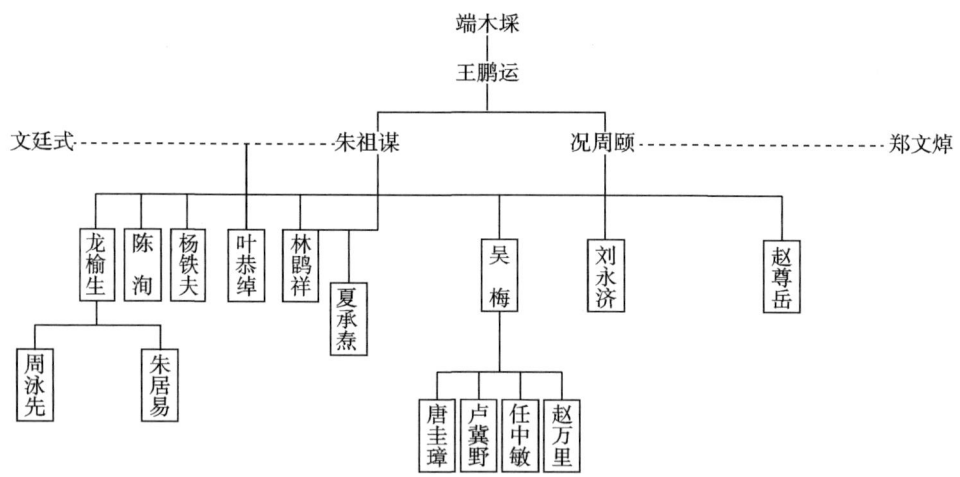

说明：①郑文焯和文廷式，并非直接向王鹏运学词，故以虚线示之。②夏承焘受业于朱、林二人，叶恭绰受业于朱、文二人，故如图所示。

图4-1　晚清民国时期的词学传承谱系

---

❶ 参见王兆鹏《唐圭璋词学研究的体系与方法》一文中所列之图（收录于陈平原主编的《中国文学研究现代化进程二编》，北京大学出版社2005年版，第245页），本书在其图基础之上予以拓展和完善。

第四章　词史的时空与词学史的谱系

虽然唐圭璋并未更加详细地继续梳理下去，但他在给施议对的信中，却又大略作了补充。在唐圭璋看来，"晚清庚子以来，朱、况、王、郑、文五大家可算第一辈，吴瞿安、邵次公、乔大壮、汪旭初、陈匪石、向仲坚、孙浚源可算第二辈，龙、夏、仲联、季思和我可算第三辈，吴调公、霍松林则是后起之秀了"❶。施议对在编撰《当代词综》时向唐圭璋请教，唐圭璋由此答其所问。施议对认为："唐先生将五大词人划归为第一辈。依次第二辈、第三辈乃至后起之第四辈，今词、今词学之历史进程，其大致轮廓，也就描绘出来了。这是体现胸襟和气魄的一种划分与判断。"❷唐圭璋对现代词学源流的传承与发展，心中已是了如明镜，他慢慢勾勒出了晚清民国的词学谱系，对这一时期词学史研究具有重要的借鉴和参照意义。

王兆鹏曾在评价其师唐圭璋的词学史研究时说："先生评介过近代朱祖谋的治词经历和成就，也论及当代词学大师夏承焘先生以及任中敏、赵万里等先生的学术贡献。其中为我们启示了一种研究词学史的'学案体'方式，即按照《宋元学案》的体例，来考察词学研究者的学术渊源与师承系统。"❸将唐圭璋的词学史研究与《宋元学案》相较而言，王兆鹏认为，依此继续编写下去，一一串联起夏承焘、唐圭璋等一辈词学家的门下弟子，正可成一部《二十世纪词林学案》。当代学者曾大兴所著的《20世纪词学名家研究》，选取王国维、胡适、胡云翼、唐圭璋、夏承焘、詹安泰等二十位晚清民国以来的词学大家，对他们词学理论中的独特之处进行梳理、介绍和评价，是研究现代词学可资参考的一部学术著作。但它也仅仅选至夏承焘、唐圭璋一辈，并未对其后辈词学家，即新时期以来的学人进行研究，这大概是受中国学术研究

---

❶ 施议对，秦惠民：《唐圭璋论词书札》，载《文学遗产》2006年第3期。
❷ 施议对，秦惠民：《唐圭璋论词书札》，载《文学遗产》2006年第3期。
❸ 王兆鹏：《唐圭璋词学研究的体系与方法》，陈平原：《中国文学研究现代化进程二编》，北京大学出版社2005年版，第245页。

中较少为在世之人作传的学术传统影响，龙榆生写《清季四大词人》而避开当时词坛影响很大的朱祖谋，大概亦为此理。龙榆生曾言："偶以现代词人，询诸学子，甚或不能举其姓氏……且人恒贵远而贱近。晚近号称研究词学者流，又往往专注于两宋词人轶事之考索；苟叩以最近词人之性行，亦瞠目不知所对。及今不图，而令百千年后，竭诸才士之精力，穿凿附会，以厚诬古人，斯又非学者之大惑乎？"❶此正道出了词学研究者作学案式研究的必要性，当代学者研究与其同时代的词学家，便利之处则在于其对当前的实际学术环境、政治、经济背景，对其研究对象有更加切身的感受，为后学提供第一手的资料和参照，减少后辈学者因代际之隔而产生的对前辈学者的误读。当然，不利的因素就在于当下学者研究同时代的词学家，会因个人一己之偏见、好恶而失之主观褒贬，这确是词学史书写中要解决的有关撰述者个人的学术立场和写作规范的问题。写史当有司马迁"实录"之精神，高淮生撰写其《红学学案》时，坚持两个基本写作原则："一则'仰视其人格、平视其学术、俯视则不取'的心理原则；二则'非遇亲者而谀之、非遇疏者而略之、非遇强者而屈之、非遇弱者而欺之'的撰述原则。"❷因此，当下撰写词学学案，侧重对词学家学术观点进行总结和提炼，而避免对其人格予以妄加评价，不以是非成败定褒贬，而应以词学家的学术贡献论高下，秉持陈寅恪"了解之同情"的思想，摒弃门户之见，不拘一家之言。这也是唐圭璋在词学史研究中一贯坚持的批评态度。

---

❶ 龙榆生：《清季四大词人》，《龙榆生词学论文集》，上海古籍出版社1997年版，第476页。
❷ 高淮生：《换一种眼光看红学——"学案体"红学史撰述述略》，载《中国矿业大学学报（社科版）》，2013年第1期。

三、高屋建瓴，评骘利弊——《历代词学研究述略》

如果说前文两部分是唐圭璋以学者研究为核心，梳理词学史的发展脉络，那么《历代词学研究述略》则是以词学专题为中心，展现词学史的体系性建构和每个专题的研究趋势。在唐圭璋之前，对于词学研究的具体内容和范畴，学界尚未形成一致的看法。任二北在其《词学研究法》中，将词学研究内容大致分为"作法""词律""词乐"和"专集选集总集"四章。吴梅的《词学通论》，主要论及词的平仄四声、词韵、音律、作法和词史研究五个部分。之后，龙榆生《词学研究之商榷》一文的刊发，标志着现代词学的逐步确立，"首次明确地表述了词学研究的任务和词学研究的范围"[1]。龙榆生将词学研究分为词乐、词韵、图谱、声调、校勘、目录、词史和批评八个主要方面。而唐圭璋和金启华合作发表的《历代词学研究述略》，则在前人研究的基础之上，结合关于当下词学的反思，对唐宋以来至20世纪80年代的词学作了概括性的梳理，内容包括词的起源、词乐、词律、词韵、词人传记、词集版本、词集校勘、词集笺注、词学辑佚和词学评论十个专题。唐、金二人对每个专题研究的历时性发展作粗略的介绍，对词学家在每个专题下的研究成果作简要的述评，论其利弊得失，从而"为当前从事古典文学研究工作的青年学者提供一份研究线索"[2]。

词的起源问题是研究词史首先需要解决的问题。唐圭璋一再强调词体起源的音乐性，即词依燕乐而生，因而否定了那些仅靠词的长短句形式，将词的起源上溯至《诗经》和乐府诗的观点。另外，他还认识到词体起源的民间性特点，驳斥近人论词起源于封建帝王或封建文人创作之说，进而否定词起

---

[1] 王兆鹏：《词学史料学》，中华书局2004年版，第5页。
[2] 唐圭璋：《历代词学研究述略》，《词学论丛》，上海古籍出版社1986年版，第811页。

源于中、晚唐。前文已有详细的论述,不再重复阐发。

本书第二章中已有专节讨论唐圭璋的词乐研究,而在《历代词学研究述略》一文中,他着重梳理了隋唐至现代的词乐研究史。隋唐时期的《隋书·音乐志》《旧唐书·音乐志》,以及杜佑的《通典》、崔令钦的《教坊记》等书皆广泛记载燕乐之曲。唐圭璋紧接着一一介绍两宋时期有关词乐的记录情况,如沈括的《梦溪笔谈》、王灼的《碧鸡漫志》等。元明时期词学著作多关注词乐的伴奏乐器,而清人则将重点放在《词源》及姜夔词的旁谱研究上。到了现代,词乐研究的范围不断扩大。唐圭璋将其大致分成七类,如任二北、夏承焘、阴法鲁等先生主要研究《词源》音律及白石旁谱;研究大曲的有王国维的《唐宋大曲考》;有研究隋唐燕乐的;有专门研究宫调的;有讨论古乐与今乐关系的;有考证敦煌舞曲的,等等,以至饶宗颐、姚志伊等重要的学术论文,唐圭璋也均一一列举,以备后学参考。

关于词律,主要涉及分段、词调、词之变体等内容,主要研究著作有明代张綎的《诗余图谱》、程明善的《啸余谱》等。唐圭璋重点介绍了清人万树的《词律》,并另有撰文论《〈词律〉必须重编》,针对《词律》中词调选例不当、搜采不完备的缺点,期望后辈学者可以对其重新增订完善。唐圭璋主张将"词人传记"作为词学研究的重要内容之一,主要是对于词人的生活年代、籍贯和世系等加以考订。近代词学对词人生平的研究体例主要有小传、年表、年谱、词史记载等,唐圭璋均列举具有代表性的研究成果。唐圭璋还对词集版本的研究作了介绍,词集多分刻本、钞本、校本、影印本和编年本等几种,其中刻本存在因人、因地、因时而异的情况。词籍校勘的研究成果,主要集中在对《云谣集》《宋六十名家词》《梦窗词》《清真词》《淮海词》《花间词》和《南唐二主词》的校订正误上,后世词学研究者,如王鹏运、朱祖谋、黄侃、王仲闻、朱居易等,都于此作出突出的贡献。词集笺注,即通过为词人词作进行注释,来阐释词旨,以便于读者的阅读理解。从宋人注宋词

第四章 词史的时空与词学史的谱系

开始，笺注工作就延续至今，尤其清代之后，词集笺注蔚然成风，从厉鹗的《绝妙好词》到龙榆生的《东坡乐府笺》、唐圭璋的《宋词三百首笺注》等，都是这一时期具有代表性的研究成果。当然唐圭璋也指出了当下词集笺注所存在的问题，为后辈学者整理校笺词籍指明方向。

由于古人距今尚已久远，因此词作或词集在流传过程中的散佚现象时有发生，有关词的文献辑佚就成为词学研究中的重要一环。首先，刘毓盘的《唐五代宋辽金元名家词集》十六卷本，开词学辑佚首创之功。其次，王国维的《唐五代二十一家词辑》、林大椿的《唐五代词》、唐圭璋的《全宋词》和《全金元词》、叶恭绰的《全清词钞》等，皆为词学研究中不可或缺的断代词总集。除此之外，尚有按地区搜辑的词集汇编，如朱祖谋的《湖州词徵》等。最后，唐圭璋在"词学评论"中，则专门对从宋至清末的词话专著作梳理和评价，主要涉及张炎的《词源》、沈义父的《乐府指迷》，直到况周颐的《蕙风词话》和王国维的《人间词话》。唐圭璋对于词论的发展史作了大致的介绍，并且对更为重要的词话作进一步的评论，指陈其优劣之处，其中针对朱彝尊和张惠言的评论，则表现其超越两派之上，不为门户所限的批评家本色。

通过上述简论，可以看出唐圭璋和金启华已经将历代词学研究情况作了历时性的厘析，论述篇幅和详尽程度虽无法与当前的词学史专著相比，但已建构出词学史撰述的框架。他们梳理前人在各个词学专题中已取得的研究成果，评价前人著述的学术史价值及存在的问题，为后辈学者学习借鉴前辈成果，弥补前人研究之不足指明了方向，更好地推动词学研究的革新与发展。不过其门下弟子也指出此词学体系所存在的不足，"无论是八分法还是十分法，都还只是平面的罗列，未曾注意到各个方面的逻辑层次关系，还不是对词学研究体系的完整科学的建构"[1]。当下，由于西方学术研究体系被中国学界广

---

[1] 王兆鹏：《词学史料学》，中华书局2004年版，第6页。

为接受，其所具有的逻辑层次优点也被中国学者应用到各学科体系的建构中。刘扬忠的《宋词研究之路》，就是对于宋词的研究所作的系统而详尽的层层划分，这种系统的分类也可推广至整个词学研究的范围，是当下建构词学研究体系中较为完善、合理的一种方式，且为多数从事词学研究的学者所认可。他将词学研究分为基础工程研究和理论研究两大部分，而本书正是借鉴其分类方法，针对唐圭璋词学研究的理论部分予以阐发，至于其所致力的词学基础工程部分的研究，本书则涉及较少。

第五章
考据家的本色与批评家的眼光
——唐圭璋的词学批评观

在唐圭璋的词学研究中，词人及其作品批评是重要的组成部分。词人批评，是指词学研究者对于一家之词的研究。内容主要包括：词作所体现出来的词人创作风格，以及其他因素影响下风格的转变；词人词集所要传达的思想内容；研究某词人创作所使用的艺术手法；总体评价其词在词史中的地位，探讨其创作的师承渊源及其对后世的影响。这是对词人及其作品从整体上所作的全面评价和总结。词作鉴赏，是指对单首词进行细致的评析。主要包括对词的字词用法、句式安排、章法结构的布局等多层面的赏析，还要阐明词中所使用的艺术手法及其所要表现的思想情感。词人批评与文本鉴赏，前者是对词人所创作之词，从更为广泛的整体来研究，而后者则是就其中单一作品进行的局部研究。二者是相辅相成的关系，只有对词人每篇作品都有深入的理解，才能从整体上准确地把握其词风特点，当然，在宏观层面分析词人的创作特点，对于鉴赏单篇词作亦有事半功倍之效。

第一节 词人批评之立场：
对象的分类与方法的选择

唐圭璋在《词学论丛》中，关于词人评论的文章有十七篇之多，是其"论述"类文章中所占比重最大的部分。除此之外，在与潘君昭合著的《唐宋词学论集》中，有十一篇专论一家之词的文章。其所论词人涉及唐五代至清的诸多名家，如温庭筠、韦庄、李煜、柳永，再至纳兰性德、蒋春霖等，他们的词作特色鲜明，风格不一。唐圭璋对近二十位词坛名家作详细的评论，主要涉及词人风格、词的思想意旨和价值、创作中存在的缺陷，以及渊源与影响等内容。本章节根据唐圭璋词人个案研究时所聚焦的侧重点的差异，将其词人批评对象大致分为直抒真性情、突出的爱国情怀和具有开拓性的艺术表现手法三类词人。这种粗略的分类，一方面可以观照其对于具体词人不同的理解和认识；另一方面，也可以从中窥探其词学审美取向，并结合唐圭璋的词论主张进行辨析，以便更深入地理解他的词学观念。除了对其词人批评对象进行分类外，还要着重探究唐圭璋词人批评的具体方法，揭示其背后的理论支撑，为当下词学批评提供有益的启示和借鉴。

一、词人批评的对象分类

（一）偏重以抒发"真性情"见长的词人

根据唐圭璋对其所论词人及其作品的具体评价，可将其词人批评的对象分为三类。第一类，多为直抒性灵的词人，以真性情、真景物打动读者，此类代表词人为李煜、李清照、纳兰性德和蒋春霖等。当然，词之佳作，都是以表达真情实感为基本要求，而在唐圭璋看来，如上四家表现得尤为突出。

他们各自的身世经历和所处的时代环境,使词倍显哀婉,词人以其真挚的笔调,抒发着众生之最为本真之情感,引起读者的广泛共鸣。就如叶嘉莹所言:"我们再就感发之生命对读者所可能造成的影响而言,我以为真诚才是一切善德的基础,而虚伪则是一切恶德的根源,这不仅在伦理方面的价值是如此,在文艺方面的价值也是如此的。"❶她认为文学创作中,作者要融入一己之真诚、真情,才能真正体现文艺的价值。这与唐圭璋的审美价值观念恰是相同,他之所以尤其重视词人中抒发真性情者,也与其有关词的创作主张相吻合。前文在论述唐圭璋创作观时,已反复阐发他对于词情之"真"的强调,他在《梦桐词》中,也有拟漱玉、拟饮水之词,讲求直抒其性灵。

《词学论丛》中,涉及李煜的文章共有三篇。唐圭璋《南唐二主词总评》一文认为"尤其后主晚期,自书真情,直用赋体白描,不用典,不雕琢,血泪凝成,感人至深"❷。在《李后主评传》中,唐圭璋也以真情流露、纯任性灵总括其词,而这种真情既有李煜作为君主时,缱绻缠绵、婉约香艳的儿女之情,亦有作为阶下囚时,孤独凄凉之感与思国念家之情,欢愉到了极点,也悲哀到了极点,唐圭璋将其词与屈原的《离骚》相提并论。《屈原与李后主》一文中,唐圭璋将李煜与屈原并举,在他看来,二人之作皆"纯任性灵,不假雕饰,真是字字血泪"❸。屈原与李煜文学作品的文体和风格固然不同,但它们之所以能流传后世,皆在一个"真"字。唐圭璋三论李煜之词,皆言其直抒性灵之真情,可谓点其命门,一语中的。与唐圭璋同时的詹安泰,在谈及李煜词受欢迎的原因时也说:"因为他这类的作品都是真情实感的流露,没有歪曲生活或者粉饰生活,因为他这类作品的具体内容首先就给人以合情合

---

❶ 叶嘉莹:《迦陵论词丛稿》,北京大学出版社2014年版,第9页。
❷ 唐圭璋:《南唐二主词总评》,《词学论丛》,上海古籍出版社1986年版,第900页。
❸ 唐圭璋:《屈原与李后主》,《词学论丛》,上海古籍出版社1986年版,第915页。

理的感觉,觉得在这样的情境之下必然会产生这样的思想感情;这就具有一定程度的典型意义和体现出人所共有的特征,能够感动不同时代的各个不同社会集团的人们。"❶ 唐、詹都从李煜词的"真情"出发,赞誉其词,也正是这种悲情从心中到笔下的真实呈现,才能获得一代代读者的同情。在唐、詹二人之前,王国维就曾评李煜词"真所谓'以血书者'也"❷,认为李煜其人亦不失赤子之心,故其词字字看来皆是血。除此之外,夏承焘也指出"李煜词改革花间派涂饰、雕琢的流弊,用清丽的语言、白描的手法和高度的艺术概括力,抓住自己生活感受中最深刻的方面,动人地把情感表达出来,给人深刻的艺术感受"❸,更以"千古真情一钟隐,肯抛心力写词经"❹ 一句,总评李煜词,进一步突出其词抒发真挚情感的风格特征。

李煜之后,唐圭璋着力研究的另一位词坛名家是李清照。沈谦《填词杂说》云:"男中李后主,女中李易安,极是当行本色。"❺ 在唐圭璋看来,李清照之词皆是一己之真情的流露,无论是早期和赵明诚浪漫的爱情,还是后期流离失所的苦难,其词情都真挚而感人。李清照的词多表达个人的生活情趣和身世感伤,"其重要的词篇,是通过抒情,诉述了作者在迭遭丧乱、受尽磨难以后所倾吐的'哀愁凄苦'的内心感受,并集中地反映了封建时期某些中上层的妇女在旧礼教压迫下所产生的忧愤愁苦的社会情绪,其中透露出这些被压迫者不满现实、反抗现实的思想倾向"❻。如其代表作《声声慢》(寻寻觅

---

❶ 詹安泰:《宋词散论》,广东人民出版社1980年版,第162页。
❷ 彭玉平:《人间词话疏证》,中华书局2014年版,第289页。
❸ 夏承焘:《唐宋词欣赏》,《夏承焘集(第2册)》,浙江古籍出版社、浙江教育出版社1997年版,第646页。
❹ 夏承焘:《瞿髯论词绝句》,《夏承焘集(第2册)》,浙江古籍出版社、浙江教育出版社1997年版,第521页。
❺ 沈谦:《填词杂说》,唐圭璋:《词话丛编(第2版)》,中华书局2005年版,第631页。
❻ 唐圭璋、潘君昭:《唐宋词学论集》,齐鲁书社1985年版,第144页。

第五章 考据家的本色与批评家的眼光——唐圭璋的词学批评观

觅）一词，在凄凉萧瑟的秋雨中，融入自己浓重的情感，表达词人在南渡过程中，经历战乱，背井离乡，以及丈夫病逝后的孤寂、愁苦，郁积于心中之忧思不得不发，饱含作者的身世之感和沦落之悲。一首《武陵春》"只恐双溪舴艋舟，载不动许多愁"，表达其暮年飘零之痛。她的词浸透了一个女子在乱世孤苦无依的漂泊，对家乡的思念和对丈夫的哀思之情，郁勃而浓烈，深沉而悠远。

唐圭璋之所以对李清照词如此关注，还与其当时所经历的时代环境相关。1937 年，抗日战争爆发，中国东部的大片国土相继沦丧，战火烧到南京，日军屠城震惊中外，而此时唐圭璋已随国民政府西迁，途径江西、湖南、湖北，辗转至四川，一路冒着敌机的狂轰滥炸，看着祖国的大好河山变得支离破碎，背井离乡之感，家国破败之恨，正与李清照当时所经历的社会环境相似，因此，对其词的理解也更为深刻。据唐圭璋的学生徐式瑄回忆，唐圭璋在讲授李清照词时曾动情地说："我特别能理解国破家亡、流离失所对李清照造成的痛，我也深味了这样的痛啊。我是南京人，东洋人在南京烧杀掳掠是特别的凶，惨绝人寰……惨绝人寰……"❶ 唐圭璋亦曾作《行香子·匡山旅舍》一词，表达其国恨与家仇，"忍抛稚子，千里飘零"，个中辛酸苦楚只有词人自己方能体会。除此之外，李清照的悼念亡夫之词也让唐圭璋动容，面对即将去参加李清照学术研讨会的王兆鹏，他深情地咏诵了自己的悼念亡妻之词，含泪对弟子说："李清照的沉痛诚挚，我最能理解……妻子去世时，我 36 岁，本可以续弦，但我对她的感情实在太深，感情上无法解脱，只好用泪水来洗刷，用词来排解。"❷ 唐圭璋有《蝶恋花·拟漱玉》一词，也表达其个人的幽怨难

---

❶ 吴智龙，钟振振：《词坛耆硕——唐圭璋》，南京师范大学出版社 2012 年版，第 19 页。
❷ 王兆鹏：《深切怀念唐圭璋先生》，钟振振：《词学的辉煌——文学文献学家唐圭璋》，南京大学出版社 2001 年版，第 77 页。

排之情，与这位中国词史上最伟大的女性词人达到心灵上的契合。

对于纳兰性德的评价，唐圭璋更是拈出一个"真"字，他认为这是纳兰性德词最重要的特点。在《纳兰容若评传》中唐圭璋一连用待人真、作词真、写景真、抒情真四个"真"字，概括纳兰性德的词，正所谓无事不真，无语不挚。谢章铤《赌棋山庄词话》云："国朝其惟竹垞、迦陵、容若乎。竹垞以学胜，迦陵以才胜，容若以情胜。"❶纳兰之词正是以其情真意切而为词家所激赏。王国维也认为"纳兰容若以自然之眼观物，以自然之舌言情。此由初入中原，未染汉人风气，故能真切如此。北宋以来，一人而已"❷。纳兰性德的诸多词作中以悼念亡妻之词最为沉痛，发自真情，感人至深。唐圭璋举其多首悼亡词，赞赏其词"缱绻缠绵"，"合风骚之旨"，"柔肠九转，凄然欲绝"❸。唐圭璋文章中无论是论述纳兰性德的为人交游，还是阐发其文学创作，都以一"真"字贯穿全篇。前文已经简述唐圭璋对李煜和李清照词情之真挚的高度评价，他以为"在后主之后一百多年，有女词人李易安，五百多年有纳兰容若。他们二人词的情调，都类似后主"❹。在唐圭璋看来，三人之词均以情感深沉真挚而光耀词坛。

唐圭璋对纳兰性德的钟爱，亦与其身世经历相关。唐圭璋与其妻尹孝曾感情笃深，二人相敬如宾，夫唱妇随。据他的女儿唐棣棣回忆，当唐圭璋深夜读书时，尹氏便为其添灯加衣；唐圭璋门前梧桐树下吹箫，尹氏便为其扇扇、唱和❺，二人感情之深，可见一斑。然而，祸福难料，正在彼此还沉浸在

---

❶ 谢章铤：《赌棋山庄词话》，唐圭璋：《词话丛编（第2版）》，中华书局2005年版，第3472页。

❷ 彭玉平：《人间词话疏证》，中华书局2014年版，第333页。

❸ 唐圭璋：《纳兰容若评传》，《词学论丛》，上海古籍出版社1986年版，第1003–1004页。

❹ 唐圭璋：《李后主评传》，《词学论丛》，上海古籍出版社1986年版，第905页。

❺ 唐棣棣：《梦桐情》，钟振振：《词学的辉煌——文学文献学家唐圭璋》，南京大学出版社2001年版，第31页。

第五章 考据家的本色与批评家的眼光——唐圭璋的词学批评观

家庭生活的幸福之中时，尹氏得重病，最终回天乏术，英年早逝。当时唐圭璋才三十六岁，这对他来说是一个相当大的打击，安葬其妻后，除了忙于教课，只要有时间，他便会去尹氏坟前吹箫，有时一待就是一整天。每逢旧历除夕，也要提醒儿孙不忘尹氏的祭日，直至唐圭璋九十岁时仙逝，也从未再娶。唐圭璋余生一人支撑全家，谨记亡妻生前的嘱托，将女儿抚养成人，足见唐圭璋亦是性情中人，对妻子用情极深。在其词作中也有多首悼念亡妻的词，如《望江南》四首，写其与尹氏日常的闲适生活。而其《踏莎行·拟饮水》（残月供愁）则是效仿纳兰性德词，抒一己相思之情，表达对亡妻的深切思念和自己内心的无奈与惆怅，情感真挚而浓烈。正是两人在这一点上的相似之处，让唐圭璋对纳兰性德之词更能产生共鸣，对其词也倍加赞赏。他的朋友更以其词与纳兰性德之词相媲美。

对于蒋春霖的词，谭献《箧中词》中早已论及，他将蒋春霖之词与纳兰性德和项鸿祚之词相并列，同属词人之词，在清代二百年中可谓三足鼎立。夏承焘在其《瞿髯论词绝句》中评蒋春霖之词云，"兵间无路问吟窗，彩笔如椽手独扛。常浙词流摩眼看，水云一派接长江"[1]，认为蒋春霖之词多写太平天国间的战争，突破浙西词派和常州词派的门户之限，自成一派，独具特色。龙榆生《水云楼词——词林要籍解题之一》一文，对蒋氏之词作了总体评价，在他看来，虽以纳兰性德、项鸿祚和蒋鹿潭三家并举，"而其中最能表现时代精神者，又当推《水云楼》为首出"[2]，正因蒋春霖之词与时代精神相契合，所以更能引起处于相似时代环境之中的读者的同情。

最为激赏蒋春霖的当属吴梅和唐圭璋师徒二人。吴梅评其词云："至鹿潭

---

[1] 夏承焘：《瞿髯论词绝句》，《夏承焘集（第2册）》，浙江古籍出版社、浙江教育出版社1997年版，第585页。

[2] 龙榆生：《水云楼词》，《龙榆生词学论文集》，上海古籍出版社1997年版，第470页。

而尽扫葛藤,不傍门户,独以风雅为宗,盖托体更较皋文、保绪高雅矣。词中有鹿潭,可谓止境……有清一代,以水云为冠,亦无愧色焉……鹿潭不专尚比兴,《木兰花》《台城路》,固全是赋体。即一二小词,如《浪淘沙》《虞美人》,亦直言本事,经不寄意帷闼,是真实力量。"❶他将《水云楼词》标榜为清词之冠,可谓评价极高,认为其词以风雅为宗,更以真实的力量感染读者。唐圭璋在其师的基础之上引申开来,撰《蒋鹿潭评传》一文,专论其词。唐圭璋总评其词时说:"他作词目无南唐、两宋,更不屑局促于浙派和常州派的藩篱。他只知独抒性灵,上探风骚的遗意,写真情,写真境,和血和泪,喷薄而出。"❷与其师的观点相近,他也视蒋春霖为清代第一大词人,"论清词以鹿潭为第一,怕也不是我一人之私言吧"❸。蒋春霖之词多言兵事,自然多抒发家国飘摇,人们流离失所的悲苦之情,"一种风尘沦落之感,和无国、无家的情绪,都写得深透无匹;而一腔温柔忠爱的心迹,竟与屈灵均、杜少陵如出一辙"❹。唐圭璋生逢乱世,自幼经历辛亥革命,父母皆早亡,寄人篱下,生活漂泊不定,后又参加"五四"运动,因此而负伤,国已残破不堪,自己也无家可归。唐圭璋就是在这样的时代环境中,慢慢成长起来的,战乱和动荡构成了他青少年时期的主要社会背景。唐圭璋1933年发表此文时,对于蒋春霖词中所表达的战争带来的痛楚,亦有亲历之感,所以对其词更有同情之心。

(二)彰显"爱国之情"的词人

唐圭璋所着重批评的第二类词人是爱国词人。这类词人以辛弃疾、李纲、

---

❶ 吴梅:《词学通论》,中华书局2010年版,第165-166页。
❷ 唐圭璋:《蒋鹿潭评传》,《词学论丛》,上海古籍出版社1986年版,第1009页。
❸ 唐圭璋:《蒋鹿潭评传》,《词学论丛》,上海古籍出版社1986年版,第1018页。
❹ 唐圭璋:《蒋鹿潭评传》,《词学论丛》,上海古籍出版社1986年版,第1008页。

第五章 考据家的本色与批评家的眼光——唐圭璋的词学批评观

陈亮、刘过等为代表。唐圭璋之所以专论此类词人，也正与当时的时代背景密切相关。外敌入侵，山河破碎，日寇猖獗，民族存亡，危在旦夕，而此时正是需要全国人民同仇敌忾、坚持斗争的关键时刻，唐圭璋通过对爱国词人词作的梳理介绍，以达到鼓舞士气的目的，号召各界人士投入战斗，树立一种英雄主义的力量。他说："有些积极写战功的，我们读了，可以增加我们勇往向前，万死不辞的气概。"❶ 他希望有更多的人去读这样的爱国词作，那里有忠臣孝子、英雄豪杰的忠肝义胆，凝聚着他们的血和泪，他们的精神激励着一代代的中国人奋勇向前，生生不息。

早在1935年1月发行的《建国月刊》第12卷第1期中，唐圭璋就发表了评介爱国词人刘过的《南宋词侠刘龙洲》一文。宋代徽、钦二帝被掳，国耻家仇激起文人志士的方刚血气，刘过"通经史百家，明古今治乱……一讨论国事，便怒发冲冠，恨不得借上方斩马剑，力斩奸臣秦桧的首级。好几次伏阙上书，愿复国仇，但谁也不睬他。所作诗词，也是大声疾呼、血泪迸发的文字"❷。他的名作《六州歌头·题岳鄂王庙》和《沁园春》（万马不嘶），都表明其收复失地、为国杀敌的决心，同时也流露出其对于奸臣咬牙切齿之恨。刘过心怀恢复中原的大志，却英雄无用武之地，怀才不遇，只能寄托于诗词之中，以泄一己之愤慨。因此，这类爱国词通常风格豪迈，大气磅礴。词学家论辛弃疾和陆游此类作品较多，而少言及刘过，唐圭璋此论亦为前人研究补遗珠之憾。同年7月，他又在《国衡半月刊》中发表《民族英雄陈龙川》一文，其对于陈亮的评价不可谓不高："他的学问，他的眼光，他救国的方略和大无畏的精神，在南宋一代，实罕有其匹。"❸ 唐圭璋点评陈亮《满江

---

❶ 唐圭璋：《民族文学的情与境》，载《黄埔》1940年第3卷。
❷ 唐圭璋：《南宋词侠刘龙洲》，《词学论丛》，上海古籍出版社1986年版，第957页。
❸ 唐圭璋：《民族英雄陈龙川》，《词学论丛》，上海古籍出版社1986年版，第953页。

红·怀韩子师尚书》时言:"此首写亡国的幽恨,肝腑如见。他也想横飞直上,扫荡狂酋。"❶ 与刘过一样,陈亮也未能受到当权者的重用,壮志难酬,落魄以终,将平生经济之怀都寄寓词中。

之后,在抗日战争期间,唐圭璋又发表长文《南宋四大忠臣词》,以此来鼓励奋勇杀敌的壮士,展现中华民族英勇不屈的优良传统,振奋抗敌士气。他主要阐论了南宋的赵鼎、李纲、李光和胡铨四家之词,他们并非真正意义上的词人,但他们的词却充满了深挚的爱国之情而流传后世,感动和激励着一代代的中华儿女。唐圭璋评赵鼎之词时,以为其词多写家国之恨和思念君国之情,"身在江湖,心存魏阙。刻刻不忘君国的奇耻大辱"❷。李纲的词也多镗鞳之声,唐圭璋简评其《永遇乐·秋夜有感》一词时,认为这首词所表达的报国无门的沉郁悲凉之感,从侧面体现了其人格的伟大,读其词亦能够激发将士的斗志。李光之词与李纲词略有不同,他更多地表达感伤之情,以《水调歌头》(独步长桥上)为例,就是表现其在报国无门之后,希望远离世间是非,遗世独立的心境,其清风亮节,值得后人景仰。胡铨作为南宋主战派的代表,曾愤慨秦桧与金主言和,上疏乞斩秦桧,虽被诬陷削职,但此举是亦大快人心,一吐众人心中的愤怒之言,足见其英雄气概,因而其词也多慷慨悲愤之作。唐圭璋之所以选此四家,就在于"此四大忠臣,不独气节煜耀一时,而文章亦足以相副。即所作的词,亦是精力弥漫,英气勃勃"❸。

1961年,唐圭璋撰文再论李纲词,主要赏析其七首咏史词,除《雨霖铃·明皇幸西蜀》借唐明皇事来讽刺当时皇帝逃跑外,其余都是歌颂前朝奋勇抗战、建功立业的英雄人物和英明的君主。其词"一方面激励当时皇帝效

---

❶ 唐圭璋:《民族英雄陈龙川》,《词学论丛》,上海古籍出版社1986年版,第956页。
❷ 唐圭璋:《南宋四大忠臣词》,载《黄埔》1940年第4卷。
❸ 唐圭璋:《南宋四大忠臣词》,载《黄埔》1940年第4卷。

第五章　考据家的本色与批评家的眼光——唐圭璋的词学批评观

法过去那些雄才大略的君主，大敌当前要不惧不避；同时，也隐然以谢安、裴度、寇准自比，期望获得重用，能够使国家转危为安"❶。在不被理解、壮志难酬的情况下，李纲依旧坚持抗战，不畏强敌，其英勇的爱国精神彪炳千古。之后，20世纪80年代，唐圭璋三论李纲词，他以读书札记的形式发表《李纲抗敌词》短文，评其《苏武令》（塞上风高）一词，称颂李纲其人忠肝义胆，发而为词则慷慨沉雄，表现其精忠报国之志。从20世纪40年代至80年代，唐圭璋三次发文评赏李纲之词，意在表彰其拳拳爱国之情。

除上述几家之外，唐圭璋还著有专书《辛弃疾》，对这位词史上最伟大的词人之生平和创作，进行全面的梳理和评价。作为两宋词的集大成者，稼轩词向来为词学家所重视。在《金粟词话》中，彭孙遹评其词说："稼轩之词，胸有万卷，笔无点尘，激昂措宕，不可一世。"❷陈廷焯《白雨斋词话》亦云："辛稼轩，词中之龙也，气魄极雄大，意境却极沉郁。"❸唐圭璋更侧重挖掘辛词的思想性，在他看来，稼轩词最突出的价值，在于他通过高超的艺术表现力，表达其爱国思想，并以此鼓励广大民众进行反抗侵略的英勇斗志。由于辛弃疾处在民族矛盾最为尖锐的时代，既要面对外族凶猛的入侵，又要面对官僚内部的相互倾轧，目睹祖国的大好河山一天天衰败，而二帝被掳之国耻未雪，当下偏安的小朝廷又苟且偷安，得过且过，不禁悲从中来。对于一个拥有宏图大志的英雄而言，身处乱世却无用武之地，只能空将一己之豪情挥洒于笔墨之间。"他的一生，便是追踪这些前辈英雄人物，始终走在斗争的最前列，不但在文学上继承和发扬他们的爱国思想和民族精神，在事业上也继

---

❶ 唐圭璋：《李纲咏史词》，《词学论丛》，上海古籍出版社1986年版，第950-951页。
❷ 彭孙遹：《金粟词话》，唐圭璋：《词话丛编（第2版）》，中华书局2005年版，第724页。
❸ 陈廷焯：《白雨斋词话》，唐圭璋：《词话丛编（第2版）》，中华书局2005年版，第3791页。

承和实践他们的'拥精兵十万'、'收拾旧山河'的壮志宏图"❶，稼轩词中浸透了他壮志未酬的沉痛和坚持不懈的战斗意志，其爱国之情渗透于其中的一字一句，豪壮而悲慨。

除唐圭璋之外，还有诸多词学家都对稼轩词有所评论，只是批评的角度和立场略有不同。如王国维曾言："学幼安者率祖其粗犷、滑稽，以其粗犷、滑稽处可学，佳处不可学也。幼安之佳处，在有性情，有境界。即以气象论，亦有'横素波''干青云'之概，宁后世龌龊小生所可拟耶？"❷ 在曾大兴看来，王国维并非推崇稼轩词的豪放之风，而是更看重其词的性情、境界和雅量高致，这正与王国维所认定的"要眇宜修"的词体观相吻合。❸ 吴梅《词学通论》中用"沉郁""剑拔弩张""衰飒""婉雅芊丽""含蓄不尽"❹ 等词来评价稼轩词的不同特点，而无一语言及"爱国精神"，可见其是依陈廷焯之言，着眼于辛词的艺术风格。夏承焘虽也是极力赞扬辛弃疾的爱国精神，将其人格与屈原相媲美，视其忧愤沉郁之词为《离骚》传统的承续，但他也对辛弃疾出兵镇压农民起义颇有微词，认为其站在统治阶级的立场，为巩固封建统治呐喊摇旗，稼轩词中《满江红·贺王帅宣子平湖南寇》即为此例，将此词视为辛弃疾创作生涯中的瑕疵。❺ 这种词学批评理路固然是突出了词的思想性内蕴，但在某种程度上走进了以阶级论诠释文学文本的误区。

唐圭璋尤其称赞爱国词人，激赏那些文人的爱国之词，为此他还曾选编《历代爱国词选》。这均和他个人疾恶如仇的品性与深厚的民族情结相关。马

---

❶ 唐圭璋：《辛弃疾》，上海人民出版社 1957 年版，第 60 页。
❷ 彭玉平：《人间词话疏证》，中华书局 2014 年版，第 332 页。
❸ 曾大兴：《20 世纪词学名家研究》，中华书局 2011 年版，第 24 页。
❹ 吴梅：《词学通论》，中华书局 2010 年版，第 83 页。
❺ 夏承焘：《月轮山词论集》，《夏承焘集（第 2 册）》，浙江古籍出版社、浙江教育出版社 1997 年版，第 286 页。

第五章 考据家的本色与批评家的眼光——唐圭璋的词学批评观

兴荣曾回忆其与唐圭璋的一次交谈,言及龙榆生曾投汪伪政权一事,唐圭璋坦言,龙榆生"是我多年的词友。但他当时投靠汪伪,这是有关民族气节的大问题,是大是大非问题,当然应该群起而攻之"❶。一件小事,却足以表现其爱憎分明、大义凛然的性格和他一片真挚的爱国之情。当得知王步高要主编《金元明清词鉴赏辞典》时,唐圭璋叮嘱他说,"你读过夏老主编的《全金元明清词选》吗?那本书最好的就是没收钱谦益等降清的变节分子,你编《金元明清词鉴赏辞典》也决不可收钱谦益"❷,由此亦可看出其对民族气节的珍视。唐圭璋自己也曾创作爱国词,如其词《鹧鸪天·登观稼台》就表达一种因战乱四处漂泊的无奈,渴望能够消灭敌寇,重回故乡的情愫。

詹安泰在论宋词产生的社会基础时谈及词与时代环境之关系:"除北宋中期以前外,都应该以是否有利于或关心于国家民族为前提条件。是否具有进步思想和积极意义的文学作品,当然也不能离开这前提条件来作出评价。"❸在考虑到当时的时代环境和社会背景时,他也将反映国家和民族精神作为文学创作的基本要求,认为"历来的封建士大夫从他们自己的阶级地位出发用纯艺术的观点去看两宋的词作"就是"以主观唯心主义的观点和方法来处理宋词,就不能不违背'政治标准第一'的原则,而以艺术标准放在第一位。这错误是非常严重的"❹。重视词的思想性,要求其与时代环境、国家和民族的命运紧紧相连,以民族大义为重,固然是题中之义,但坚持"政治标准第一"的原则,而削弱艺术手法的分析,甚至忽略对其艺术性的评价,则着实

---

❶ 马兴荣:《怀念唐圭璋先生》,钟振振:《词学的辉煌——文学文献学家唐圭璋》,南京大学出版社2001年版,第108页。
❷ 王步高:《唐门立雪二三事》,钟振振:《词学的辉煌——文学文献学家唐圭璋》,南京大学出版社2001年版,第136页。
❸ 汤擎民整理:《詹安泰词学论稿》,广东人民出版社1984年版,第226页。
❹ 汤擎民整理:《詹安泰词学论稿》,广东人民出版社1984年版,第227页。

不可取。唐圭璋在重视词的思想性的同时，也重视词的艺术表达，对曾经创作出具有较高艺术性作品的词人和在词的艺术表现手法上具有开拓性贡献的词人亦是推崇备至。

（三）以开拓新词境著称的词人

唐圭璋重点关注的第三类词人，主要是那些在词的创造中具有较高艺术造诣，或者开创一种新的词风和开拓新的题材的词人，如范仲淹、柳永、苏轼、姜夔和吴文英等，唐圭璋均有撰文评述其词。唐圭璋对词的艺术性也极为重视，他认为"在以往极'左'路线统治下，政治标准第一、艺术标准第二的观点最后被恶性发展到了政治标准惟一的地步……我们今天来读宋词，就必须摒弃这种错误的做法，而应坚持思想性与艺术性完美统一标准；对于那些思想性较高而艺术性稍逊或艺术技巧较高而思想内容并不反动的作品，也要作具体的分析评价，肯定并汲取它们有益的一面，而决不可一棍子打死。"[1] 正是其对于词学批评如此理性的认知，才使得他对词人的批评相对客观，既注重词人思想的纯正、作家品行的高尚，又注重词人创作的艺术风格、方法和技巧，不偏于一方，否则将会导致词学批评失之偏颇。

首先要作出解释的是范仲淹和苏轼之词。之所以将范仲淹和苏东坡之词放在第三类词人中，并非因为他们词的思想性不深或情致不浓，而是将其词放在词史作历时性观照后，二人之词，无论在风格上还是题材上都开一代风气之先，相比较其词的情感寄托而言，前者的词史意义更为重大。在《范仲淹》一文中，唐圭璋重点评析了《渔家傲》（塞下秋来风景异）一词，虽也言及其中的爱国思想，但同时也点出其缺少英雄乐观主义的弱点，在他看来，范仲淹在词中描画边塞情景，则是对词史最为突出的贡献。因为宋初词人，

---

[1] 唐圭璋：《怎样读宋词》，载《古典文学知识》1988年第2期。

第五章　考据家的本色与批评家的眼光——唐圭璋的词学批评观

大多受花间、南唐词风的影响，多言闺阁之柔情，题材范围狭窄，词风纤丽，而范仲淹的边塞词则是对词的题材的开拓，"唐代著名的边塞诗人很多，如高适、岑参、王昌龄、李颀等都是，可是宋词写边塞的很少，如范仲淹正是唯一的边塞词人"[1]。除此之外，其边塞词所表现出的豪迈壮阔的词风，也不同于当时主流词的创作，独树一帜，风格特异。

苏轼为宋代词人中的大家，也是词史中存有争议的词人。东坡尝填风格较为豪放超逸的词作，打破此前"词为艳科"的定式，而各家对其填词方式褒贬不一。"苏门六君子"之一的陈师道曾言："退之以文为诗，子瞻以诗为词，如教坊雷大使之舞，虽极天下之工，要非本色。"[2]陈师道准确地点明了苏轼"以诗为词"的创作特点，然而他却认为这种创作方法并非词家之本色，主要原因在于他认为东坡词不协律。而晁补之却不以为然，为其师辩护说："苏东坡词，人谓多不谐音律。然居士词横放杰出，自是曲子中缚不住者。"[3]他承认东坡词不协律，但并未因此而否定其词所具有的创造性。但之后的李清照直接否定苏轼"以诗为词"的作法，认为其词只是"句读不葺之诗"[4]而已，此观点也正和她"词别是一家"的词体观相一致，极力划清词与诗之间的界限。唐圭璋对此也表达了自己的观点，他指出"将词视为'小道'，看作'别是一家'，从而大大限制了它本身理应发挥的社会功能，不能同诗、文等量齐观，一旦出现了像苏轼那样'一洗绮罗香泽之态，摆脱绸缪宛转之度'的'关西大汉'式的作品，就往往被目为不是'本色'，大多'不谐音律'，都是'句读不葺之诗'。这种自缚手脚的文学观念上的偏见，对宋词发

---

[1] 唐圭璋：《范仲淹》，《词学论丛》，上海古籍出版社1986年版，第923页。
[2] 陈师道：《后山诗话》，何文焕：《历代诗话》，中华书局1981年版，第309页。
[3] 吴曾：《能改斋漫录词话》，唐圭璋：《词话丛编（第2版）》，中华书局2005年版，第125页。
[4] 李清照：《词论》，张璋、职承让等：《历代词话》，大象出版社2002年版，第12页。

展影响很大"❶。他不满于陈师道和李清照批评苏轼"以诗为词"的观点,可见其对东坡词在词史中所具有的新创意义的认可,同样也是对词体社会功能的凸显。

在《从〈东坡乐府〉里看苏轼和农民的情谊》和与潘君昭合著的《论苏轼词》两篇文章中,唐圭璋从两个方面分别探讨苏词对前人之词的突破。一方面,东坡词气魄雄浑,语言朴素,词风豪放,一反过去香艳缠绵之风。而且其词多有题或序,有些词如《水调歌头》(明月几时有)还会注明时间、地点、人名及其创作缘由,这也是过去词坛所少见的,因此唐圭璋称赞其词为"宋词空前的划时代的革新,也是宋词进一步的发展"❷。另一方面,东坡词对前人之词的突破,还体现在其对词体内容的拓展。他将词的文学地位提高到与诗、文相同的位置,不仅用词来写闺阁中男女之情,其词中还涉及纪游、说理、怀古等内容,将经史中的典故运用于词的创作中,丰富了词的内容,改变了词体的风貌。尤其他的农村词,据唐圭璋所言,在苏轼之前还没有文人用过此类题材填词,无论是作为一名地方官,还是心系天下的文人,他都表现出对于普通民众生活的关注,而不仅仅局限于上流社会的小圈子。苏词以其丰富的创作题材和天风海雨般的词风新天下之耳目,使词坛为之面目一新。

唐圭璋对柳永词的词史地位评价也相当高。在他看来,"柳永是宋代第一位专业词人,是宋词昌盛的奠基人"❸。柳永的《乐章集》被看作第一部文人词专集,他改造旧曲,创制新声,在其两百多首词中,慢词占十之七八,成为大力创制慢词的第一人,开有宋一代的新风气。也正如龙榆生所言:"把慢

---

❶ 唐圭璋:《怎样读宋词》,载《古典文学知识》1988年第2期。
❷ 唐圭璋:《从〈东坡乐府〉里看苏轼和农民的情谊》,《词学论丛》,上海古籍出版社1986年版,第935页。
❸ 唐圭璋:《柳词述略》,《词学论丛》,上海古籍出版社1986年版,第927页。

第五章　考据家的本色与批评家的眼光——唐圭璋的词学批评观

词作为专业，在创作方面，一般说是从柳永开始的……如果不是柳永大开风气于前，说不定苏轼、辛弃疾这一派豪放作家，还只是在小令里面打圈子，找不出一片可以纵横驰骋的场地来呢！"❶ 慢词扩大了词体的篇幅，也必然带来词的表达内容和表现方式的变化。柳词最大的特点就是采用铺叙的手法填词，从而打破了花间词堆砌辞藻、浮艳迷离之风，由含蓄蕴藉到直赋其情，柳词铺陈清丽的语言风格，使其抒情写景更为生动明了，也可谓宋初词创作的一大转变。柳永除了为新声填写新词外，还自创新调，其词"不仅有双迭，而且还有三迭。敦煌词中无三迭，三迭是柳永创制"❷。另外，柳词的一大特点还在于其"气魄雄浑"的一面，宋初词中气象阔大的要数范仲淹的边塞词，但尚属小令，"至于宋初慢词写出开阔的境界，显得气势雄伟的，那就不得不数柳永了"❸。

谈到柳永，唐圭璋和龙榆生都论及其对于宋元小说和戏曲的影响，但二人的着眼点却各不相同。唐圭璋指出其词"影响了宋元小说和戏剧的兴起。宋无名氏《醉翁谈录》里写的《花衢实录》和元代著名戏剧家关汉卿写的《谢天香》杂剧，也都是柳永的故事"❹。他仅从柳永本人的轶事角度来看其与小说戏剧的关系，而龙榆生则更为敏锐地观察到柳词的创作方法对戏曲的影响。在他看来，柳永"善于刻画自然景象，使后来戏曲作家有所启发，惯于用外境描写烘托出内心活动"❺。总而言之，无论是在创作的内容还是词体本身的体制改革上，柳词都有重要的开拓之功，奠定了宋词发展的基础。

唐圭璋于 1943 年发表在《新中华杂志》上的《姜白石评传》，大有为姜

---

❶ 龙榆生：《词曲概论》，北京出版社 2004 年版，第 56—58 页。
❷ 唐圭璋，潘君昭：《唐宋词学论集》，齐鲁书社 1985 年版，第 62—63 页。
❸ 唐圭璋：《柳词述略》，《词学论丛》，上海古籍出版社 1986 年版，第 933 页。
❹ 唐圭璋：《柳词述略》，《词学论丛》，上海古籍出版社 1986 年版，第 929 页。
❺ 龙榆生：《词曲概论》，北京出版社 2004 年版，第 62 页。

夔词正名之意。个中缘由大致可归为两个方面：一是王国维对姜词的诋毁，《人间词话》云："南宋词人，白石有格而无情"，"无言外之味，弦外之响"❶。胡适也对姜夔这类词人贬低过甚，认为他的词为词匠之词，算不得文学，这一观点也随其《词选》的广泛传播而影响深远。二是由于当时动荡的时代环境，词学家多推崇、宣扬苏、辛之词，以振奋民族精神。如胡云翼、夏承焘等现代词学大家，他们极力推举苏、辛词风，而对姜夔之词多有贬意，认为其词在民族危亡时期并没有体现出应有的战斗精神。唐圭璋虽多称颂爱国词人，但他也客观地评价那些作品艺术性较高的词人，兼顾思想与艺术并举的批评原则，这正展现了一位词学评论家的清醒和理智。

唐圭璋将姜夔与辛弃疾、吴文英并列为南宋词坛三大家，三人之词各有特色。他承继周济之说，以"清刚""疏宕"评姜夔之词，认为其词传神于虚，语言意象灵动，善用虚字、留白，"精研音律，自度新腔；细琢歌词，力救醇雅，虽异曲同工，诚不容与稼轩强分轩轾也"❷。姜夔既是词人亦是音乐家，因此他对填词的音乐性要求非常高，对字声的运用、协律的安排非常严格，其《白石道人歌曲》中共有十七首自注工尺谱的词，这也是宋代词乐文献中唯一完整留存至今的曲谱，是我们研究古人词乐、音律的重要文献资料。与其他词人依谱填词不同，他的自度曲依词制谱，更便于词人自由地抒发情感，因情而造文。夏承焘也认为姜词在豪放与婉约两派之外，另树"清刚"一帜，但夏承焘对姜夔研辞炼句，过分注重技巧的填词方法颇有微词。他认为由于姜夔阶级意识和实际生活的局限，其词不能认识社会现实，只有形式上的追求，远逊于辛派词人。❸ 唐圭璋不同于夏承焘的阶级分析，他明确指出白石词

---

❶ 彭玉平：《人间词话疏证》，中华书局2014年版，第101、126页。
❷ 唐圭璋：《姜白石评传》，《词学论丛》，上海古籍出版社1986年版，第964页。
❸ 夏承焘：《月轮山词论集》，《夏承焘集（第2册）》，浙江古籍出版社、浙江教育出版社1997年版，第301-314页。

第五章 考据家的本色与批评家的眼光——唐圭璋的词学批评观

亦有家国之感与黍离之悲,语意沉痛,正如其师吴梅以"沉郁"二字评其词。

在同时代人对吴文英词的评价中,最为后人所熟知的,当数张炎之论,"词要清空,不要质实。清空则古雅峭拔,质实则凝涩晦昧。姜白石词如野云孤飞,去留无迹。吴梦窗词如七宝楼台,眩人眼目,碎拆下来,不成片段。此清空质实之说"❶,批评吴文英词晦涩、堆砌的弊病。此后元明两代的学者对吴文英词鲜有评论,而清季民初却兴起了"梦窗热"。真正开启研究热潮的是周济,其言:"梦窗立意高,取径远,皆非余子所及。惟过嗜饾饤,以此被议。若其虚实并到之作,虽清真不过也。"❷ 他虽也言及梦窗词的弱点,但褒扬更甚,其观点也对晚清词学家产生重要的影响。王鹏运、朱祖谋力推梦窗词,朱祖谋一生更是四校《梦窗词》,于是"梦窗一集,几为词家之玉律金科"❸。师从朱祖谋的吴梅对梦窗词的评价亦高,"梦窗词,以绵丽为尚,运意深远,用笔幽邃,炼字炼句,迥不犹人。貌观之,雕缋满眼,而实有灵气行乎其间"❹。这也直接影响了作为其门下弟子的唐圭璋对梦窗词的认识。当然,也有学者对梦窗词持批评态度,如王国维以"肤浅""砌字"述其词风,而作为现代词学大家的夏承焘,也抱怨梦窗词"凝滞晦涩",读数遍尚不能解其意。

唐圭璋因受吴梅词学观的影响,为梦窗词辩白,他认为张炎只看到"梦窗字句之外美,而未曾见其本质之内美",又说"近日诋之者亦多,不曰堆砌,即曰晦涩,不曰饾饤凌乱,即曰毫无生气;一唱群和,罔究真际,可慨

---

❶ 张炎:《词源》,唐圭璋:《词话丛编(第2版)》,中华书局2005年版,第259页。

❷ 周济:《宋四家词选目录序论》,唐圭璋:《词话丛编(第2版)》,中华书局2005年版,第1644页。

❸ 龙榆生:《晚近词风之转变》,《龙榆生词学论文集》,上海古籍出版社1997年版,第416页。

❹ 吴梅:《词学通论》,中华书局2010年版,第90页。

孰甚"❶。此语一反王、夏二人之论,在唐圭璋看来,梦窗词字里行间均有妙处,唐圭璋更以"深情郁勃,笔力奇横"褒扬其词,将其与辛弃疾、姜夔并立为南宋三大家,可知他对梦窗词推崇备至。这也与唐圭璋关于词的创作论相吻合,他论词虽尚自然,亦喜凝练,"正因未美、未真而雕琢,愈雕琢乃愈真愈美",认为学词者可从凝练入手,而吴文英之词正以炼字炼句、词笔雕琢而著称,故受唐圭璋追捧,当然这也是其他词学家指责其词的地方。

唐圭璋所重点评论的词人大致可分为上述三类,他们要么感情真挚,质朴无华,与唐圭璋身世经历相似,如李清照、纳兰性德;要么慷慨激昂足以振奋人心,砥砺士气,与唐圭璋所处的时代环境相应,如辛弃疾、李纲;要么其词艺术性较高,在词史中占有突出的地位,对词体的演变发展具有开拓性意义,如柳永、姜夔等。当然,分类是相对而言的,便于有针对性地论述分析罢了,爱国词和艺术性较高的词亦不能无真情,每一首佳作都是以真情为基础,而充满深沉之情的作品也要通过高超的艺术技巧方能表达得淋漓尽致。

二、词人批评的方法

前文主要综述了唐圭璋词人批评的对象及其具体内容,如此广泛的词人批评,并且要得出具有说服力和观点鲜明的结论,必得有相应的切实可行的研究方法作为其理论阐述的支撑。唐圭璋在继承中国传统文学批评资源的基础上,也形成了一套自己的学术研究思路,这是其词学研究工作中的理论基础和指导方法,对于唐圭璋词人批评模式的分析和总结,可为当下新一代学者从事词学研究提供一种方法论上的参照。

---

❶ 唐圭璋:《论梦窗词》,《词学论丛》,上海古籍出版社1986年版,第981-982页。

第五章　考据家的本色与批评家的眼光——唐圭璋的词学批评观

第一，文本考据与辨伪。研究某一词家之词，如果不先明了其具体的创作情况和词集版本，势必会得出错误的认识，明明是某一家之作品，却误认为是另外一家，津津有味地评论，岂不贻笑大方。因此，词人作品的辨伪及词集版本的梳理，是进行词人批评的基础性工作，主要是厘清词人作品的数量及其词集版本的流传和保存状况等。唐圭璋门下弟子曾回忆唐圭璋所讲授的词学研究方法，其中词人批评须首重文本考据。钟振振曾说，唐圭璋指导他研究词学时，首先要求他对词人词集作校勘、笺注、编年和辑评，只有在此基础上方可继续研究。❶在指导王筱芸作王沂孙词研究时，唐圭璋亦要求她应先从碧山词的版本、考订与笺注切入。❷唐圭璋初学治词之法亦是从编校词集与笺注词选入手，曾先后辑《纳兰容若词》，出版《宋词三百首笺注》和《南唐二主词汇笺》。

之后，唐圭璋还在其《〈全宋词〉跋尾》和《〈全宋词〉跋尾续录》二文中，校订词集九十七家，"以正误、补阙、辑佚为主"❸，文中一方面对词人作品中的漏字、错字进行校正；另一方面又对词人词集中所误收的他人之词进行清理，如《疆村丛书》本《范文正公诗余》中，第一首《忆王孙》（飕飕风冷荻花秋），就是李重元词，《全宋词》将其从范仲淹词集中删除。除此之外，他还对词人词集所见版本进行简略评述，他认为学者如果忽略词集版本的考订，"就会对作品作出错误的解说和评论"❹。潘承弼曾评《〈全宋词〉跋尾》云："皆征引群籍，校录善本，以补前贤之遗伪，得此以勘诸刻，如得枕

---

❶ 钟振振：《从唐圭璋先生学词记》，钟振振：《词学的辉煌——文学文献学家唐圭璋》，南京大学出版社2001年版，第69页。
❷ 王筱芸：《唐风润泽　师恩永驻》，载《文史知识》2012年第2期。
❸ 唐圭璋：《〈全宋词〉跋尾续录》，《词学论丛》，上海古籍出版社1986年版，第788页。
❹ 唐圭璋：《我对词学研究的浅见》，《词学论丛》，上海古籍出版社1986年版，第836页。

秘矣。"❶ 在词人作品辨伪的问题上，岳飞的《满江红》是否为伪作的争论轰动一时，余嘉锡曾在《四库提要辨证》中怀疑此词为明人伪作，夏承焘亦撰文《岳飞〈满江红〉词考辨》声援余嘉锡，认定此词不可能为岳飞所作。唐圭璋在其发表于《文学遗产》的《读词续记》中，为岳飞词辩护，审慎地认为在没有确凿证据时，不可将《满江红》定为伪作。

唐圭璋另有《宋词互见考》，即词集中常会出现词主互见的情况，同一首词在不同编者所撰词集或版本中所属作者不同，这种现象较为普遍，如不辨真伪，张冠李戴，必定会给词人研究造成诸多误区。唐圭璋在其编纂《全宋词》大量搜集校订词集版本的基础上，对词集中词主互见之作不厌其烦地一一辨正，还词家本来面目。如《菩萨蛮》（绿云鬓上飞金雀），"案此首牛峤词，见《花间集》，《词统》误作李易安词"❷；《卜算子》（水是眼波横），"案此首为王观词，《能改斋漫录》卷十六。《词林万选》误作苏轼，《白香词谱》亦误作苏词"，等等，不一而足。唐圭璋此文足占其词学论文集《词学论丛》一书多达二百四十页的分量，可见其考证之详细，纠正错讹词的数量之大。吴梅对其弟子亦不吝赞美之辞："《互见表》一卷，尤足息前人之争，祛来学之惑，此岂清代词臣得望其项背哉！"❸ 除此之外，宋人词集在流传过程中，出现同为一家之词而版本众多、卷数各异、词量不同、优劣难辨的现象，因此唐圭璋又作《宋词版本考》，"兹略将历来书目所载及方今传世之词，汇集一处。俾承学之士，可以探源穷流，察其完缺，辨其优劣"❹。如晏殊《珠玉词》有十二个版本，晏几道《小山词》有二十三个版本，柳永词集共二十九个版本，秦观词有三十二个版本，等等，每个词人词集版本少则几种，多

---

❶ 唐圭璋：《〈全宋词〉跋尾续录》，《词学论丛》，上海古籍出版社1986年版，第805页。
❷ 唐圭璋：《宋词互见考》，《词学论丛》，上海古籍出版社1986年版，第267页。
❸ 唐圭璋：《全宋词》，国立编译馆1940年版，第2页。
❹ 唐圭璋：《宋词版本考》，《词学论丛》，上海古籍出版社1986年版，第121页。

第五章　考据家的本色与批评家的眼光——唐圭璋的词学批评观

则几十种，唐圭璋一一罗列其所见之版本种类，记录不同版本的名称、出处，甚至现存馆藏地，为词人研究打下坚实的文献基础。只有掌握词家尽可能多的词集版本，才能辑录其所有的词作，并辨别版本优劣，为进一步的理论阐述作准备。不进行版本辨别，盲目评论词人词作，容易沿讹袭谬而厚诬古人。

第二，社会历史批评。社会历史批评即从文学与社会文化之间的互动关系角度，对作家作品的创作进行解读，研究作品产生的社会环境和时代背景、作品中反映的社会现实状况，以及作品所产生的社会意义等。这也是中国传统知人论世的文学批评方法之一，唐圭璋在词人批评过程中，时时运用此法，将词人还原至其所生活的社会历史场景中，探究不同的时代背景对词人创作的风格、内容及作品意义的影响。在唐圭璋看来，知人论世，是了解作家及其作品的重要手段。与其同时代的词学大家龙榆生就曾感叹道："前辈治学，每多忽略时代环境关系，所下评论，率为抽象之辞，无具体之剖析，往往令人迷离惝恍，莫知所归。此中国批评学者之通病，补苴罅漏，是后起者之责也。"❶

唐圭璋的词人研究正是避免了前世学者的弊病，在为学生指导论文时，也要求他们搜集有关词人家世、生平、著述的史料，在此基础上再对词人之词作进行系统性的研究。而他自己进行词人个案研究时亦是如此，唐圭璋对柳永词研究用力甚勤，曾于1979年和1981年分别发表《论柳永词》和《柳词略述》二文，对柳词作了相当详细而全面的论述，但他的评论绝非空中楼阁，而是建立在对柳永身世相当充分的研究基础之上，结合时代背景、社会环境及其个人家庭环境、生活经历，来对其词的创作过程及内容作深入的解读。在发表有关柳词评论的文章之前，唐圭璋首先于1936年在《词学季刊》

---

❶ 龙榆生：《研究词学之商榷》，《龙榆生词学论文集》，上海古籍出版社1997年版，第105页。

发表《柳永传》，因为宋代正史没有柳永传记记载，旧志也记录不详，所以唐圭璋对其家世作了较为详尽的考证。另外，1957年他再次发表《柳永事迹新证》，对柳永的家世、名字和登第时间、政绩、行踪等作了更为全面的梳理。1964年，唐圭璋又发表《〈小畜集〉中关于柳永家世的记载》一文，继续对柳永的家庭状况作补充研究，为进一步解读柳词积累史实资料。在《柳词略述》中，无论是谈柳永词的来源、流传及其影响，还是探讨柳词的思想内容，唐圭璋都将其与柳永生平经历和社会环境相结合而论。

除此之外，唐圭璋尚有《南唐二主年表》，依照从出生到卒年的年代顺序，对李璟和李煜的生平及所处时代背景作详细考论，并最终在此基础上完成《南唐二主词汇笺》。这种研究方法也应用于《李后主评传》《姜白石评传》《秦观》和《民族英雄陈龙川》等词人批评的文章中。但唐圭璋也注意到"知人论世"之法在词学研究中的特殊性，"宋代的许多词人，特别是北宋前期几乎所有的词人，并不把词看作是'经国之大业，不朽之盛事'，因而在他们的词作中，很少明显地触及当时社会历史和社会现实中的重大问题和重大矛盾，他们宁可用诗或文来反映，来揭露"❶。这就要求学者在对词人词作批评时，切勿将其词作与词人身世经历一一对应，以免穿凿附会之讥，而过度强加阐释只会讹误古人之意。唐圭璋认为这是词人研究中不可忽略的一个方面，"但从另一方面来说，即使上述那些词人，他们在词作中也比较真实地反映了其他一些现实：有的在客观上描述了当时达官贵人征歌逐酒、纸醉金迷的豪奢生活，我们可以从反面窥测到社会的贫富不均以至阶级矛盾的存在；有的在客观上流露了这些上层人物思想感情柔靡无力的一面，我们可以由此了解他们世界观中的各个侧面"❷。这就涉及对于词人创作中社会现实意义的认识。

---

❶ 唐圭璋：《怎样读宋词》，载《古典文学知识》1988年第2期。
❷ 唐圭璋：《怎样读宋词》，载《古典文学知识》1988年第2期。

第五章　考据家的本色与批评家的眼光——唐圭璋的词学批评观

比如，他在评论李清照词时，从其词中看到封建统治阶级对女性的压迫和歧视，以及她们对于现实的控诉；从柳永词中看到歌妓在当时的社会生活及其命运的变迁；从李煜词中看出封建社会王朝更替时悲剧性的虐杀降虏等，这些都从侧面反映当时社会现实的方方面面。

第三，比较研究法。比较研究，顾名思义，是指通过对两个具有可比性的作家进行对照观察，从而得出二者之间在创作内容、方法和文学风格上的同与不同之处，同中见异求特点，异中求同见共性，并且还揭示其共性或特点背后产生的原因及其各自在文学发展史中的独特价值。唐圭璋多次使用比较研究的方法，对词人之间或词人与其他文学大家之间进行比较，来突出词人创作的特点及其所体现出的文学传统的共性，既有同时期词人的横向比较，亦有不同时代的纵向比较。其中，不仅有词人比较研究的专论，就是在单评某个词人时也会穿插运用比较研究的方法。

唐圭璋所作的《温韦词之比较》和《屈原与李后主》两篇论文可谓其比较研究的代表性著述。前文中，从写人和写境两方面观照温、韦词一浓一淡之特点，"飞卿写人多刻画，端己则临空。飞卿显写境多沉郁凄凉，端己则有兴会闲畅之作。飞卿写情，多不显露，言下有讽；端己则深入浅出，心曲必吐。至二人用辞之区异，亦处处可见。飞卿显用力痕迹……皆字字锤炼，端己则信手拈来，毫不着力"❶。温庭筠和韦庄同被看作"花间派"词人的代表，而且一谈到花间词，就难逃"艳丽绮靡"的印象，唐圭璋则通过对比研究展现词派内部不同的创作风格，温飞卿词雕绘艳丽，韦庄词纯用白描，明晰如话，同中有异，各具特色。唐圭璋还将李后主与屈原两位貌似并无可比性的文学大家相比较，二人无论是在生活的年代、社会地位（一君一臣）及文学影响方面，还是在创作体裁和主题思想方面，均不相同，但他还是在对比中找

---

❶　唐圭璋：《温韦词之比较》，《词学论丛》，上海古籍出版社1986年版，第899页。

到二人的共同之处:"今传之屈赋及后主词,纯任性灵,不假雕饰,真是字字血泪。惟二人之个性不同,环境不同,故其所表现之文学,亦各异其情,各有其价。若感人之深,影响之大,千载以来,固无异言云。"❶唐圭璋仔细分析二人在天性、情感、精神、生活、态度和思想各方面的不同,以及这些因素对二人文学创作所产生的影响。屈、李二人作品虽在思想性上无法相提并论,但他们的文学作品均以其情感之"真",引发读者的共鸣,感动后世。在《秦观》一文中,唐圭璋也巧用比较研究法,将柳永、苏轼、秦观三人之词相比较而言,柳词大气磅礴,善用白描之法,不讲色泽;东坡词开创新词境,自有清雄之风;秦观词则缓慢平和,从容不迫,在这种比较中更能彰显词人创作之特质。唐圭璋在撰写《辛弃疾》一书时,也涉及对苏、辛词风差异的比较,足见这一方法也贯穿于唐圭璋词学研究的始终。

第四,不以词风立派,提倡风格多元的原则。词学史上的体派之争由来已久,明代张綖的《诗余图谱》中将词分为婉约与豪放二体,之后逐渐发展为婉约派和豪放派之论,将词人大多一分为两派。婉约派以秦观为宗,上承温庭筠、韦庄、柳永之词,下启周邦彦、李清照之词。豪放派,自以苏、辛为标榜,多集中于南渡诸词人,如张孝祥、刘辰翁、刘过等。也有学者,如夏承焘,明确表示两派之外尚有"清刚"一派,以姜白石词为代表。而唐圭璋则一再强调:"豪放、婉约是事实,一刀切成两派,我每不同意。"❷在他看来,词人的禀赋不同,兴趣不同,所处环境不同,因此其作品所表现出来的阳刚与阴柔各异。"人有刚柔,文有刚柔,先天后天无法强求。东坡固豪固大,然亦不能抹杀他人。"❸他将婉约与豪放看成词的两种风格,而非两派。

---

❶ 唐圭璋:《屈原与李后主》,《词学论丛》,上海古籍出版社1986年版,第915页。
❷ 施议对,秦惠民:《唐圭璋论词书札》,载《文学遗产》2006年第3期。
❸ 施议对,秦惠民:《唐圭璋论词书札》,载《文学遗产》2006年第3期。

第五章　考据家的本色与批评家的眼光——唐圭璋的词学批评观

在《词学论丛》中，鲜见其以豪放派或婉约派划分词人，而且他也很少以某种风格为词人贴标签，因为"贴标签"式的词人批评容易造成以偏概全的误解。因此，他在评论词人时，注重其词集中多元风格的并存，具体词作具体分析。词人风格是词人创作个性的体现，是作家成熟的重要标志，也是其区别于其他词人作品的重要表征。对于单个词人而言，其风格的形成，既有一以贯之的内在特质，亦有因社会生活、时代环境所引起的个人经历的变迁和变化，呈现出多元风格的状态。如在《李后主评传》一文中，他从前后两个时期分论李煜词的风格流变，李词前期缱绻缠绵，婉转多情，后期词则悲痛之至，字字滴血。在与潘君昭合著的《论李煜的后期词》中，他们谈到李煜后期词风接近韦庄的疏朗秀淡，以白描为主，也是相对于其前期词多写宫中艳丽浮华的美景和佳人而言的。柳永多为青楼歌妓作曲填词，故其词多被讥为软媚俚俗之作，将其划分入婉约一派，但唐圭璋却认为，柳永亦有气魄雄伟之词，如他的《雨霖铃》（寒蝉凄切）、《八声甘州》（对潇潇暮雨洒江天）都写得气势雄浑，在他看来，"宋俞文豹《吹剑录》以为柳词只适宜十七八女郎执红牙板唱他的'杨柳岸，晓风残月'（《雨霖铃》）婉约词，这还是片面的看法。可以说，柳词实兼有婉约与豪放之长"❶。如上所述，足以看出唐圭璋在进行词人批评时，并非孤立地看待词人的创作风格，而是用发展的眼光、辩证的方法，多角度分析词人词作，不以一种风格、一种流派简单笼统地限定某个词人。

第五，诗、文、词互证的方法。对于词人而言，鲜有像柳永那样以词为业，只有词集而无诗、文流传者，大多数词人在填词的同时，也有诗、文的创作，在词中不便直接表达的，在诗、文中一吐为快，诗、文、词均为文人创作的重要组成部分，都反映出文人创作的审美风格和价值取向，将词与诗、

---

❶ 唐圭璋：《柳词略述》，《词学论丛》，上海古籍出版社1986年版，第933页。

文关联互证,可以达到对词人创作更深层次的理解。唐圭璋的词人研究并非仅仅局限于其词本身的解读,更将其词人的诗、文创作相结合,深度解析词人的文风特征。

晚唐时期的温庭筠,既是创作文人词的名家,又是与李商隐齐名的大诗人,唐圭璋论其词时言"飞卿诗与李商隐齐名,号温、李,开西昆之先河。其词因亦受诗之影响,雕绘艳丽,纂组纷纭"❶,将其词风的形成与诗风特征相勾连,探究其词风形成之缘由。他还认为范仲淹的诗、文、词的特点就是"语言简练,风格豪放"❷,评其词之前,举其诗《江山渔者》一首和那篇流传千古的散文《岳阳楼记》,言诗、文中忧国忧民的情怀,这些都为理解其边塞词的悲壮阔大作铺垫。陈亮也曾以"平生经济之怀,略已陈矣"描述其词旨,可见他所创作的词与文在表达思想内容方面具有一致性,由此而言读其文方能解其词。所以在《民族英雄陈龙川》一文中,唐圭璋在评陈亮词之前,略举其诣阙上书之文,为阐发其词旨提供互文性的文本依据。唐圭璋评姜夔词,也是运用诗、文、词互证之法。一方面,诗、文创作为解词提供本事参照。如姜夔曾雪谒范成大,并填《暗香》《疏影》二词,之后又赋诗一首记怀此事,诗、词互证,以诗解词,诗亦为词之本事。另一方面,诗、文之风对词风的形成产生影响。唐圭璋举白石诗云:"诚清新峭拔而韵味又极隽永。盖白石诗,初曾三薰三沐师黄太史庭坚,但不肯从江西派出,亦不求与杨、范、萧、陆诸家合。一以精思独往,自拔于宋人之外。"❸ 姜词有"清刚"之风,正是受其诗风的影响,其诗师承江西诗派,有"瘦硬"之感,但又有其独特之处,发言为词,则以刚健之笔写真挚之情。

---

❶ 唐圭璋:《温韦词之比较》,《词学论丛》,上海古籍出版社1986年版,第896页。
❷ 唐圭璋:《范仲淹》,《词学论丛》,上海古籍出版社1986年版,第924页。
❸ 唐圭璋:《姜白石评传》,《词学论丛》,上海古籍出版社1986年版,第967页。

第五章 考据家的本色与批评家的眼光——唐圭璋的词学批评观

除了上述五种主要的研究词人的方法外,唐圭璋还试图探求词人之间的相互影响,在纵向和横向的梳理中,追溯其源与流,从词史发展的脉络中,探求词人创作对于传统的继承与开拓之处。他在《怎样读宋词》一文中,曾一再强调注重宋词与前代文学的承续关系,即词人之间承先启后的关联,还要了解宋词对后代词人,特别是清代词人的影响。❶ 如他在《唐宋两代蜀词》中,指出韦庄词全用赋体白描而沉哀入骨的特点后,推测南唐二主之词也当受韦庄词的影响。唐圭璋还曾言李煜之词开宋人豪放一派,而北宋范仲淹词又是苏、辛两家词的先驱,在《辛弃疾》一书中,他再次将此脉络继续延伸,指出苏词在南宋初期,对李纲、赵鼎、李光、胡铨、张元干、岳飞和张孝祥等人之词有或多或少的影响,他们都以豪放爽朗的词风抒发爱国之情,这自然也影响到了之后的辛弃疾,辛词最终成为当时南宋词的集大成者,当时的陈亮、韩元吉、陆游、刘过等一批词人也都受到其词的感染,创作与其风格相近的爱国词。他也曾论及稼轩一派对于以陈维崧为代表的阳羡派的影响。综上所述,就可以清楚地梳理出自晚唐迄有清一代,以苏、辛为代表的词风偏于豪放一脉的词人的传承脉络,以及词人之间的交互影响。与此同时,唐圭璋在论柳词、姜词时,亦言其词风特质或体裁方面形成的渊源,以及其词在词史发展中所产生的深远影响,在动态的演变中寻找词体创作发展的规律及方向。这些都体现了唐圭璋宏通的词学视野与细腻的理论分析能力。

---

❶ 唐圭璋:《怎样读宋词》,载《古典文学知识》1988年第2期。

第二节　词作鉴赏之法则：立足文本与剖情析采

文本鉴赏，主要是指词学家从审美的角度对单篇词作的艺术手法和思想价值进行评析。唐圭璋对单篇词作的鉴赏主要集中于《唐宋词简释》一书，另有一部分对名家词作的赏析是以论文的形式发表的，如《炼字琢句　运化无痕——周邦彦词〈满庭芳·夏日〉》，以及与潘君昭合著的《论姜夔的〈扬州慢〉》和《释吴梦窗朦胧词两首》等。通过对唐圭璋文本鉴赏的研究，我们要明了其关于词的具体鉴赏的方法，包括其分析词时的角度、内容及评判标准等。学习前辈词学家的鉴赏方法，并逐步实践，尝试去赏析词人词作，可以不断提高我们的艺术欣赏力，更为深入地理解唐宋词之美，进而提升我们整体的审美感受能力和个人的艺术修养，这也是我们学习填词、读词和研究词所要达到的较高层次。

刘乃昌在纪念唐圭璋的文章中说："唐老当年的示范和提醒，为80年代以来兴起的审美鉴赏热，起了先导作用。"❶ 这正是针对《唐宋词简释》而言的，此书是体现唐圭璋鉴赏词的能力和方法最重要的一部著作。他在为此书撰写的后记中，首先总结前人论词的优缺点，言明其著书动机，"清人周济、刘熙载、陈廷焯、谭献、冯煦、况周颐、王国维、陈洵等论唐宋人词，语多精当。惟所论概属总评，非对一词做具体之阐述。近人选词，既先陈作者之经历，复考证词中用典之出处，并注明词中字句之音义，诚有益于读者。至对一词之组织结构，尚多未涉及"❷。正如其所言，清代至民国初年，词学著作甚多，在《词话丛编》所收录的八十五种词话中，有六十八种属于这一时

---

❶ 刘乃昌：《师德文望举世仰》，钟振振：《词学的辉煌——文学文献学家唐圭璋》，南京大学出版社2001年版，第110页。

❷ 唐圭璋：《唐宋词简释》，上海古籍出版社1981年版，第241页。

第五章　考据家的本色与批评家的眼光——唐圭璋的词学批评观

期所著。但词学家们对于词的评论尚处于感悟式的鉴赏，无论是对于词人还是词作的评价都过于笼统、模糊，这与中国传统词话式的批评体例及其思维方式不无关系。常州词派对近代词学研究影响很深，他们讲求词的言外之意，不断挖掘词背后的比兴寄托之法，这就导致他们过度注重阐释作者生平及词之本事，而忽略对词体本身艺术美的欣赏，大有舍本逐末之感。唐圭璋的《唐宋词简释》正是要避开前人的误区，立足文本，从词体本身出发，对词的组织结构进行分析，如果说前人词话告诉我们词美在哪里，那么唐圭璋的鉴赏则侧重告诉我们为什么美。

他曾说："各家词之风格不同，一词之起结、过片、层次、转折，脉络井井，足资借鉴。词中描绘自然景色之细切，体会人物形象之生动，表达内心情谊之深厚，以及语言凝练，声韵响亮，气魄雄伟，一经释明，亦可见词之高度艺术技巧。"❶唐圭璋鉴赏词的方法，正与刘勰《文心雕龙》所言"夫缀文者情动而辞发，观文者披文以入情，沿波讨源，虽幽必显"❷的赏析文章的方法相一致。从上述可知，唐圭璋的《唐宋词简释》将词的鉴赏重点放在对词的艺术手法的分析上，在文本细读的基础上，对词的结构进行剖析，主要涵括词所表现出的不同风格，造成这一风格特征的词的组织结构与艺术表现技巧，其中涉及词的语言运用，音韵、声调的安排等诸多方面。唐圭璋还通过对词的章法层次的深入分析，来清晰地展现一首词的骨干，进而勾画出词人的创作思路和深层的文本意涵。在文本结构分析的基础之上，还要关注词句所蕴蓄的具体内容，词中所构造的特殊意象、自然风景、人物形象及词中所要传达的情感，这是一首词的血和肉，只有血肉丰满的作品才能称得上名篇佳作。

这也正是唐圭璋在词的鉴赏和分析方面与古典词话批评的不同之处。试

---

❶ 唐圭璋：《唐宋词简释》，上海古籍出版社 1981 年版，第 241 页。
❷ 周振甫：《文心雕龙今译》，中华书局 2011 年版，第 439 页。

举例言之，况周颐的《蕙风词话》是中国传统词学的集大成者，书中评析姜白石《鹧鸪天》（巷陌风光纵赏时）时云："姜白石《鹧鸪天》云：'笼纱未出马先嘶。'七字写出华贵气象，却淡隽不涉俗。"[1]况周颐仅仅抓住其对于词中有感触、有想法之处，进行点评式的赏析，就如同传统小说中的评点，整部词话中对词的评论多为此种形式。再如同是分析辛弃疾的《摸鱼儿》，陈廷焯和唐圭璋所论就有详略、精粗之分。《白雨斋词话》云："稼轩'更能消几番风雨'一章，词意殊怨。然姿态飞动，极沉郁顿挫之致。起处'更能消'三字，是从千回万转后倒折出来，真是有力如虎。"[2]而唐圭璋对这首辛词的代表作的赏析，则要比陈廷焯详细且深入得多，"此首以太白诗法，写忠爱之忱，宛转怨慕，尽态极妍。起处大踏步出来，激切不平。'惜春'两句，惜花惜春。'春且住'两句，留春。'怨春'三句，因留春不住，故怨春。王壬秋谓'画檐蛛网'，'指张俊、秦桧一流人'，是也。下片，径言本意。'长门'两句，言再幸无望，而所以无望者，则因有人妒也。'千金'两句，更深一层，言纵有相如之赋，仍属无望。脉脉谁诉，与'怨春不语'相应。'君莫舞'两句顿挫，言得宠之人化为尘土，不必伤感。'闲愁'三句，纵笔言今情，但于景中寓情，含思极凄婉"[3]。

通过对比我们就可以看出陈、唐二人在鉴赏同一首词时的不同之处，《白雨斋词话》对辛词的评价依旧属于传统评点式的赏析，以"沉郁顿挫"笼统概括全词，并无具体分析的过程，凭个人感悟，有如蜻蜓点水，读者仿佛雾里看花，个中滋味只能自己去细细体味。《唐宋词简释》则对此词从头至尾，句句剖析。唐圭璋首先点明其词所效仿之法，总括其词情。其次，对词的起

---

[1] 况周颐：《蕙风词话》，唐圭璋：《词话丛编（第2版）》，中华书局2005年版，第4437页。
[2] 陈廷焯：《白雨斋词话》，唐圭璋：《词话丛编（第2版）》，中华书局2005年版，第3793页。
[3] 唐圭璋：《唐宋词简释》，上海古籍出版社1981年版，第175页。

第五章 考据家的本色与批评家的眼光——唐圭璋的词学批评观

句、过片、结句及整个组织结构作细致的分解细读，说明句与句之间的承接关系，上下阕之间的首尾呼应，句意前后的层深递进之法。从首句的激切不平开场，到过片处的由景转情，再到句末寓情于景而生韵味不尽之意，对词人的填词技法，分析精细，娓娓道来。从一字一句着手，细读其词，重点鉴赏词作的艺术美，详论其艺术手法，而并非专事释典、考证，少言其本事及历史背景，更关注词句之语言特征及艺术结构。这也是《唐宋词简释》一贯坚持的鉴赏体例。王兆鹏如此评价其导师的著作："在本世纪诸多词选中，《唐宋词简释》是惟一的言简意赅地专析词的命意、结构的选本。"❶其实，除了唐圭璋之外，陈洵的《海绡说词》、俞平伯的《读词偶得》和沈祖棻的《宋词赏析》等，他们在评词时也都涉及词的组织结构的分析，"但是唐圭璋把鉴赏的重点放在了'组织结构'的分析上，则为陈、俞、沈等人所不及"❷。

除了《唐宋词简释》外，还可以在唐圭璋对其他词鉴赏的文章中，观照他对于词中每一个细节，包括声韵、字法和句法精细的分析和推敲。例如，唐圭璋的《读李清照词札记》中有《"晓来"与"晚来"》一文，他对李清照词《声声慢》（寻寻觅觅）中"三杯两盏淡酒，怎敌他、晚来风急"一句作辨析。他认为该句若为"晚来"则与下阕"到黄昏、点点滴滴"前后语辞重复，语意不通，所以唐圭璋引其他版本为例，纠正此误。又如唐圭璋对张抡《烛影摇红》（双阙中天）一词中今昔境况对比的分析，对王沂孙《天香》（孤峤蟠烟）中使用"上实下虚"和"逆入旧事"之法的解读，对欧阳炯《三字令》（春欲尽）中空间转换和动静结合的理解，都体现其敏锐的鉴赏力和细致的文本分析理路。唐圭璋也非常重视词作的声韵安排，如其评价温庭筠《菩萨蛮》

---

❶ 王兆鹏：《唐圭璋词学研究的体系与方法》，陈平原：《中国文学研究现代化进程二编》，北京大学出版社2005年版，第236页。

❷ 曾大兴：《唐圭璋对朱、况词学的继承与超越》，载《中国韵文学刊》2007年第4期。

（杏花含露团香雪）时云："末两句，十字皆阳声字，可见温词声韵之响亮。"❶他还对晏殊《浣溪沙》（小阁重帘有燕过）中字声的使用进行分析，"此词二、三、五、六句之第五字皆用入声，其他用双声之处亦颇多，如阁过干、花红好回荷、帘落阑凉、莎疏散皆是，可见大晏严究声音之一斑"❷。所举之例，皆可得见唐圭璋对于词的艺术性的重视，这是对前人词话中过分注重词的本事研究的矫正，况且在20世纪六七十年代，受"左"的思潮影响，文学批评过于重视思想性和政治性而忽略其艺术性，将艺术鉴赏简单斥为追求形式主义的错误，而唐圭璋此书亦有清理前人对文艺，尤其是对词作鉴赏、评论的思维误区的作用。

  唐圭璋虽然指出前辈学者们词学批评的不足之处，但他仍积极吸收前人词话中的吉光片羽，在具体分析词人词作时，他也会以前辈学者的词话或论著中的观点为依据和参照。如在评温庭筠《菩萨蛮》（杏花含露团香雪）时就引张惠言之语："张皋文云：'飞卿之词，深美闳约'。观此词可信。"❸更有甚者，唐圭璋曾在鉴赏晏几道的《阮郎归》（天边金掌露成霜）时坦言："况氏所释颇精。"❹因此，他只是对此词起句、过片及结尾作了简单的梳理，补充况周颐所未论及之处，其余则直接将况周颐《蕙风词话》中对该词文本层次的分析，全文抄录，以飨读者。由此亦可知他虽然看到前人词论的缺陷，但在其关于词的文本赏析过程中，充分借鉴前人评论中的精当之言，而不掩前人的高妙之处。他认为如要较为深入地理解词的整体结构和艺术境界，就必须借助前人词话的帮助，但中国传统词话"在文艺观点

---

 ❶ 唐圭璋：《唐宋词简释》，上海古籍出版社1981年版，第4页。
 ❷ 唐圭璋：《唐宋词简释》，上海古籍出版社1981年版，第59页。
 ❸ 唐圭璋：《唐宋词简释》，上海古籍出版社1981年版，第4页。
 ❹ 唐圭璋：《唐宋词简释》，上海古籍出版社1981年版，第86页。

第五章 考据家的本色与批评家的眼光——唐圭璋的词学批评观

上都有其阶级的、历史的局限,在形式上又类多片言只语,支离破碎"❶,这也是当代词学研究要弥补前人学术研究所欠缺的地方,只有继承前人学术成果,辩证地看待其优劣之处,并且结合当代词学研究的现状,方能有所突破。

除了一再强调词的艺术特征,分析词的章法结构,唐圭璋在其《唐宋词简释·后记》中还曾明确指出:"余往日于授课之暇,曾据重拙大之旨,简释唐词五十六首,宋词一百七十六首。小言詹詹,意在于辅助近日选本及加深对清人论词之理解。"❷从此段话中,我们即可得知,唐圭璋选词、解词所依据之根本,在于其"重、拙、大"之旨,这也说明唐圭璋对词的鉴赏,除了比前人更突出地重视词的艺术性外,还注重词的命意及其情感张力的表现。在《唐宋词简释》中,他常用"含意温厚""情意甚厚""沉痛已极""愁极伤极""余味不尽""韵味深重""一往情深""情景沉郁""拙重之笔"等词来概括词人情感表达的方式及其效果。

唐圭璋所言"重、拙、大"之旨,是承袭端木埰、况周颐的词学思想而来,这一思想贯穿于唐圭璋的词体观、创作论和鉴赏论之中。本节着重讨论唐圭璋从鉴赏的角度对词中所蕴含的"重、拙、大"之意进行的解读。在唐圭璋看来,词的内容,以"真"为根本,情真、景真即可达到"重、拙、大"的境界,可以有寄托,亦可无寄托。从鉴赏的角度而言,对于无寄托之词,读者万不可牵强附会地去阐释。唐圭璋慎言词之本事,主要还是从文本本身出发,解词做到有据可依,词的本体所拥有的组织结构、语言艺术才是其美感生成的关键,是其审美特征的体现,言词之本事固然对深度地理解词之内涵有很大的帮助,但如果仅仅为了所谓深层解读,或为一己之私见而推举某位词人,就会对其词妄加揣摩,如若缺乏考证而言其本事,甚至将其词中意

---

❶ 唐圭璋:《怎样读宋词》,载《古典文学知识》1988年第2期。
❷ 唐圭璋:《唐宋词简释》,上海古籍出版社1981年版,第241页。

象与历史事件一一对应，可谓迂腐至极，比附之谬误以致厚诬古人之意，不免为后人所讥笑。

如对同一首词苏轼《卜算子》（缺月挂疏桐）的解读，张惠言和唐圭璋的解读有明显的不同。张惠言完全采纳了鲖阳居士的观点，其云："此东坡在黄州作。鲖阳居士云：'缺月'，刺明微也。'漏断'，暗时也。'幽人'，不得志也。'独往来'，无助也。'惊鸿'，贤人不安也。'回头'，爱君不忘也。'无人省'，君不察也。'拣尽寒枝不肯栖'，不偷安于高位也。'寂寞沙洲冷'，非所安也。此词与考槃诗极相似。"❶唐圭璋在《唐宋词简释》中，对此词的评价是："此首为东坡在黄州之作。起两句，写静夜之境。'谁见'两句，自为呼应，谓此际无人见幽人独往独来，惟有孤鸿缥缈，亦如人之临夜徘徊耳，此言鸿见人。下片，则言人见鸿，说鸿即以说人，语语双关，高妙已极。山谷谓'似非吃烟火食人语'，良然。"❷以上两种解读《卜算子》的角度和方法形成了鲜明的对比，鲖阳居士和张惠言将词中字句"依物取类，贯穿比附"❸，是用经学阐释的方式解词。清初王士祯曾讥讽鲖阳居士云："村夫子强作解事，令人欲呕。"❹但张惠言还是毫无改动地全文照录，这正与其对于词体的认知相吻合，在他看来，词"要其至者，莫不恻隐盱愉，感物而发，触类条鬯，各有所归，非苟为雕琢曼辞而已"❺。他主张将词中"物"与"情"一一对应，认为词中之情均是有感而发，蕴含深意，为言比兴寄托而肢解词的整体形象，实为荒谬之言。

---

❶ 张惠言：《张惠言论词》，唐圭璋：《词话丛编（第2版）》，中华书局2005年版，第1614页。
❷ 唐圭璋：《唐宋词简释》，上海古籍出版社1981年版，第94页。
❸ 张惠言：《茗柯文编》，上海古籍出版社1984年版，第38页。
❹ 王士祯：《花草蒙拾》，唐圭璋：《词话丛编（第2版）》，中华书局2005年版，第678页。
❺ 张惠言：《张惠言论词》，唐圭璋：《词话丛编（第2版）》，中华书局2005年版，第1617页。

第五章 考据家的本色与批评家的眼光——唐圭璋的词学批评观

而唐圭璋对词的寄托与否持通达的态度，他主要还是从词本身的字面义出发，慢慢扩展到引申义的层层解读，从词中所描绘的"鸿"与"人"的意象关系之间的转换，来探讨词作者所要表达的深层含义。他从整体上观照全词，通过上下片作者视角的对比，将整首词的解读融为一体，使词本身要表达的情感得以连贯完整地呈现。这就是他对张惠言词的鉴赏方法的突破之处，其最大的特点就是，立足文本，从词本身出发进行文学阐释。即使他的《宋词纪事》曾根据《能改斋漫录》和《女红余志》两书所言，记录《卜算子》是苏轼为一女子所作，但无法考证，恐为后人伪作而撰名人逸事为噱头，因此他在鉴赏此词时亦不言此本事。

就连受常州词派影响很深的端木埰，也曾批评张惠言解词之法。在批注张惠言《词选》时，对于张惠言注《绿意·荷叶》之论颇有微词，他说此词"即无寓意，亦是绝唱。注释荒缪，甚不足取……大约张氏昆弟，薰心两庑，心神瞀乱，故于古人多作妄笺至此。此词无论是否玉田作，但就咏荷叶寻绎之，自是千秋绝调，不必胡牵妄撦，致绝妙好辞，尽成梦呓"❶。由此也可见出端木埰与常州词派相比之下的转变，他认为即使没有寓深意于其中，但就咏物而言，亦有可能成为佳作，他反对词学家为了从词中解读言外之意，而牵强附会，迂执一己之见，以至谬解前人之词。

唐圭璋亦受端木埰词学观的影响，不过分于词中求寄托。他高度评价端木埰对词的鉴赏之功，"批注张惠言《词选》原书未见，冀野但将批注钞出示予，予亦视为至宝……除批《咏蝉》词外，其他批语，亦足发人深省云"❷。他在《读词续记》中尤觉此评可贵，将其全文摘录下来，以告后辈学人。但

---

❶ 端木子畴：《端木子畴批注张惠言〈词选〉跋》，《词学论丛》，上海古籍出版社1986年版，第1058页。

❷ 唐圭璋：《端木子畴批注张惠言〈词选〉跋》，《词学论丛》，上海古籍出版社1986年版，第1055页。

朱惠国将唐圭璋《唐宋词简释》中对王沂孙《齐天乐·咏蝉》的鉴赏与端木埰相比较，发现唐圭璋之论"与端木埰以及吴梅的解读相比，基本思路一致，个别用词也比较相近，但最大的区别是对词所寄托的情感作了比较概括的点评，没有像前者那样将词句与具体史实一一对应起来，以至有过于牵强甚至穿凿附会的弊端"❶。由此可知，唐圭璋在端木埰、吴梅等人论词的基础之上又进一步，他鉴赏词时力避前人肢解文本，一一比附的通病，从整体上观照词的文本，而不过度阐释文本之义，这也正与况周颐所言"身世之感，通于性灵即性灵，即寄托，非二物相比附"❷的词论思想一脉相承。

关于端木埰鉴赏词的方式，现代词学家也多有不同的意见。吴梅和俞陛云两位先生在评论《齐天乐·咏蝉》一词时几乎是全文引录端木埰之语，认为其评价至为精当，詹安泰也认为端木所言"不失本词寄托之旨"❸。但批评之声亦有，胡适在其所著《词选》中，讥讽端木埰的评语为"信口开河，白日见鬼"❹，如猜笨谜。叶嘉莹曾指出端木埰这种比附说词之法，"实际上反而给词之诠释加上了一层拘执比附的限制"❺。这也正体现各家对于词的比兴寄托的不同理解和认识。关于比兴寄托，刘永济认为知古人之事比较困难，因而论词应当"先就词言词，然后从中寻取透露本意处推究之，必非句句比附，祇可一二处得之。所谓读书得间，所谓言外之意，如此而已"❻。在叶嘉莹看来，判断一首词究竟有无寄托之意，应当有三项衡量判断的标准，"第一当就作者生平之为人来判断；第二当就作品叙写之口吻及表现之神情来作判断；

---

❶ 朱惠国：《论唐圭璋对常州词派理论的超越和继承》，载《南京师大学报（社会科学版）》2012年第1期。
❷ 况周颐：《蕙风词话》，唐圭璋：《词话丛编（第2版）》，中华书局2005年版，第4526页。
❸ 汤擎民整理：《詹安泰词学论稿》，广东人民出版社1984年版，第133页。
❹ 胡适：《词选》，中华书局2007年版，第318页。
❺ 叶嘉莹：《词学新诠》，北京大学出版社2008年版，第177页。
❻ 刘永济：《微睇室说词》，上海古籍出版社1987年版，第28页。

第三当就作品所产生之环境背景来作判断"❶。如此鉴赏词作方为词学家应取之法,只有这样,对于词的理解和认识才能保证基本的客观性,而不至想当然地误读。无论是刘永济还是叶嘉莹,立足文本,是他们共同强调的论词基础,恰与唐圭璋鉴赏词的方法不谋而合。唐圭璋虽然并未对如何判断词中有无寄托作专论,但他对词的鉴赏的具体实践为后辈学人进行词的文本分析提供参考的范本。

　　立足词之文本本身,并不意味着割裂词的本事,否则唐圭璋不会煞费苦心地编撰《宋词纪事》。如果词之本事确为可证,唐圭璋也会仔细分辨,以此来解读词之背后的深层意蕴。在其《柳永事迹新证》一文中,他曾就柳词《醉蓬莱》的创作缘由及时间进行论证,最终认为该词作于仁宗皇祐年间,柳永尚为屯田员外郎之时,当时老人星出现,柳永应制而填此词,因惹怒仁宗而不被进用。唐圭璋又根据《太平广记》中所记载之本事,证得李齐贤《鹧鸪天》中一句"雪里何人开杜鹃"中"开"字不可改为"闻"字,只有言其本事方可解其"开"字由来。除此之外,唐圭璋还曾在《文史知识》上发表对于周邦彦《满庭芳·夏日》一词的鉴赏文章,此文大部分是对词作文本的详细解读,点明上情下景的章法安排,逐句分析,对关键字、词用法一一着重说明,文末言及周邦彦填此词的历史背景及其身世经历,结合其词的具体内容,最终揭示词人自叹其远谪他乡之苦,抒发内心难言之隐痛的初衷。将艺术表现技巧与思想性的内蕴结合起来的鉴赏之法,才能真正呈现词的审美特征,深入地理解词人内心情绪的幽微之处。

　　无论是对词人的批评还是对于文本的鉴赏,唐圭璋有意无意间都形成了自己的一套理论方法。通过对其所论词人的分类总结,我们可以看到唐圭璋鲜明的词学立场;他的词人批评方法也可分为文本考据与辨伪、社会历史批

---

❶ 叶嘉莹:《清词丛论》,北京大学出版社 2014 年版,第 175 页。

评、比较研究法、风格多元论、诗、文、词互证等几种，之所以对其进行详细的介绍，一方面展现唐圭璋的词论建构；另一方面也为当下学者从事词学研究提供一种方法论意义上的启示。至于词的鉴赏，唐圭璋始终坚持立足文本的原则，在词的文本基础上，根据可靠的词之本事或词人身世经历、时代背景，作引申性的阐发，兼顾词的艺术性与思想性，力避前人穿凿附会之风，这也是当下词学研究者应该求教于前辈学人之处。

第六章
唐圭璋词论之学术价值及"学案式"研究之意义

第一节 文献学家的另面：
唐圭璋词论之于现代词学

唐圭璋是我国现代最著名的词学家之一，他的词学成就斐然，其在词学考证、义理和辞章三个方面均有突出的建树。既有像《全宋词》《词话丛编》一类的词学文献学的集大成之作，亦有《词学论丛》中视角新颖、立一家之言的批评文章，其《唐宋词简释》也是20世纪80年代兴起的文学鉴赏著述中的代表之作，其中对于唐宋名家之词进行精细而又言简意赅的赏析，使之成为初学词者的入门佳作。除此之外，唐圭璋亦长于填词，《梦桐词》一集寄托其生平所经历过的各种情感波折，也是其创作才华的彰显。唐圭璋直接师承吴梅，而又推崇端木埰、朱祖谋，故其词论思想深受常州词派的影响。但他也曾汇编《词话丛编》，因此对各家词论烂熟于心，这就为其去伪存真，转益多师，开拓传统词论，建构具有现代性的词学观打下坚实的理论基础，推动着词学研究从传统形态向现代范式的转换。无论是唐圭璋宏通的词学观，还是其具体的词学研究方法都值得当代学者予以整理、研究和借鉴。

一、"词体民间起源"说的祈向及其词学意义的延展

关于词体起源的界定，向来聚讼不已。这一词学研究首先应当解决的问题，涉及诸多理论层面的探讨。词作为广义诗歌形式之一种，是最为重要和最具代表性的文学体裁之一，就宏观理论层面而言，词体起源的论证背后指向更为深层和本质的话题，即如何解释文学的起源。因此，对于词的起源问题的不同回答与阐述，其实牵涉学者们文学观念的差异。就微观层面而言，词体起源的讨论，关乎学界对于词这一文体的体性特质的认知，包括词体的形式特征与审美风格的独特性，是贯穿词学学术史最为根本性的问题。其中就关联着词史中婉约与豪放的正变之争，小令与慢曲创制的早晚之分，近体诗与词体产生的先后之别等词学中的核心论题。

唐圭璋一贯坚持词体起源于民间的说法，这是其判断词体兴起时间最为重要的因素之一。而促成此一词学观形成的关键，则是敦煌文学的重新发现。敦煌文献的重见天日，可谓 20 世纪中国学术史上的里程碑事件，推动着包括中国文学、史学等诸种学科的发展。尤其是《云谣集》杂曲子的发现，被唐圭璋视为"诚千载不传之秘籍，而研究词学者之大幸也"。为此，唐圭璋曾于 1943 年发表《〈云谣集〉杂曲子校释》一文，对这一重要词学文献予以详细的校对和释读。而《云谣集》中所收之作，多为流行于唐代的民间词，所以唐圭璋在澄清词体起源的问题时，首先确定其最初的民间属性。

当然，在文献考证的史实之外，唐圭璋词体民间起源说的另外一个促成

因素，则是新文化运动过程中新文学家对于民间文学价值的宣扬。可以说对于传统宫廷文学或者贵族文学的抨击与反叛，对于民间文学的文学史地位的重新衡估与确立，是中国现代文学观念形成的重要标志之一。晚清民初以来，无论是倡导"以美育代宗教"的高等教育的引领者，还是高呼"改造国民性"的新文学家，都将目光更多地转移至民间，无形中助推文学权力的下移，挑战贵族文学的正统地位，逐渐确立现代平民文学的新传统。与此同时，文学的民间起源说也得到中国现代学者的认同，并逐渐流播开来，而"五四"时期的白话文运动，"顺应文化平民化的现代性趋势，把文学的文化定位从精英文学扩大为'人的文学''平民文学'，不仅增加文学在语言、技法、题材上的丰富性，扩大文学传统的容纳范围，激活创作力，也以此更新文学的文化价值趋向，消除那些从社会生活领域延伸到文学领域的思想禁锢"❶。

在这种新文献资料的发掘与阐释的过程中，在文化变革时代所造就的文学场域中，词学观念也实现了新的转向。配合胡夷里巷之曲，为歌儿舞女所演唱的词，本就是隋唐时期新兴的民间文学样式，也正鉴于此，与传统诗、文相比，词体向来被视为"小道"，而新型文学观的建立，则使文体秩序发生变化，曾经被文人不屑的词、曲，开始登堂入室，真正获得与诗、文等同的文体地位。现代词学家将词学研讨的主题由文人词延伸至民间词。尤其是关于词体雅俗之论、词的正变观及诗与词之关系等诸问题的认识，都发生重要的转变。

以词学文献学研究见长的唐圭璋，在词学史料整理的基础之上，建构其词学理论主张，对词学观念的现代转型而言，具有举足轻重的意义，成为现代词学发展史中的重要一环。《云谣集》集中收录了唐代的民间词，在对其进行精审的校释后，唐圭璋高度认可此集所具有的学术价值，认为："自唐词发现后，足以解决词学上之疑问甚多。如词为诗余之说，词起于中唐之说，慢

---

❶ 马睿：《从"文学"的出场看五四白话文运动的文化指向》，载《民国文学与文化研究集刊》2018年第3期。

词创自柳永之说，唐人无《双调望江南》之说，李白不能作《菩萨蛮》之说，杜牧不能作《八六子》之说，皆可以不攻自破。"❶

从词史角度论，唐圭璋的敦煌民间词研究及其相关问题的延伸阐述，一方面破除了传统词学中视词为"诗余"的固化观念，将近体诗与词看作"分镳并辔"的两种文体，是对"诗尊词卑"说的反驳，从学理意义上，再次为词体正名，逐步确立词作为中国文学发展史中主要文学体裁的文体地位。

另一方面，借助新的考古发现，对于词体起源的重新阐释，对于唐代词调的考论，为解决词史研究中的关键性争议提供一种新路向。根据敦煌唐词的曲调形式，亦可知慢词在词体产生之初就已经被创制出来，换言之，小令与慢词或是一同出现，这也就意味着慢词并非完全由小令演化而来，而柳永亦并非为慢词的最初创制者，颠覆词学界一贯流行的词史叙述。

再有，唐圭璋通过对敦煌民间词的词调格律形式的考察，发现依燕乐而兴的词体，每一种词调最初的形制并不固定，字数或者声律的安排或有不同，这就说明"唐人词律甚宽"，"不似后世不能歌之词，一字不容出入也"，因此他明确指出："后人填词，动言依平仄、守四声。不知初期词式，固不如后世拘执之甚。"❷ 此亦可视为对当时词学界斤斤于词调格律的填词之法的一种纠偏，为词人填词提供更多的可能性和语言表达的空间，当然也无意中为现代词体的变革打开了一道缺口。

二、不破词体与不诬词体：词体形制的变与不变

唐圭璋虽然已经认识到唐代民间词创作的格律之宽，但他并未因此就完

---

❶ 唐圭璋：《〈云谣集〉杂曲子校释》，《词学论丛》，上海古籍出版社 1986 年版，第 721–722 页。

❷ 唐圭璋：《〈云谣集〉杂曲子校释》，《词学论丛》，上海古籍出版社 1986 年版，第 750–751 页。

第六章 唐圭璋词论之学术价值及"学案式"研究之意义

全摆脱词律的法则，无视词谱的规范，与主张"词的解放运动"的诸位学人相比，唐圭璋仍旧坚守填词的基本原则，根据古典词话中有关词体创作的技法，结合自己丰富的创作经验，总结出一套学习填词的方法，以供初学者参考。但是如果我们将其在20世纪40年代所发表的《论词之作法》一文置于整个现代文学发展流变的历史场域中予以观照的话，就可见出其中的深层意涵。

"五四"新文化运动兴起以来，以胡适为首的新文学家掀起诗体解放的新潮流，主张用现代人的语言，现代人的诗歌形式，表达现代人的情感，最终形成一种现代新诗体。这种新诗体有两个比较突出的特征，一是语言表达的白话化，新诗创作要逐渐地去除文言传统的强势统治，使诗歌抒情更加通俗，以使其可以面向更广泛的民间群体，甚至达到启蒙之目的。二是诗歌形式的自由化，即诗歌格律的解放。现代诗人不再拘泥于中国古典诗学理论中关于诗歌平仄、音韵和字数的规范，转而追求一种"有什么话，说什么话；话怎么说，就怎么说"❶的自由的创作形式。与此同时，这股声势浩大的诗体解放浪潮，也波及词学界，在20世纪30年代，有学者就鼓吹起词体解放的号角。曾今可与柳亚子等聚集沪上的一批文人，在《新时代月刊》上开辟"词的解放运动专号"，发动了一次关于词体革新的大讨论，而意外地波及当时的左翼文学家阵营。

在这次关于词体解放的大讨论中，有持词体半解放观点的学人，如曾今可、柳亚子、郁达夫、董每戡等人，主张现代人填词一方面要遵守词谱的基本格式要求，注重诗歌音乐性与抒情性的结合；另一方面则要放宽平仄的限制，须用新式音韵。与此同时，他们填新词之时更为灵活地运用词谱中的句式，不再机械地按照原有词调的固定格式亦步亦趋，如此则便于以浅近的文言或新兴的白话去摹写现代社会的事物，相对自由地表达现代人的情感。

---

❶ 胡适：《尝试集·自序》，《胡适全集（第10卷）》，安徽教育出版社2003年版，第30页。

然而当时的词学家亦有重新恢复词体可歌性的设想。本书第三章言及的詹安泰《中国文学上之倚声问题》一文，就是针对"词的解放运动"而发的，"余以词既为我国特有之一种文学，大可用以自豪，稍有心本国文化者，当不忍令其灭绝，故存废问题，不容讨论；讨论问题，应在如何发扬与改革"❶。他力破严守四声之说，在他看来："则守声之士，为浪费精力；守声之说，为浪费笔墨；所谓平、上、去、入者，亦正可守，可不必守。倘必刻舟记柱，非真善用赵卒者矣。"❷由此他明确提出词体革新的两条路径，"第一，就形以求质，使声情吻合"，"第二，变质以就形，使声乐吻合"，最终达到"使词可以协乐"❸的目的。

在倡导诗体解放的时代，关于词体形式的现代变革也成为现代词学家们讨论的重要问题，他们思考如何能够在中国社会文化整体转向现代的大背景中，使词体能够适应新时代的表达需求，并依然葆有文学的生命力。但是相较而言，唐圭璋1943年所发表的《论词之作法》一文，则并未提出词体革新的诉求，而是更倾向于坚守词体的基本规范，在为初学者介绍填词的技法之时，力争做到不破词体与不诬词体。如若将此文联系到彼一时代文体革新的呼声，我们就可以隐约地感受到唐圭璋所秉持的基本立场。

从唐圭璋有关词的作法论述中，可以看出他一方面继承传统的词学理念，梳理词学名家词话中的填词心得，在此基础之上结合自己的创作经验，总结出可用以实践的填词方法。其所论填词之法，并未超出词学传统的范畴，词人仍旧需要恪守词谱中对每一词调格式的规范，包括句式、韵脚、章法等，均有"法"可循。但另一方面，其所言填词之法，也并不拘执于传统词论。

---

❶ 詹安泰：《中国文学上之倚声问题》，《詹安泰文集》，中山大学出版社2004年版，第3页。
❷ 詹安泰：《中国文学上之倚声问题》，《詹安泰文集》，中山大学出版社2004年版，第14页。
❸ 詹安泰：《中国文学上之倚声问题》，《詹安泰文集》，中山大学出版社2004年版，第19页。

唐圭璋师从吴梅,自是承继常州词派一脉的词学观念,但他却没有将此一词派的核心要义——"比兴寄托"说视为填词的唯一法门,而是自言道:"白居易诗,试图老妪都解,我作的也只是老妪都解的白话词;杨万里讲性灵,袁子才讲性灵,我也想直写性灵。读书少,不会用典;功力薄,不会用华丽词藻。即景抒情,一直用的赋体白描,不尚比兴。"❶ 这本就体现唐圭璋在填词方面持有更为开放的态度,足可视为对于常州词派词论的一种纠偏。

除此之外,唐圭璋虽然推崇况周颐的词学主张,尤其是他所宣扬的词体创作论中的"重、拙、大"之说,并将此要点纳入其所论的词之作风的内蕴中,成为其界定词体审美特质的重要准则,但是对于况周颐严守四声之说的词学理念,唐圭璋却不以为然。前文述及他在考察民间词时就曾发现词体兴起之初词律格式相对更为宽松,所以他反对拘泥于一字一句而不易的填词方式,不满于前人论词时过分刻板地遵循前人词调的音韵格律,而不图变通,因为拘泥于形制的束缚便易造成词体形式的凝固而失去文学表达的生气。所以唐圭璋所论填词之法,与彼时夏承焘"不破词体"与"不诬词体"的主张不谋而合,既维护词体的体性特征,使其不至于被新诗"同化",同时又为词人创作"松绑",给予他们更多的表达空间,也试图恢复词体作为中国文学发展史中重要文学体裁之一的创造活力。

三、晚清民国词学史研究的起兴与推衍

纵观整个词学研究史,古典词与词学向来都是学界研究的侧重点,而有关晚清民国词学的研究则相对薄弱,近年来越来越多的学者逐渐关注并致力

---

❶ 许总:《唐圭璋先生给我的22封来信》,钟振振:《词学的辉煌——文学文献学家唐圭璋》,南京大学出版社2001年版,第163页。

于研究这一词史发展的重要时段。其实早在近一百年前,龙榆生受日本学者的刺激,就曾撰写《清季四大词人》一文,主要介绍王鹏运、文廷式、郑文焯和况周颐等晚清至民国初最具代表性的四位词学家,结合他们的词论主张来评论其词。龙榆生坦言道:"去年,彊村先生以日本人今关天彭君所著《清代及现代の诗余骈文界》一册见示。受读既竟,因念词至今日,渐就衰微;偶以现代词人,询诸学子,甚或不能举其姓氏。彼东邦学者,犹能注意吾国词坛,而吾乃茫无所知,言之不滋愧欤?且人恒贵远而贱近。晚近号称研究词学者流,又往往专注于两宋词人轶事之考索;苟叩以最近词人之性行,亦瞠目不知所对。及今不图,而令百千年后,竭诸才士之精力,穿凿附会,以厚诬古人,斯又非学者之大惑乎?"❶ 在龙榆生看来,现代词学家由于过于专注于传统词与词人的批评,却忽略了对于晚清以来词之发展史的观照,造成词学研究的重大缺失,尤其是当读到域外学者的研究成果之时,更是激发其学术使命感,呼吁词学界同仁能够投入更多的精力关注与其时代"最近词人"。此文可谓较早表现出自觉地倡导研究晚清民国词与词学的一篇专论文章,颇有开风气之先的意味。

唐圭璋正是这一倡议的积极实践者与推动者,他也是从20世纪30年代开始,陆续发表有关晚清民国词人与词学的研究论文,厘析此一时段词人创作之成就与词学发展之新动态,揭橥中国近现代词史与词学史演进之轨迹和走向,为此后90年代逐渐兴起并趋于深入的现代词学研究提供一种可备参考的范例,也为此积累坚实的学术基础。

其实早在1933年,唐圭璋就曾在龙榆生主编的《词学季刊》上发表《蒋鹿潭评传》一文,着重表彰这位历经太平天国运动洗礼而词名大振的词人。此前已有学者如谭献、刘毓盘和吴梅等推举蒋春霖之词,但唐圭璋此文尚属

---

❶ 龙榆生:《清季四大词人》,《龙榆生词学论文集》,上海古籍出版社2009年版,第476页。

第六章　唐圭璋词论之学术价值及"学案式"研究之意义

较早的一篇专论蒋春霖的长文,亦为蒋春霖研究史上的代表性著述之一。此后到 20 世纪 40 年代任鼎、龙榆生和章石承等人开始陆续撰写评论蒋春霖词的文章,其中"一个重要的原因是与当时人们饱受战争之苦有密切关系,因为蒋春霖《水云楼词》对战争的描写很容易激起大家的共鸣"❶。

唐圭璋有关晚清民国词学史的厘析,则是其词学论述中最为重要的部分之一。其中既有关于现代词学开创者王国维《人间词话》的评析,亦有对于以端木埰为首的常州词派余绪的梳理,本书的第四章已有关于此一脉络的详细阐论。无论是其无心之作,还是有意为之,其关于近现代词学家的词学成就的介绍与述论,其对于近现代词学史脉络的把握,成为现代词学学术研究中的重要文献史料,将词学研究对象的时段由古典时期延伸至近现代阶段,从某种侧面呈现中国词学由古典向现代转型的过渡历程。正如彭玉平所总结的那样:"唐圭璋从 20 世纪三十年代就开始关注晚清民国的词学,一直到八十年代,仍在撰写回忆朱祖谋、吴梅、乔大壮等的文章,前后跨越了五十馀年。……而且,唐圭璋对晚清民国词学谱系的梳理,既有微观的散点透视,也有宏观的谱系整理,体现出对这一时期词学相当自觉而审慎的学术眼光。尤其值得一提的是,唐圭璋在评骘晚清民国词学之时,在臧否之间表露出其兼取两宋、平衡小令与长调、兼顾重拙大与情韵的审美倾向。这种理论的成熟自然与晚清民国词学思想的彼此交锋有关,但更与唐圭璋个人宏通的理论眼光有着非常紧密的关系。从这一意义上言,说唐圭璋的词学观念带着晚清民国词学的总结意味,应该是不为过的。"❷

将唐圭璋置于现代词学发展史中予以观照,整理分析其所著之词学论述

---

❶ 陈水云:《蒋春霖研究史述略》,载《北方工业大学学报》2004 年第 2 期。
❷ 彭玉平:《唐圭璋与晚清民国词学的源流和谱系》,载《南京师大学报(社会科学版)》2012 年第 1 期。

文章,挖掘其在词学知识转型时期的理论建树,将会为世人展现一个不同于此前学术界所熟悉的文献学家的另面形象。本书亦将说明唐圭璋作为现代词学三大家之一的成就,绝不仅仅局限于词学文献的考证、辑佚层面,他也积极地参与到现代词学理论体系的建构当中,是构成现代词学场域的关键节点之一。唐圭璋的词体观、词体创作论、词的批评与鉴赏及有关晚清民国词学谱系的勾勒,都成为其在现代词学场域中的重要发声,直接推动着中国词学的现代转型。

第二节 "学案":作为现代词学研究之方法

唐圭璋对于晚清民国词学谱系的梳理"为我们启示了一种研究词学史的'学案体'方式,即按照《宋元学案》的体例,来考察词学研究者的学术渊源与师承系统"❶。正如其门下弟子王兆鹏所言,这种"学案体"的学术研究理路,在新时期的文学研究中渐成潮流之势。

早在 21 世纪初,致力于中国现代文论研究的夏中义,就一再呼吁以"个案"研究的方法治百年中国文论,他亦将此称为"百年学案"。在他看来,对于现代学者进行"学案式"的分析,"除谨防学风浮躁,恐亵渎百年文论遗产外,另一根由是确认百年文论确实是一叠多卷本的陈年老账,本由诸多分账合成,故若一笔笔细账不厘清,便贸然纵笔春秋,其后果,除了将'通史'搅成一派混账或让'通史'濒临空白(所谓'开天窗',又曰'避席畏闻文字狱')外,第三条路便只能是人云亦云,甚至起邪念,伸手剽窃了。所以,还

---

❶ 王兆鹏:《唐圭璋词学研究的体系与方法》,陈平原:《中国文学研究现代化进程二编》,北京大学出版社 2005 年版,第 245 页。

第六章 唐圭璋词论之学术价值及"学案式"研究之意义

不如用平常心做'个案',挨个儿做,虽慢,但坚实,较靠得住",而且就现代文论学科建设而言,"百年学案研究,无疑是在为学界时贤或后人撰写'二十世纪中国文艺理论史'提供殷实的学术—思想资料"❶。与此同时,方克强也支持夏中义的观点,他进一步申述此一研究理路的学术价值,认为"从研究群体巨大的知识生产潜力和普遍的创新焦虑着眼,'个案研究'更像是一部能满足需求和克服焦虑的论题生产的机器,或者是一幅由新辟小径和拓宽旧路所组成的支叉繁复的学术'路线图'。也就是说,个案研究有利于发现学术研究的空白与遗漏,并提供数量众多的论题对象"❷。

除此之外,高淮生亦是将此法用于《红楼梦》学术史的研究,通过为现当代红学领域卓有建树的名家撰述学案,呈现百年红学学术史幽微的历史脉络,其《红学学案》与《港台及海外红学学案》两部专著,勾勒出20世纪红学史的发展轮廓,足可视为一部百年红学学术史。而且他还试图将这一学术思考的维度进一步扩展至整个现代学术的领域,在学术期刊上倡导并主持"现代学案"栏目,于其而言,"现代学案,顾名思义即为现代学人之学术志业立案考述。或考述其一生之学术志业,或考述其专攻之学术志业,披沙拣金,知其人而论其学。是故,现代学案不同于'学术通史'或'学术专题史',乃换一种眼光看学术,即为现代学术寻找真实而鲜活的为学传统,这是它的立意所在"❸。

从某种意义上而言,本书是关于现代学人学案研究的一次实践,虽然本书并未设专章叙述唐圭璋的家世与师承,但是在本书的各章中均力求揭橥唐圭璋词论所承继的词学传统,尝试呈现唐圭璋在被世人所熟知的词学文献学的成就

---

❶ 夏中义:《"百年中国文论史案"研究论纲》,载《文艺理论研究》2005年第6期。

❷ 方克强:《百年中国文论研究的观念性缺失——兼评〈百年学案典藏书系〉》,载《文艺理论研究》2008年第2期。

❸ 高淮生:《现代学案述要》,载《中国矿业大学学报(社会科学版)》2016年第3期。

之外,其在词学理论建构方面所具备的独创性及其之于现代词学之价值。

综观唐圭璋的词学理论与批评,首先,可以发现其"实证"的思想贯穿始终。曹济平在总结唐圭璋词学批评时,认为其特点便是注重实证的批评风格。其实不仅仅限于词学批评,在词史研究中,有关词的起源问题的条分缕析,以及对于词人生卒年的确定,都需要实证研究。当然对于词集版本、词之本事的勘正,也同样离不开实证研究。据王季思回忆:"我和唐圭璋、夏承焘都在北京聚首,偶然谈起岳飞《满江红》词,夏先生根据近人余嘉锡说,怀疑那是伪作,我根据词中所要表现的抗敌激情,说它不可能有伪。圭璋认为不能轻易下结论,将来或许有资料可以进一步说明。时过30多年,从浙江江山祝氏族谱所发现的岳飞与祝允哲唱和的两首《满江红》词看,说明圭璋当时所持的慎重态度是可取的。"[1] 从这段话也可看出,唐圭璋所得的每个词学研究结论都力求有理有据,以文献史料或物证说话,这种学术研究的实证精神为后世学者所称赞,吴白匋为唐圭璋所撰之墓表亦言其承清儒朴学,有无征不信之风。

其次,唐圭璋的词论建构在其理论批评与创作实践相结合的基础之上。一个优秀的批评家也必定有自己的创作实践,他不一定是一流的作家,但要想成为一流的批评家,就必须得深入词的创作中,体会词人创作过程中的各种艰辛,包括字法、句法的凝练,章法组织结构的安排,考虑声调、音律的和谐等,没有这样的创作实践,那么对于词的鉴赏就如门外汉一般,不知所云,论不到要害之处。

唐圭璋介绍自己的词学研究经验时说:"不管是欣赏还是研究宋词,要想达到较高的水平,最好自己也能动手作词……试看过去从事词学研究的学

---

[1] 王季思:《高风亮节 永耀词林》,钟振振:《词学的辉煌——文学文献学家唐圭璋》,南京大学出版社2001年版,第43页。

第六章 唐圭璋词论之学术价值及"学案式"研究之意义

者专家,有哪一位没有作词的创作实践呢?事实上其中不少人本身就同时是填词的名家高手,所以能谈出许多鞭辟入里的见解。学词而绝不作词,要不想说外行话,是很难的。"❶这也正是当下词学研究者容易忽略的问题,也可能受当下学术环境的影响,有些学者注重词学理论,而轻创作,导致词学研究难以深入,有隔靴搔痒之感。唐圭璋的词论研究方法给年轻学者启发良多,同时也不啻为一种警示。

再次,唐圭璋一贯坚持通达包容的词学观,不偏于一方,不拘于一面。在评判词体发展史时,他主张打破南北宋词之争的偏见,不过分推崇某一时期的词人词作。在他看来,词人生活的时代不同,性情禀赋各异,不能简单地以时代划分词的创作成就。为此他也直言不讳地批评浙西词派、常州词派和王国维词论中的偏颇之处。唐圭璋的词人批评也是其词学观的突出表现,在其所选择的批评对象中,既有英姿勃发、盛气凌然的豪杰志士之词,词风刚健豪迈,也有温柔缠绵、一往情深、感人泪下之作;既有善写深沉家国之思的词人,也有以艺术创造性见长的名家,既重视词的思想性,也同样重视词的艺术性。唐圭璋坚持以辩证的眼光评价词人,不以豪放派和婉约派一刀切的方式来划分古今词人,而强调词人风格的多样性。唐圭璋宏通的词学观,一方面使其词人研究相对更为客观,减少由于一己之偏私所引发的误读;另一方面使其词学批评与鉴赏尽可能呈现出词史发展的多元形态。

最后,则是其自身体现出的人格魅力和高尚的师德。唐圭璋宅心仁厚,同事称其为"唐菩萨",抗战西迁中,他一边接济家人,一边帮助有困难的同事。唐圭璋待人极和善,从学者们的回忆文章可以看出,无论是对自己的亲人、学生还是慕名来访的学者,他都热情招待,为他人答疑释惑。他对爱情的执着也是词坛上的佳话,中年丧妻,终生未再娶,独自抚养孩子,一生孤

---

❶ 唐圭璋:《怎样读宋词》,载《古典文学知识》1988年第2期。

苦，却仍坚守学术研究，孜孜不倦，让人感叹。对于其师吴梅亦是爱戴备至，每有书成，吴梅也乐为其序，师生情谊笃厚。吴梅去世后，唐圭璋作《吴先生哀词》《虞美人》词和《回忆吴瞿安先生》三文悼念其师。他也传承了吴梅的师德，竭尽心力培养自己的学生，其弟子如杨海明、钟振振、王兆鹏、王筱芸等都已成为当代词学的研究专家。他还为南京师范大学培养教师队伍，如潘君昭、曹济平、郁贤皓等学者，逐渐形成词学研究的梯队，对其学科建设作出重要贡献。除此之外，还有旁听其课的吴新雷等诸先生也已成为当代著名的学者，正是他们将唐圭璋的治学精神代代延续下去。无论是唐圭璋的学术研究还是其为人品格，都值得年轻学者借鉴与学习，此亦是其学案研究的意义所在。

当前词学界同仁已逐渐关注现代词学家的个案研究，成果也相对较为丰硕。曾大兴的《词学的星空——20世纪词学名家传》与《20世纪词学名家研究》二书，亦可视为20世纪词学家学案研究的代表性专著，"不仅能为广大的词学爱好者提供一个走进词学家的生命世界的真实文本，还能为词学工作者的教学和研究提供一些经得起推敲的文献资料"❶，他通过现代词学家的"每一项重要的词学成果和观点、结论的梳理，找出他们的思想与方法"，并且对这些思想与方法进行总结与评价，达到梳理现代词学学术史的目的。也正如其所说："因为只有思想与方法，才能真正体现一个词学家的学术水准；只有先进的思想与方法，才能真正体现一个时代的学术水准，也才能给后人以有益的启示。"❷ 如此而言，对于词学界学者来说，关于现代词学家的学案式研究，仍旧是当代词学未来发展的重要趋向之一。

---

❶ 曾大兴：《词学的星空——20世纪词学名家传·自序》，河北人民出版社2009年版，第3页。

❷ 曾大兴：《20世纪词学名家研究·自序》，中华书局2011年版，第7页。

后 记

本书为五年前的硕士论文修改所成，此论文虽然得到校级优秀论文的奖励，而今重读书稿的过程，却每每感到惶恐，不禁赧然而湿背。文中论述尚嫌粗浅，甚至语言表达都有不通之处，着实悔恨当初，急于求成，未能尽心修缮。现今有机会再次修订，唯有竭尽所能纠改此前之误，弥补一己之憾。然无奈于学力所限，所论之观点或有一家之创见，却仍显粗疏。前辈有言曰学无止境，或曰后出转精，凡有所成亦必是经历由不知到知、由稚嫩到成熟的过程，故学者亦常有悔其少作之说。如今所著之书，虽未能尽善，亦为最初学术训练之成果，可视为此一阶段的见证，于己不失为一种激励或者是一种警醒。

犹记得八年前初入研究生班，淮生师不以我愚钝，收我为门下弟子，至今思之仍感念至深。彼时淮生师正忙于红学学案的研究与撰写，夜以继日，笔耕不已。每有得意之作，便在课堂之上与吾辈同学分享，讲授做学问之心得与方法，兴之所至，则侃侃而谈。仍记得每每下课，我和同门都会围着淮生师，将他送回家，在那条从教学楼到家属院的小路上，我们一起聊学术、聊家常。文昌校区西门的羊肉汤馆，我仍念念未忘。一次课后，淮生师叫我随其一同去邮局取期刊发来的稿费，之后便带我去了那家羊肉馆，徐州晴朗干冷的寒冬里，喝一碗暖暖的羊肉汤，配上刚出炉的烧饼和孜然炒肉，简直是人间美味。而现如今已再难有当时的心情与心境了。

受淮生师的影响，师门同仁多以学术名家为研究对象，借鉴学案体的研究方式，尝试进入专业的学术训练，摸得入门之法。淮生师一有闲暇时间，便约我们至办公室小叙，泡一壶茶，备些小点心，师生一边品茗，一边聊学业。淮生师的教诲通常都是春风化雨式的，在不经意的畅聊中，营造出一种学术研讨的氛围，使我们慢慢体悟做学问的感觉。彼时为了争取更多复习考博的时间，研二下学期就已着手撰写硕士论文，整个暑假也都是在计算机学院的室友们的实验室中度过，论文也是匆匆草就而成，略略修改后交给淮生师。如今想来，亦是羞愧难当，没能完成导师当初的嘱咐与期待。即使是读博之后，淮生师依然关心我的学业和生活，待到毕业之时，还为我的求职出谋划策，感激之情，溢于言表。

当然，还要感谢我在母校学习时给我以教诲的诸位老师，正是他们兢兢业业的教学态度与温暖和蔼的关心爱护，以及足够的耐心与包容，使我可以按照计划一步步地实现自己的想法。我也清楚地知道，自己每到一个阶段，每走一步都离不开身边人的帮助与支持，虽然现在为了生计奔波，大家已联系渐少，但当初的情谊深埋心底，不曾褪色。

本书的出版，亦是淮生师的极力推荐，知识产权出版社的徐家春和李海波两位编辑，费心良多，他们非常专业的态度和能力，使本书得以顺利出版。另外，本书为我 2021 年承担的陕西省社会科学基金项目（立项号：2021H002）研究成果，同时还要感谢西安交通大学提供的"中央高校基本科研业务费"的资助，解决了本书出版经费的难题。需要感谢的人尚有许多，不能一一言及，实属抱歉，在此一并谢过。

孙启洲

2021 年 8 月